Dieses Buch wurde mit freier Software erstellt:

- LibreOffice – Textbearbeitung
- pandoc – Dateikonvertierung
- inkscape – Graphikdesign
- LaTeX – Textsatz

Frei bedeutet hier nicht (nur) kostenfrei, sondern frei in der Verbreitung: Das Ziel ist nicht, auf eine gute Idee ein lukratives Patent anzumelden, sondern die Idee so vielen Menschen wie möglich zugänglich zu machen. Tausend Dank an all die Hacker_innen, Haecksen, Nerds und Geeks, die ihre Programme unkommerziell verbreiten und immer bereit sind, Wissen und Ideen zu teilen.

Nichts für Alle

Quinn Alexis

© 2024 Quinn Alexis
www.quinn-alexis.com

Verlag:
BoD · Books on Demand GmbH,
In de Tarpen 42, 22848 Norderstedt

Textsatz:
Quinn Alexis
Coverdesign:
zaubermaus
Druck:
Libri Plureos GmbH
Friedensallee 273
22763 Hamburg

ISBN: 978-3-759 7-6051-7
Abrufbar in der Deutschen Nationalbibliothek unter: dnb.dnb.de

Inhalt

1	Irrwege	7
2	Am nördlichen Rand	25
3	Hinter der Fassade	43
4	Beim Max-Larrk-Lesekreis	61
5	Bart Schereumer	82
6	Ab in die Mitte	104
7	Polizeimethoden	128
8	Aufgeflogen	152
9	Alles und nichts	168
10	Der Backup-Plan	181
11	Friendly Fire	199
Über die Autorin		219

KAPITEL 1

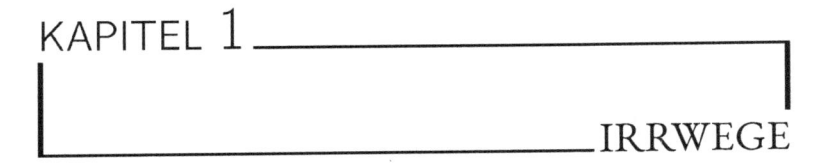

IRRWEGE

Wasser strömte die Treppen hinunter. Es schlug Wellen gegen die Wand auf der einen Seite, spritzte auf das Geländer auf der anderen, schwappte gegen die Beine der Menschen, die aus der U-Bahn kamen.

Juna kämpfte sich die Stufen hoch. Ihre Füße waren durchnässt. Musste ihr gerade heute diese Flut entgegenkommen? Wo sie ein einziges Mal schicke statt wetterfester Schuhe trug?

Sie hatte den Ausgang in der Mitte der Straße erreicht. Zwei Bäche flossen an den Rändern der Verkehrsinsel entlang. Davor drängte eine Traube aus Menschen, alle offenbar mit dem Gedanken beschäftigt, wie sie trockenen Fußes die andere Seite erreichen könnten.

Juna boxte sich einen Weg zum Rand des Gehwegs frei, streckte einen Fuß über das Wasser auf die Straße hinaus und zwängte sich zwischen den stehenden, hupenden Autos hindurch. Warum taten so viele Leute sich diesen Verkehr an? Sie zahlten ein halbes Vermögen, um den halben Morgen im eigenen Auto im Stau zu stehen.

Unter der ersten Markise vor der Ecke wurden Regenschirme verkauft. Einen großen blauen Schirm über sich gespannt, verfiel sie in einen ruhigeren Schritt, schob ein paar Touristen zur Seite, bog um eine Ecke, um eine zweite und hielt dann zielstrebig auf das größte Gebäude in der kleinen Seitenstraße zu. Seine Marmorfassade war in dem diesigen Licht kaum zu erkennen, die Aufschrift schien in der Luft zu schweben:

SOZIALE POLIZEI

Sie lief schneller. An der Fassade vorbei. Rechts in die Sackgasse. Dort führte ein Tor in den Hinterhof, in dem sie sich melden musste.

Der Hof bestand aus Schotter. In den Blumenkübeln neben den Pfosten am Eingang schwammen Zigarettenreste.

Juna warf einen Blick in alle Richtungen. Durch den Regenschleier konnte sie eine gläserne Schiebetür erkennen, die sich beim Näherkommen nicht öffnete, auch nicht, als sie mit ihrem Schirm direkt vor dem Bewegungsmelder herumwedelte. Von der Mauerecke aus war eine Kamera auf sie gerichtet. Sie drückte auf den Klingelknopf darunter.

Nachdem es eine Weile getutet hatte, krächzte eine Stimme: »Ja bitte?«

»Guten Morgen!« rief Juna. »Juna Pechstein, ich soll heute anfangen!«

»Personalnummer?«

»Ich glaube, ich hab eine.«

»Lautet?«

»Das weiß ich leider nicht.«

»Sie brauchen Ihre Personalnummer.«

»Ich kann bestimmt meinen Vorgesetzten danach fragen. Wenn Sie so freundlich wären, mir die Tür aufzumachen und mich ins Trockene zu lassen?«

»Aber Sie haben ja keine Personalnummer. Dieser Eingang ist nur für Personal.«

Knacks.

»Das ist doch jetzt nicht wahr«, sagte Juna laut. Sie drückte erneut auf den Klingelknopf.

Es tutete nur kurz, bevor die Stimme sich wieder meldete. Sie klang jetzt verhalten, als überlege sie, wie sie gleichzeitig ihre Pflicht als Pförtnerin erfüllen und sich auf möglichst wenig Kontakt mit der Fremden vor der Tür einlassen könnte.

»Juna Pechstein«, sagte Juna so beschwingt sie konnte.

»Ja?«

»Mir ist gesagt worden, ich solle mich hier melden.«

Nun war die Stimme irritiert. »Von wem?«

»Robert Gärmann.«

»Haben Sie einen Termin mit Herrn Gärmann?«

»Ganz genau.«

»Dann gehen Sie zum Vordereingang, aus dem Tor hinaus links.«

»Aber Herr Gärmann hat gesagt, ich solle durch den Personaleingang kommen.«

»Der Personaleingang ist für das Personal.«

»Ich gehöre zum Personal!« antwortete Juna und fügte dann, denn nun kam es sicher auf Schnelligkeit an, hinzu: »Herr Gärmann hat meine Personalnummer vorliegen!«

»Davon weiß ich nichts.«

»Ich kann nichts dafür.«

»Ich auch nicht!« blaffte es aus dem Lautsprecher. »Zeigen Sie mal Ihr Gesicht!«

Juna senkte den Schirm. Dicke Tropfen sickerten in ihren Kragen und das Revers ihres Jacketts. Erst durchnässt es mir die Schuhe, dachte sie, und jetzt wird auch von meinem Make-Up nichts übrigbleiben.

»Ich prüfe das ausnahmsweise für Sie«, sagte die Stimme.

Es dauerte dann gar nicht lange, bis hinter der Tür eine Bewegung zu sehen war. Juna schaffte es gerade noch ihr Lächeln zurechtzurücken, dann stand ihr Vorgesetzter, Robert Gärmann, im Eingang. Er trat nur soweit zurück wie gerade nötig.

Sie wollte das feuchte Jackett abstreifen, knöpfte es unter dem Blick ihres neuen Chefs aber hastig zu.

»Bin ein wenig nass geworden«, sagte sie und zwang ihre Mundwinkel, in Position zu bleiben. Gärmann nickte.

»Ich kann nicht jeden Tag herunterkommen, um Sie hereinzulassen«, sagte er.

»Ich dachte, die Pforte wüsste –«

»Die Pforte wusste nicht Bescheid. Ist egal« – er sah Juna zum ersten Mal ins Gesicht – »jetzt sind Sie ja da. Hier entlang.«

Juna machte den Hals lang, als sie an der Pförtnerloge vorbeigingen, aber das Licht hinter der Scheibe war ausgeschaltet. Alles, was sie erkennen konnte, war eine regenbefleckte Gestalt mit verwischter Wimperntusche und halb aufgelöstem Haarknoten am Hinterkopf.

»Entschuldigung«, sagte sie. »Vielleicht könnte ich als erstes meine Uniform bekommen und erfahren, wo die Umkleide ist?«

»Die Uniform wird erst wichtig, wenn Sie draußen tätig werden. Aber da wollen Sie heute sowieso nicht hin, oder?«

Juna rang sich zu einem Lachen durch. »Nicht so gern«, sagte sie. »Aber ich dachte, es gäbe auch eine Uniform fürs Büro.«

»Nach sechs Monaten im Dienst. Sie müssen erstmal genug Guthaben ansammeln. Haben Sie den Vertragszusatz 21 B unterschrieben?«

»Ich glaube.«

»Darin ist geregelt, dass ein Teil Ihres Gehalts aufs Ausstattungskonto überwiesen wird. Wenn Sie genug für die ersten Uniformteile zusammenhaben, werden Sie automatisch benachrichtigt. Das ist in der Regel nach sechs Monaten der Fall. Wichtiger ist dann aber, dass Sie die Uniform für den Außendienst kaufen.« Sie waren inzwischen um zwei Ecken gebogen und hatten den Aufzug am Ende eines Flurs erreicht. Juna sah sich um. Weiße Wände, brauner Teppichboden, silberne Aufzugtüren. Keine Bilder, kein Wegweiser. Na ja, sie waren auf dem Weg hierher einmal links und einmal rechts abgebogen, das würde sie wohl behalten können.

Bei ihrem Vorstellungsgespräch hatte die Runde aus fast einem Dutzend Abteilungsleitungen und darüber sitzenden Koordinationsmitgliedern bestanden. Nur drei von ihnen hatten ihr Fragen gestellt. An Robert erinnerte sie sich als schweigende Figur im Hintergrund.

Während jetzt der Aufzug nach oben fuhr, sah sie sich ihren neuen Chef genauer an.

Er war nur etwa einen halben Kopf größer als sie und ziemlich schlank. Bestimmt passte er in eine Uniform Größe S. Sein Gesicht war perfekt rasiert und zeigte keine Spur von Schatten unter den Augen. Er trug eine marineblaue Hose mit eingebügelter Falte und ein Hemd im selben Farbton. Auf seiner rechten Schulter war das Logo der Sozialpolizei eingestickt: ein Leuchtturm, dessen Lichtkegel sowohl nach rechts als auch nach links zeigte. Sein Haar war exakt in Form und etwas zu schwarz, um zu den Falten um seinen Mund zu passen. Kurz vor dem Ohr war eine schuppende, entzündete Hautstelle zu sehen – klein, aber auffällig in dem perfekt gepflegten Gesicht.

»Hier sind wir«, sagte Gärmann, als der Aufzug wieder zum Stehen kam. »Haben Sie sich bisher alles gemerkt?«

»Bisher ... wir sind in der vierten Etage. Auf dem Weg zum Aufzug sind wir zuerst links und dann rechts gegangen. Aber ich brauche unbedingt meine Personalnummer.«

»Die Personalnummer. Die holen wir Ihnen als Erstes.«

Er wandte sich nach links. Der Flur hier oben war breiter als im

Erdgeschoss. Der Teppichboden war grau statt braun. An der fünften Tür zur Linken stand »Raum 407, Robert Gärmann, Teamleitung«.

Juna blieb auf der Schwelle stehen. Das Büro war weder groß noch klein, hatte ein Fenster, von dem aus man auf die Wand des Nachbargebäudes sah, und unter dem Fenster einen üppig wachsenden Zimmerfarn.

»Hier ist sie«, sagte Gärmann. Juna nahm die Mappe und betrachtete zum zweiten Mal den nach links und rechts leuchtenden Turm.

Nach allem, was am Morgen schiefgelaufen war, fühlte sich dieser Moment endlich richtig an. Der Tag bewegte sich!

Sie sah hoch und begegnete Gärmanns Lächeln. »Personalnummer, Visitenkarten, Zugangsdaten für Emailadresse und Workstation, Telefonnummern der verschiedenen Bereiche und ihre Zuständigkeiten«, sagte er. »Jetzt, wo du offiziell dazugehörst, können wir uns ja duzen. Herzlich willkommen, Juna.«

Juna lächelte zurück. »Danke, Robert.«

Der Regen hatte aufgehört. Am Himmel stand zwar immer noch eine Mauer aus grauen Wolken, aber die Sonne lugte darüber hinweg.

Hier draußen, fast am Stadtrand, fuhr die Bahn oberirdisch. Es waren nicht viele Leute in diese Richtung zu transportieren; außer Juna waren nur eine rotblonde Frau, etwas älter als sie, mit hochgesteckten Haaren und Trenchcoat, ein paar kaugummikauende Teenager und ein Hund übrig, dessen Herrchen am anderen Ende des Wagens vor sich hin schnarchte.

Sie lehnte an der Haltestange neben der hintersten Tür und sah durch die Rückscheibe auf einen alten Bahntunnel. Früher war hier eine andere Linie gefahren, die längst eingestellt war. Der Tunnel durfte aus Sicherheitsgründen nicht mehr betreten werden, war aber natürlich, wie jede einigermaßen überdachte Fläche, bewohnt.

Neben dem Notausgang an der Seite war eine Zeltplane über eine improvisierte Küche gespannt.

»Entschuldigung, ist hier noch Platz?« Die Rotblonde war neben sie getreten. Juna ließ ihren Blick durch den fast leeren Wagen schweifen und nickte dann.

»Ich wollte hauptsächlich von … dem weg.« Sie ruckte ihr sommersprossiges Kinn dorthin, wo das Schnarchen herkam. Juna sah hinüber. Der Hund, irgendeine Promenadenmischung mit gelblichem Fell, saß zu Füßen seines Menschen und erwiderte ihren Blick.

»Wir sind jeden Moment an der Endhaltestelle. Wahrscheinlich sollten wir ihn wecken«, sagte Juna. »Falls der Köter uns lässt.«

Die Rotblonde hatte sich vertraulich zu ihr vorgebeugt, zuckte bei diesen Worten aber zurück.

»Ich glaube nicht, dass das unsere Aufgabe ist«, antwortete sie. »Ich meine, das ist einer von diesen – wie nennt man die – «

»Weiß ich nicht«, sagte Juna. Sie marschierte den Gang hinunter. Der Hund knurrte, als sie sich seiner Sitzbank näherte. Sein Herrchen schlug die Augen auf.

»Entschuldigung«, sagte Juna. »Ich wusste nicht, ob du schläfst, ich wollte nur sagen, dass wir gleich an der Endhaltestelle sind.«

Der Mann winkte ab. Es roch tatsächlich etwas streng um ihn herum, dachte Juna, aber man musste sich schon sehr anstellen um deshalb ans andere Ende des Wagens zu flüchten.

Die Bahn hielt. Die Rotblonde eilte draußen am Fenster vorbei. Sie war bereits an der Treppe, als Juna auf den Bahnsteig hinaustrat.

Obwohl diese Frau im Grunde zum Lachen war, hatte die Begegnung ihr einen Stich versetzt. Wie oft hatte sie das selbst erlebt! Überforderung. Abgebrochener Blickkontakt. Hervorgestammelte Mitleidsbekundungen, auf die sie nichts antworten konnte. Wer Mitleid bekundete, meinte es gut und nahm eine Zurückweisung übel. Typen wie die rotblonde Prinzessin auf der Erbse, die beim geringsten Verdacht, jemand könne in Schwierigkeiten sein, das Weite suchten, waren vergleichsweise leicht zu ertragen. Die ergriffen die

Flucht und man ließ sie fliehen. Diejenigen, die sich in der Rolle der krisenfesten, großmütigen Helferin gefielen, waren viel schwieriger. Oder erst die, die glaubten, sie hätten nach neunzig Sekunden Zuhören einen Lösungsvorschlag parat, auf den vor ihnen noch nie jemand gekommen sei!

Juna blieb für einen Moment stehen, um tief ein- und wieder auszuatmen. Es gab keinen Grund sich wegen ein bisschen Hochnäsigkeit in düstere Gedanken zu stürzen.

Sie schob ihre Tasche zurecht und ging weiter, die Treppe hinunter.

»Ich bin's!«
»Hast du Hunger?«
Die Küchentür wurde geöffnet, und eine Wolke aus Aromen schwebte in den Flur. Juna erschnupperte gebratenen Knoblauch, Ingwer und Orangen. Sie ließ ihre Tasche zu Boden fallen und tauchte in den Geruch ein. Ihre Schwester lehnte an der Fensterbank neben dem Herd, genau gegenüber der Tür. Ihre Silhouette zeichnete sich klein und schmalschultrig gegen den Abendhimmel ab. Wenn sie so stand, dachte Juna, fiel die Beinprothese gar nicht auf.

»Ich dachte, du wolltest mein Homeoffice-Zimmer benutzen?« fragte sie. »Stattdessen hast du gekocht?«
»Wokgemüse mit Tempeh. Und Orangensaft. Mit meiner Arbeit bin ich längst fertig.«
»Du hast dir hoffentlich nicht zu viel Aufwand gemacht.«
»Zur Feier des Tages. Der wie war?«
»Hm?«
Juna hatte den Kopf in ihren Geschirrschrank gesteckt und tat beschäftigt. Sie schob die Tasse mit dem Hasen aus Zoomania zur Seite und zog eins ihrer Flohmarkt-Gläser hervor.
»Dein erster Tag bei der Sozpo«, sagte Diana. »Wie war's?«
»Einarbeitung und so. Noch nicht viel passiert. Ist alles fertig?

Dann setz dich! Ich kann den Tisch decken.« Während sie Teller und Besteck zusammensuchte, humpelte Diana auf den Flur hinaus. »Gehst du?« fragte sie.

»Was?« fragte Juna verdutzt zurück. Sie trat ebenfalls aus der Küche.

An der Wohnungstür stand eine junge Frau mit schwarzem Haar und hohen Wangenknochen, die gerade die Arme um Diana legte. Dabei lächelte sie Juna zu.

»Sorry, Anna hat mir nur schnell ein paar Unterlagen vorbeigebracht«, sagte Diana.

Juna lächelte automatisch. »Willst du mit uns essen?« fragte sie.

Statt einer Antwort öffnete Anna die Wohnungstür. Sie bewegte sich ein wenig ungelenk, wie ein Kind das zu schnell gewachsen ist und mit dem plötzlich verschobenen Körperschwerpunkt nicht zurechtkommt.

»Wir sehen uns morgen«, sagte sie und war draußen. Diana nickte nur. Sie humpelte in die Küche zurück, kaum dass die Tür sich geschlossen hatte.

»Tut mir Leid, dass ich sie eingeladen habe«, sagte sie, als sie am Tisch saßen. »Ich wollte dir Bescheid sagen, aber dann –«

Juna winkte ab, antwortete aber nicht. Sie starrte auf die Gemüseschale.

»Wie war dein erster Tag?« kam Dianas Stimme von irgendwoher. Juna registrierte, dass ihre Stimme so klang als würde sie bereits zum dritten Mal fragen. Sie häufte Reis und Tempehwürfel auf ihren Teller.

»Gibt nicht wirklich was zu erzählen«, sagte sie.

»Ach komm! Muss ich es dreimal wiederholen? Anna war nur ganz kurz hier, ich hätte nie einfach Besuch eingeladen ohne dich zu fragen!«

Juna strich mit der Fingerkuppe den Griff ihrer Gabel entlang.

»Ich bin nicht sauer. Ich hab gerade gedacht, dass es sich anfühlt als würdest du hier wohnen. Ich find's schön. Aber es wäre noch schöner, wenn es immer so wäre.«

Juna ließ die Gabel los und sah ihrer Schwester ins Gesicht.

Diana, im Begriff Orangensaft einzuschenken, hielt in der Bewegung inne.

»Hast du mich gerade eingeladen einzuziehen? Hier?«

»Möglich.«

Diana stellte die Saftpackung auf den Tisch.

»Ist das denn erlaubt? Das Haus gehört doch der Sozpo, oder?«

»Oder irgendeiner Sozpo-Verwaltung. Niemand in der Ausbildung hat jemals was dazu gesagt. Oder gefragt. Soweit ich weiß, ist es nicht ausdrücklich verboten, ein Zimmer unterzuvermieten. Aber selbst wenn ...«

Juna hob die Schultern.

Dianas Augen weiteten sich.

»Ich meine nicht, dass du Miete zahlen sollst«, sagte Juna. »Wozu solltest du? Die Miete wird mit meinem Gehalt verrechnet. Also? Kannst du dir vorstellen ...?«

Diana strahlte genauso wie sie.

»Kann ich den Zweitschlüssel gleich behalten?«

Juna füllte ihre Gläser.

»Das war heute so«, sagte sie dabei. »Ich hab mich nicht für den Regen angezogen, sondern für den ersten Tag im Job. Dann war der Schlüssel zu meinem Büro nicht aufzufinden. Letztendlich hab ich den halben Tag im Besprechungsraum gesessen und sollte mich einarbeiten, aber der Ordner, den Robert, also meine Teamleitung –«

»Teamleitung Robert?«

»Er hat gesagt, ich soll mich einlesen. Aber alles, was er mir gegeben hat, waren Sachen die ich schon kenne. Ich glaube, wir hatten in der Ausbildung sogar aktuellere Texte.« Juna spießte ein Brokkoliröschen auf ihre Gabel. »Verstanden hab ich das nicht«, fügte sie hinzu. »Die haben eine große Kampagne gefahren. Von wegen sie würden neue Kräfte brauchen! Wegen der vielen Pilotprojekte!

In der Ausbildung hieß es immer, wir müssten schnell fertig werden, wir würden sehnsüchtig erwartet. Aber die meisten in meiner Abteilung wussten nicht mal, dass ich heute anfange.«

»Absurd.«

»Außerdem würdest du dich kaputtlachen, wie es da aussieht. Die haben mechanische Türschlösser und alles ist auf Papier. Wie im vorletzten Jahrhundert.«

»Und was machst du jetzt?«

Juna schob das Brokkoliröschen ans Ende ihrer Gabel, um Platz für einen Tempehwürfel zu schaffen.

»Ich gehe halt morgen wieder hin«, sagte sie.

Diana stützte ihre Ellbogen auf den Tisch. Ihre Unterarme waren mal wieder mit Wellen und Kringeln voll gemalt.

»Wird das ein Problem?« fragte sie. »Wenn du sowieso schon deinen Job nicht kündigen kannst, ohne deine Wohnung zu kündigen, und ich dann auch noch –«

Juna stand auf, um den Wasserkocher zu füllen. »Lass uns einfach Tee trinken und den Abend genießen«, sagte sie. »Du könntest mir erzählen, in was ich eben reingeplatzt bin? Was läuft mit dieser Anna?«

»Nichts.«

»Ach komm!« sagte Juna, den Ton ihrer Schwester von früher nachahmend.

»Bisher jedenfalls«, sagte Diana. »Ich hab eine Stunde zum Teetrinken, dann muss ich zur Bahn. Aber hey, was deine Arbeit angeht. Es kann nur besser werden, oder?«

Es wurde besser. Jedenfalls ließ sich das denken, solange man keine allzu hohen Maßstäbe anlegte. Am Ende ihrer ersten Woche hatte sie ihren eigenen Büroschlüssel bekommen, sodass sie ein- und ausgehen und sich um ihre Aufgaben kümmern konnte. Zweifellos war das besser als am Tisch eines Besprechungsraums arbeiten zu müssen, der von drei verschiedenen Abteilungen genutzt wurde.

Sie war nun an einem relativ ungestörten Arbeitsplatz, statt mehrmals am Tag ihre Anwesenheit in einem dringend benötigten Raum zu erklären. Aber die Freude über diesen Fortschritt – ein hinterer Winkel ihres Hirns flüsterte, es sei ohnehin absurd, sich über solche Selbstverständlichkeiten zu freuen – hielt nicht lange an.

Am vierten Tag der zweiten Woche fand sie ein von der Hauspost hingeworfenes Schreiben mit dem Briefkopf der Koordination auf ihrem Tisch.

»Arbeitsanweisung für Juna Pechstein«, las sie. »Zuteilung zum Dienst im Berichtswesen …?«

Das Papier besagte in wenigen Sätzen, dass sie die Formulare, die die anderen Teammitglieder nach ihren Einsätzen ausfüllten, in Berichte zu überführen habe und dies bis auf weiteres ihre einzige Aufgabe sei.

»Oh ja«, sagte Robert, als sie, mit dem Schreiben winkend, in seiner Bürotür erschien. »War nicht meine Entscheidung. Sieh es mal so: Du bist jetzt unser A-Team hier im Büro. Die anderen werden dir unheimlich dankbar sein.«

»Das Schreiben ist kein Fehler? Ich soll Berichte verfassen über Einsätze, bei denen ich nicht dabei war?«

»Umformulieren«, antwortete Robert. »In Form bringen. Allen hier wächst der Papierkram über den Kopf. Wir hinken ständig hinterher.«

»Aber ich hatte mich auf den Außendienst beworben.«

»In den Außendienst geht man in Tandems, aber für dich fehlt die zweite Person.«

»Ich komme erst in den Außendienst, wenn …? Was? Eine zweite Person für mich gefunden werden kann?«

»Oder die Tandems abgeschafft werden. Was auch immer zuerst passiert.«

Robert grinste, als er ihren Gesichtsausdruck sah. »Ich mache nur Spaß,« sagte er und zwinkerte dazu. »Ich dachte, du wüsstest, dass für unser Team hier zwei Stellen ausgeschrieben waren. Auf der einen bist du. Die andere ist noch offen.«

»Aber für wie lange?«

Robert runzelte die Stirn. »Du wirst dich schon in alles einfinden«, sagte er, eine Hand bereits am Türgriff. »Eigentlich finde ich es auch ganz gut, wenn eine so junge Kraft wie du nicht gleich mit allem konfrontiert wird.«

»Dann«, sagte Juna und hoffte, dass ihre Demonstration von Selbstbeherrschung anerkannt würde, »gehe ich jetzt an meinen Schreibtisch und warte darauf, dass die anderen mir ihre Formulare bringen, damit ich sie ins System einpflege?«

»Aber wenn du Fragen hast, kannst du zu mir kommen. Nur jetzt habe ich eine Besprechung.«

Damit winkte Robert sie hinaus und schloss die Bürotür.

Juna, zu verblüfft um etwas anderes zu tun, kehrte ohne Widerstand ins Teambüro zurück.

»Irgendwelche Fragen?«

Juna zuckte zusammen. Ich muss meinen Schreibtisch umstellen, dachte sie. Mit dem Rücken zur Tür zu sitzen bringt nur Nachteile.

»Juna?«

»Entschuldige, Robert, ich war in Gedanken. Über diesen Fall hier ...« Juna deutete auf den Monitor. »Vorgang 03-6-b-10199. Das Formular ist von Tobias, aber er ist gerade unterwegs. Der Angesprochene ist jemand mit Aufenthaltsauflagen. Er ist am Samstag vor drei Wochen hundert Meter vom für ihn zulässigen Bewegungsradius abgewichen.«

»Aha?«

»Er hat, als er angesprochen wurde, geantwortet, er habe den eine Straßenecke weiter entfernten Supermarkt aufsuchen müssen, weil dieser Markt ein Discounter ist und sein Einkaufsgutschein nicht gereicht hat um im näher gelegenen, teureren Markt einzukaufen.«

»Deine Frage?«

»Bekommt er eine Anzeige oder nicht?«

»Natürlich. Wir haben keinen Ermessensspielraum.«

»Aber kein Mensch mit allen Tassen im Schrank wird deshalb ein Verfahren aufnehmen«, kam eine Stimme aus der Tür.

Juna strahlte auf. »Agnes!«

Sie war Agnes Süßmilch, ihrer ältesten Kollegin, erst ein paarmal begegnet. Agnes schien stets in Eile zu sein, hatte jedoch immer einen Händedruck und ein Lächeln für sie und ihr mehrmals versichert, dass sie sich bei der ersten Gelegenheit in Ruhe unterhalten würden. Agnes war eine faszinierende Erscheinung, fand Juna; ihr Haar hatte die Farbe von Elfenbein, ihre Haut sah aus wie zerknitterte Seide. Ihre Bewegungen waren genau wie ihre Stimme kräftig und entschieden.

»Ich kann Juna helfen, Robert«, sagte sie jetzt. »Du hast sicher zu tun.«

»Das wollte ich gerade fragen, ob du das könntest«, sagte Robert. Er drehte sich in der Tür noch einmal um, schien nicht zu wissen was er weiter sagen sollte, und verschwand den Gang hinunter.

Agnes sah ihrem Vorgesetzten mit einem Gesichtsausdruck hinterher, den Juna nicht deuten konnte. Ironie? Widerwillen? Oder war ihr Blick nur nachdenklich?

»Was für eine Frage hast du?«

»Eigentlich nur die, wann ich endlich aus diesem Büro rauskomme«, sagte Juna.

»Sofort.« Agnes deutete auf die Uhr. »Es ist Freitagnachmittag. Robert verduftet gerade in seinen Feierabend, da kannst du Gift drauf nehmen. Es gibt keinen Grund, warum du bleiben solltest.«

»Ich bin noch dabei, meine unterste Schublade auszumisten«, sagte Juna. »Da ist alles mögliche Zeug drin.«

Agnes nahm ihr Jackett vom Haken. »Na gut, aber nur noch zehn Minuten. Nächste Woche um die Zeit trinken wir beide mal einen Kaffee. Spätestens!«

Juna winkte, tauchte unter den Tisch und begann an der Schublade zu ruckeln. Ein Piepsen auf ihrem Tisch ließ sie stocken.

»Was war das?« fragte Agnes vom Flur aus.

Juna richtete sich auf. Eine der Lampen an der Telefonanlage auf ihrem Schreibtisch blinkte gleichmäßig gelb.

»Sieht aus, als wäre eine Rufumleitung bei dir angekommen«, sagte Agnes, die wieder hereingekommen war. Sie deutete auf den Monitor. »Siehst du, das Symbol hier in der Ecke. Das bedeutet, dass die Rufe, die bei Robert eingehen sollten, bei dir eingehen. Robert muss die Rufumleitung falsch eingestellt haben, bevor er abgehauen ist. Die Meldungen für unsere Abteilung müssen jetzt eigentlich zum Bereitschaftsdienst.« Agnes schüttelte den Kopf. »Mach dir ein schönes Wochenende!«

»Warte mal, was mache ich denn jetzt mit dieser Rufumleitung?«

»So tun, als wärst du schon weg gewesen als sie eingestellt wurde. Bis Montag!«

Damit war sie hinaus.

Juna wandte sich wieder ihrer verstopften Schublade zu, als das Piepsen erneut einsetzte. Sie sah auf. Hatte Robert oder jemand anders den Fehler korrigiert?

Auf ihrem Monitor war eine Meldung erschienen. Sie beugte sich vor und las:

> Vorgang 16-6-b-758, Subjekt nicht zu Anhörung erschienen, weder am Wohnort anzutreffen noch telefonisch zu erreichen, Briefkasten nicht geleert.

Das Datenfeld besagte:

> Meileen Rabe, 47 Jahre alt, ebenfalls in der Wohnung gemeldet ihre Tochter Wanda, elf Jahre alt. Weiterleitung aus der Abteilung II mit der Bitte um Unterstützung.

Weiterleitung von Abteilung II? Das war, soweit sie die Strukturen bisher verstand, ungewöhnlich. Normalerweise wurden Fälle in die andere Richtung weitergereicht. Wenn Abteilung I, die sich mit Streetwork und anderen niedrigschwelligen Methoden befasste, nicht weiterkam, übernahm die Abteilung II und stattete Hausbesuche ab. Wer es sich auch mit denen verscherzte, bekam es mit Abteilung III zu tun.

Aber hier hatte jemand aus Abteilung II einen Fall zurückgeschickt! Um nicht unnötig zu eskalieren oder um den Papierkram loszuwerden? Juna rief die Details zur Meldung auf.

Das Feld, in dem die Vorgeschichte eingetragen werden sollte, war nicht ausgefüllt worden. Es enthielt nur die Bemerkung:

> Fall zurück an Team Gärmann!

Wer immer das geschickt hatte, ging also davon aus, dass der Fall hier bekannt war? Und dass »Team Gärmann« sich selbst überlegen würde, welche Schritte als nächstes sinnvoll waren?

Juna tastete nach ihren am Hinterkopf zusammengedrehten Haaren, probierte ob sie ihren Zeigefinger durch eine Lücke im Haarknoten stecken konnte und hörte erst auf, als eine ihrer Haarnadeln in die Kopfhaut stach.

Eine Person, die weder an die Tür ging noch Anrufe entgegennahm und die über Tage oder sogar Wochen ihren Briefkasten nicht öffnete, konnte dafür einen komplett harmlosen Grund haben. Sie konnte auf Kreta in der Sonne liegen, sie konnte beschlossen haben Papierpost zu boykottieren, der Schlüssel zu ihrem Briefkasten konnte durch ein Loch in ihrer Tasche gefallen und bisher nicht zu ersetzen gewesen sein. Hatte man eine Anhörung bei der Sozpo versäumt, war das ebenfalls ein Grund, die Tür nicht zu öffnen.

Aber es konnte auch umgekehrt sein. Meileen Rabe – öffnete sie die Tür nicht, weil sie ihre Anhörung versäumt hatte, oder hatte sie die Anhörung versäumt, weil sie nicht in der Lage war ihre Tür zu öffnen?

Die Abteilung II schien der Meinung zu sein, dass jemand aus Roberts Team das besser beurteilen konnte.

Aber hier saß nun sie, Juna, und sollte eine Entscheidung dazu treffen! »Tu so, als wärst du schon weg gewesen« – würde Agnes den Rat wiederholen, wenn sie die Meldung sehen könnte? Und wie sollte es am Wochenende weitergehen?

Was hatte sie noch an Informationen? War Wanda in letzter Zeit zur Schule gegangen? Ein Blick in die Datenbank sagte ihr, dass keine Schulversäumnisanzeige gestellt worden war.

Juna bohrte wieder mit dem Finger in ihrem Haar. Es war nicht ihre Aufgabe, Fragen zu stellen oder Fälle zu überprüfen. Schon gar nicht am Freitagnachmittag.

Sie fischte den Ordner, den Robert ihr am ersten Tag gegeben hatte, von seinem Platz – mangels eines Regals lagerte er unter ihrem Schreibtisch – und blätterte durch die Telefonnummern der Sozpo. Abteilung I, Niedrigschwelligkeit. Abteilung II, Monitoring, Abteilungen III a und b, Interventionen, Abteilung IV, Ermittlungskommissionen. Es wäre hilfreich zu wissen, wer aus der Abteilung II den Fall überwiesen hatte.

Sie wählte die Zentrale der Abteilung II an. Es tutete zweimal, dann gab es eine Art Knacken in der Leitung, gefolgt von Warteschleifenmusik.

Sie wollte gerade auflegen und nach einer anderen Lösung suchen, als sich jemand meldete.

»Bereitschaft.«

»Entschuldigung«, sagte Juna. »Ich dachte, ich hätte bei – ich wollte jemanden in der Abteilung II erreichen.«

»Und zwar, weil …?«

Juna erklärte ihre Situation. Als sie geendet hatte, blieb die Leitung für einen Moment still, als wolle die Person am anderen Ende sicher sein, dass sie mit ihrer Darstellung fertig war. Dann sagte sie: »Also müssen wir die Rufumleitung in Ordnung bringen. Das machen wir.«

»Großartig, danke«, sagte Juna, erleichtert über diesen Mangel an Komplikationen. »Können Sie mir noch sagen, wohin ich die

Meldung weiterleiten soll, die schon hier eingegangen ist?«

»Die können Sie nicht weiterleiten. Das kann nur die Teamleitung.«

»Aber die Meldung ist hier bei mir. Wenn nur die Teamleitung sie weiterschicken kann, dann muss ich sie also erstmal dahin weiterleiten?«

»Nur die Teamleitung kann weiterleiten.«

»Bis ich meine Teamleitung sehe, wird es Montag. Wenn Frau Rabe in Schwierigkeiten ist, dann sollte sich darum heute noch jemand kümmern, oder? Kann ich Ihnen den Namen und die Adresse durchgeben?«

»Und dann?«

»Dann kann jemand von Ihrem Dienst hinfahren.«

»Das machen wir nur, wenn externe Rufe kommen. Sie rufen von intern an.«

Juna rieb sich die Stirn.

»Schönes Wochenende.« Knacks.

Sie starrte den Hörer in ihrer Hand einen Moment lang unschlüssig an, dann legte sie ihn in die Halterung, lehnte sich zurück und drehte ihren Stuhl im Kreis. Der Stuhl begann zu wackeln.

Sie konnte das Ganze bis Montagmorgen auf sich beruhen lassen, aber was, wenn dies wirklich ein Notfall war?

»Da bleibt nur eins«, sagte Juna laut, den Blick auf die Zimmerdecke gerichtet. »Ich gehe hin.«

KAPITEL 2
AM NÖRDLICHEN RAND

Die Türme der Vorstadt ragten vor Juna auf. Sie sah an ihnen hoch, dann senkte sie ihren Blick aufs Straßenpflaster. Sie war nur eine Haltestelle vom Wohnblock der neuen Sozpos entfernt. Dort gab es keine gepflasterten Wege zwischen den Häusern, und der dominierende Farbton war Braun, nicht Grau.

Schwer zu sagen, welche Gegend vorzuziehen war.

Nummer 53. Sie war zweifellos am richtigen Haus, aber obwohl sie die Klingelschilder zweimal abgesucht hatte, war der Name »Rabe« nicht zu finden. Sollte sie einfach irgendwo klingeln? Es konnte nicht schwierig sein, ins Haus zu gelangen. Aber sollte sie?

Ein Windstoß fegte trockene Blätter über die Gehwegplatten. Die Tür knarrte. Juna sah genauer hin. Die Tür bewegte sich erst nur leicht und schwang beim nächsten Windstoß auf. Jemand hatte das Schloss durchgebohrt.

Kopfschüttelnd betrat sie den Hausflur.

Blauweiß gefliester Boden, einigermaßen weiße Wände, eine Holztreppe in die oberen Stockwerke. Wohin jetzt?

Laut der Meldung wohnten Meileen und Wanda Rabe im vierten

Stock. Juna betrat die Treppe.

Während sie höher stieg, wurde ihr unbehaglich zumute. Es war zu ruhig. Kein Klappern von Geschirr hinter den Wohnungstüren, keine Rufe oder Gezeter im Hof, keine weggeworfenen Werbeprospekte auf den Treppenstufen … keine Spuren von menschlichem Leben. Sie blickte hinter sich, um zu sehen ob sie Fußabdrücke im Staub hinterließ, und musste dann über sich selbst lachen. Das hier war doch kein Spukschloss.

Auf dem vierten Absatz waren vier Türen. Schmale Türen. Sie sahen alle gleich aus und waren gleich namenlos.

Juna entschied sich für die zweite von rechts. Die Klingel krächzte wie eine Krähe in dem leeren Treppenhaus.

Schwere, langsame Schritte näherten sich der Tür. Juna wich instinktiv zurück.

Der Mann im Türrahmen wirkte wie eine Kreuzung aus einem Walross und einer Bulldogge. Sein Gesicht war seltsam platt und schien hauptsächlich aus hängenden Wangen, hängenden Augenlidern und einem riesigen Schnauzbart zu bestehen. Er sah Juna an, ohne etwas zu sagen.

Juna versuchte es mit einem Lächeln. »Hallo«, sagte sie. »Verzeihen Sie bitte die Störung. Ich wollte zu Meileen Rabe, und wusste nicht an welcher Tür ich klingeln muss.«

»Und wat wolln Se von Frau Rabe?« fragte der Mann. Seine Stimme klang, als wäre sie lange nicht mehr benutzt worden.

»Ich … ich wollte nach ihr sehen. Ich mache mir Sorgen.«

Der Mann erwiderte ihr Lächeln für keine Sekunde. »Will die Frau Rabe, dat Se nach ihr sehen?«

»Warum fragen Sie?«

»Wenn se Besuch wollte, hätte Se Ihnen wahrscheinlich jesacht wo se wohnt.«

Der Mann wartete einen Moment, kam offenbar zu dem Schluss dass Juna keine Antwort auf seinen Einwand hatte, und schloss die Tür.

Juna atmete durch. Na gut. Es war vermutlich besser, wildfremden Leuten, auf deren Unterstützung sie angewiesen war, entweder reinen Wein einzuschenken oder mit einer wirklich guten Geschichte zu kommen.

Sie konnte sich nicht erinnern, in der Ausbildung irgendetwas gehört oder gelesen zu haben, was jetzt hilfreich gewesen wäre. Die Szenarien, die der Dozent im Hörsaal geschildert hatte, hatten ganz anders geklungen. Aber sie konnte auch nicht einfach wieder gehen, also würde ihr wohl nichts anderes übrigbleiben, als die nächste Tür auszuprobieren.

An der Wohnung ganz links fehlte der Klingelknopf. Sie klopfte.

Die Tür wurde exakt den Spalt aufgerissen, den die Kette erlaubte. In dem dunklen Spalt konnte Juna nur eine Nasenspitze erkennen.

»Ja?«

»Guten Tag, entschuldigen Sie, ich suche Meileen Rabe. Sie ... sie hat seit zwei Wochen ihren Briefkasten nicht geleert, und sie geht weder an die Tür noch ans Telefon. Ich möchte nur wissen, ob es ihr gutgeht.«

»Dann sollten Sie vielleicht bei ihr klopfen und nicht bei mir!«

»Das habe ich versucht, aber –«

»Aber! Aber! Aber was?«

»Sie macht nicht auf.«

»Dann ist sie wohl nicht zu Hause. Was soll ich da dran machen?«

Juna stellte sich so, dass sie von dem Türspalt gut zu sehen war, und holte ihr bestes Lächeln hervor. »Könnten Sie mir sagen, wann Sie sie das letzte Mal gesehen haben?«

»Ich kenn die überhaupt nicht.« Damit fiel die Tür wieder zu.

Juna seufzte. Ohne lange zu warten, machte sie sich an die nächste Wohnungstür, aber dahinter tat sich überhaupt nichts. Sie streckte die Hand aus, um den letzten Klingelknopf, der übrig war, zu drücken, als die zweite Tür von rechts wieder geöffnet wurde. Der Walross-Bulldoggen-Mensch trat auf den Absatz hinaus, bewaffnet mit einem vollen Müllbeutel.

»Se loofen immer noch hier rum?«

»Okay«, sagte Juna und hob die Hände. »Ich verstehe dass Sie nicht mit mir reden wollen. Sie haben Recht, ich bin zwar in Zivil, aber ich bin von der Sozpo. Ich hab noch keine Uniform, die gibt es erst nach sechs Monaten.«

Der Mann griff ins Innere seiner Wohnung und nahm einen Schlüssel vom Haken.

»Ick bring meenen Müll runter«, sagte er auf Junas fragenden Blick. »Und ick lass nich die Wohnung offenstehen wenn jemand im Haus is. Wer hat dich jeschickt? Du bis nich die von vorher.«

»Frau Rabe hatte schon öfter Besuch von der Sozpo?«

Der Walrossmann knallte seine Tür zu.

Juna ging die Treppe so langsam hinunter, wie sie konnte. »Ich dachte erst, als ich hier angekommen bin, es würde niemand im Haus wohnen. Es ist so still«, versuchte sie ein neues Gespräch anzufangen. »Schön, dass doch jemand hier ist.«

»Hm.«

Auf dem Absatz im dritten Stock drehte sie sich um. »Ich habe wirklich nur sehen wollen, ob es Frau Rabe gutgeht«, sagte sie. »Entschuldigen Sie, dass ich Ihnen nicht gleich gesagt habe woher ich komme. Aber wenn ich es gesagt hätte, hätten Sie gar nicht mit mir geredet. Jedenfalls wirken Sie so.«

Der Mann winkte, dass sie weitergehen solle.

Juna wandte sich wieder der Treppe zu. »Es ist nur so«, sagte sie, nun wieder mit nach hinten gedrehtem Kinn, »dass mein Vorgesetzter natürlich weiß, dass ich hier bin, und er wird fragen wo Meileen, ich meine Frau Rabe, ist, und wenn ich sage dass ich versucht habe mit ihr zu sprechen, aber sie nicht antreffen konnte, und wir auch nicht wissen wo sie ist, dann wird hier natürlich der nächste Einsatz erfolgen müssen! Um eine Gefahrensituation auszuschließen, wissen Sie. Insbesondere, wenn es eine Vorgeschichte gibt.«

Sie bekam unverständliches Gebrumm zur Antwort.

Sie hatten den nächsten Absatz erreicht. Juna drehte sich wieder um, sah das Walross mit dem Müllbeutel vor sich und ging rückwärts weiter.

»Ich meine nur«, fuhr sie fort, »dass sich alles besser regeln ließe wenn ich wüsste wo sie ist!«

»Pass auf, dasse dir nich den Hals brichst.«

Juna wandte sich zurück zu den Treppenstufen. Sie erreichten den zweiten Stock.

»Warum knackste nich einfach ihre Tür und gucks nach?«

»Ich habe keine Ahnung, wie man eine Tür knackt!«

Der Mann lachte.

»Du bis wirklich von der ... Sozpo?«

»Ich habe eine Visitenkarte.«

»Kann sich so wat nich jeder ausdrucken?«

»Außerdem bin ich neu. Ich habe noch nicht alle Akten gelesen.«

Bis zum Erdgeschoss schwiegen sie. Juna deutete auf die Haustür. »Hier hereinzukommen ist ohnehin nicht schwer. Aber wenn jetzt mein Vorgesetzter mit seinen Leuten hierherkommt ... die würden vermutlich alle im Haus befragen wollen, vor allem die direkten Nachbarn.«

Sie machte ihre Augen so groß und rund wie sie konnte und bohrte ihren unschuldigsten Blick in das Walrossgesicht.

»Wenn ich Ihnen sarje, wo se is, sarjen Se das dann Ihrer Kollegin?«

Juna zögerte. Sätze aus dem Seminarraum hallten durch ihr Ohr. Mach niemals Versprechungen, die du nicht einhalten kannst. Gewinne das Vertrauen der Klientel. Sieh die Situation so, wie sie ist, nicht wie du sie erwartest.

Ausgerechnet ihr Schweigen schien den Walrossmann zu verunsichern.

»Ick weeß jar nüscht. Aber ick fraje mich, wann Se dit letzte Mal nen schönen Spazierjang jemacht haben. Nördlich vom Park soll et sehr schön sein. Bei de Kleenjärten.«

Damit hob er seinen Restmüll, was ein wenig wie ein Gruß aussah, und verschwand im Hinterhof des Hauses.

Auf dem Weg grübelte sie. War es richtig, was sie hier machte? Wie sie mit dem Nachbarn umgegangen war? Und was sollte sie jetzt tun? Blieb ihr etwas anderes übrig, als allein weiterzuforschen? Sie versuchte sich vorzustellen, wie ein Anruf beim Bereitschaftsdienst verlaufen würde. »Juna Pechstein noch mal, Meileen Rabe aus der fehlerhaft bei mir eingegangenen Meldung ist laut Aussage Ihres Nachbarn nicht in der Wohnung, sondern in einer Kleingartenkolonie in der Nähe ...« – »Dann legen wir also als erstes einen Vermerk in Ihrer Akte an, dass Sie gegen eine Dienstvorschrift verstoßen haben, und vermerken anschließend, dass kein Notfall vorliegt!«

Sie musste erstmal allein weitersehen.

Der Weg quer durch den alten Park ertrank fast im Schlamm. Juna, froh dass sie wieder ihre wetterfesten Stiefel trug, balancierte am Rand entlang, trat ins nasse Gras und erreichte den Tunnel, der sie unter vielen Bahngleisen hindurch ans nördliche Ende der Stadt führte.

Sie sah sich für einen Moment um, bevor sie ins Freie trat. Der Rand des Tunnels war von Sofas und Schlafsäcken gesäumt, zwischen zwei davon war ein Teppich ausgebreitet. Ein Tischchen, eine Shisha und ein Schachbrett vervollständigten das Bild. Menschen waren jedoch keine zu sehen. Juna seufzte, markierte den Tunnel auf ihrem Display und ging weiter.

Soviel zu tun, dachte sie, aber dann: Ich muss das hier nicht machen. Ich kann von hier aus in einer Viertelstunde zu Hause sein und im Feierabend sein wie alle anderen. Gleichzeitig wusste sie, dass sie das nicht konnte. Wenn jemand Hilfe brauchte, wenn jemand krank war –

Ein Zweig knackte unter ihrem Fuß und unterbrach den Gedanken. Sie sah sich um.

Hier, am Ende des Parks neben dem lange stillgelegten Streichelzoo, waren noch ein paar geteerte Wege erhalten. Einer davon führte in die Richtung, in der sie die Kolonie vermutete, schien aber an einem Zaun zu enden. Auf der anderen Seite des alten Ziegengeheges stand, wie das Wrack eines Raumschiffs, ein Imbisswagen, der noch in Betrieb zu sein schien. An einem der schmutzigweißen Plastiktische davor saßen zwei Männer, ein dritter stand in der offenen Tür.

Juna überlegte. Es konnte wahrscheinlich nicht schaden, die drei nach dem Weg zu fragen? Wer hier einen Imbiss betrieb und tatsächlich Kundschaft hatte, würde die Nachbarschaft kennen.

Sie ging auf das Trio zu.

Die beiden am Tisch saßen sich gegenüber. Einer von ihnen trug eine Hornbrille, der andere sah aus wie ein Weihnachtsmann ohne Zipfelmütze. Zwischen ihnen stand ein Grillteller, auf dem alles gestapelt sein musste was der Imbiss zu bieten hatte. Allerdings schien nur der mit der Hornbrille Appetit zu haben.

» … nicht, was du hast, Max«, sagte er zwischen zwei Bissen von etwas, was nach Junas Vermutung ein Steak war. Er hatte ein wenig Currysauce an der Brille. »Du wirst schon was anderes finden.«

Der Weihnachtsmann schüttelte den Kopf. Juna war ein wenig überrascht, dass keine Schneeflocken aus seinem Bart flogen.

»Meine Hoffnungen sind nicht hoch. Im Uniwohnheim hab ich schon eine Weile nur gewohnt, weil die Sachbearbeiterin entweder einen Fehler gemacht oder mir einen Gefallen getan hat. Aber jetzt muss ich raus.«

»Kannst dich ja bei der Sozpo melden. Die haben doch alle Lösungen für Wohnungslosigkeit.«

Juna wünschte, sie hätte den letzten Satz nicht gehört. Sie wollte teilnahmslos an dem Tisch vorbeigehen, aber der mit dem Bart hatte sie bemerkt und nickte grüßend. Sie war plötzlich sehr erleichtert über die Uniform-erst-nach-sechs-Monaten-Regel.

»Eine Orangenlimonade, bitte«, sagte sie zu dem Dritten im Bunde, der immer noch in der Tür stand. Der schwebte bei ihren Worten mit einer beflissenen Geste in die Wolke aus Frittierfett in seinem Wagen und wandte sich ihr zu.

»Eine Orangenlimonade, bitte sehr«, sagte er und beförderte eine Dose auf den Tresen. Juna sah sich den Rest der Auslage an. Auf einem Schild in der Ecke, die der Tür am nächsten war, stand »Inhaber: Leon J. Koch«. Alles wirkte etwas schmierig, aber an der Dose lief Kondenswasser herunter und sie fühlte sich angenehm kalt an.

»Bitte sehr, und kann ich sonst noch zu Diensten sein?«

»Vielleicht«, sagte Juna. Sie tippte gegen den Deckel, bevor sie an der Lasche zog. Er öffnete sich zischend. Zucker-und-Frucht-Aroma sprudelte aus dem Inneren.

»Ich suche die Gartenkolonie«, sagte sie.

»Kolonie?« Die Frage kam von dem Tisch hinter ihr. »Mit Gartenlauben? So was gibt es noch?«

Auch der mit der Hornbrille schien aufmerksam geworden zu sein.

»Hier in der Gegend schon«, sagte Juna. »Aber ich weiß nicht genau, ob ich auf dem richtigen Weg bin.«

»Gartenkolonie«, wiederholte der mit dem Bart nachdenklich.

»In dieser Richtung.« Leon J. Koch, oder zumindest der Mann den Juna für den aktuellen Inhaber der Imbissbude hielt, deutete über ihre Schulter. »Am alten Streichelzoo und dem großen Gebüsch vorbei, aber passen Sie auf! Auf der Wiese dahinter leben ein paar Ziegen. Die sind damals aus dem Zoo abgehauen und nicht nett zu Menschen. Wenn Sie es an denen vorbei geschafft haben, dann kommt so ein kleiner Weg, der führt direkt zum Parkausgang. Da können Sie die Kolonie dann schon sehen.«

»Danke«, sagte Juna. Sie nahm einen Schluck Limonade, dann fragte sie: »Ist es sicher, da reinzugehen? Ich meine, wegen Einsturzgefahr oder so?«

»Oh, Sie werden nicht die Einzige sein die da rumläuft«, sagte

Koch. »Da drin sind einige Squatter. Die Kinder kommen manchmal auf ne Pommes.«

»Kinder?«

Er zuckte mit den Schultern. »Nur ein paar.«

»Habe ich richtig gehört? Da leben ganze Familien in dieser Kolonie?« fragte der mit der Hornbrille.

»Darf ich Ihnen meine Stammgäste vorstellen«, wandte Koch sich wieder an Juna. »Max Larrk, unveröffentlichter Autor und bekannter Journalist, allerdings ist seine Zeitung gerade dichtgemacht worden, sowie Dowato Droehnohr, Musikkritiker und Privatdozent. Was für Witze über den Namen durch die Hörsäle gehen, können Sie sich sicher vorstellen. Sonst gehört noch Bart Schereumer zur Clique, aber der ist selten hier. Hat zu viel zu tun.«

Juna trank Limonade und versuchte, ihr Schweigen taktvoll klingen zu lassen. Dowato Droehnohr begann unter ihrem Blick damit, seine Hornbrille zu putzen.

»Freut mich«, sagte Juna. »Sie sind öfter hier?«

»Öfter ist kein Ausdruck. Die gehen kaum noch nach Hause«, sagte Koch. »Aber bald haben sie kein Zuhause mehr. Dann bringen sie wahrscheinlich ihre Schlafsäcke mit und zelten vor meinem Wagen.«

»Tut mir Leid für Sie«, sagte Juna.

»Squatter überall«, brummte Koch. Er hatte nach seiner Grillzange gegriffen und schob Würstchen hin und her. »Wozu gibt es überhaupt einen Staat, wenn er das Privateigentum nicht schützt? Schließlich haben den alle –«

»Quatsch keine Opern!« blaffte Droehnohr von seinem Tisch aus. »Bring mir lieber noch n Bier!«

Koch murmelte etwas, was nach »Ich wünschte, du würdest dich verpissen« klang, holte aber ein Bier aus dem Kühlschrank.

»Ich muss dann weiter«, sagte Juna. »Aber es hat mich sehr gefreut, Sie alle kennenzulernen. Sind Ihre Pommes gut, Herr Koch?«

Koch sah sie überrascht an. Sie deutete auf das Schild an seiner

Auslage.

»Ah ja«, sagte Koch. »Stimmt. Ich heiße Leon J. Koch. Du kannst Leon zu mir sagen.«

»Okay«, sagte Juna. »Freut mich, Leon. Also dann, die Herren!«

Sie stellte ihre leere Dose auf den Tresen, winkte in die Runde und lief auf die Ziegenwiese zu.

Der Weg war matschig vom letzten Regen und tatsächlich voller Ziegenköttel. Sie folgte ihm um ein paar Biegungen, die sie geradewegs ins Unterholz zu führen schienen, schlug Zweige zur Seite und sprang über Pfützen. Gerade als sie dachte, sie müsse sich verlaufen haben, tauchten die Reste eines Tors vor ihr auf.

Die Farbe an den Pfosten war erstaunlich gut erhalten. Sie schimmerte rosa durch Gehölz und Moos hindurch. Torflügel gab es keine, das einzige Hindernis war eine Ansammlung von Brennnesseln, die zwischen den Pfosten wucherte. Juna stieg darüber hinweg und stand am Ende einer holprigen, von allen Seiten verwucherten Sackgasse.

»Kann ich dir helfen?«

Juna schrak zusammen, aber der Mann, der sie angesprochen hatte, sah nicht sehr aufregend oder gefährlich aus. Er trug Jeans, eine Jacke und eine Mütze, war ziemlich umfangreich und hatte ein freundliches, von Bartstoppeln überwuchertes Gesicht.

Juna lächelte. »Ich hab wohl nicht auf den Weg geachtet«, sagte sie.

»Wo willst du denn hin?«

»Ach, ich …« Juna zögerte. »Ich finde den Weg schon allein.«

»Ich muss in dieselbe Richtung wie du«, sagte der Unbekannte. Er nahm seine Mütze ab und offenbarte eine Kaskade aus schwarzem Haar, die seinen Rücken hinunterfiel. »Es schadet auch nichts, wenn man in dieser Gegend nicht alleine unterwegs ist. Ganz ungefährlich ist es nicht.«

»Aber woher weiß ich, dass du nicht gefährlich bist?«

Der andere deutete lachend auf seinen Bauchumfang. »Ich glaube, du könntest mir weglaufen. Du siehst ziemlich sportlich aus.«

»Du müsstest dich nur einmal auf mich draufwerfen und ich wäre platt wie eine Flunder.«

»Okay. Ich halte Abstand von dir. Ich bin Jascha.«

»Juna.« Der echte Name hatte ihre Lippen passiert, bevor sie Zeit hatte nachzudenken.

»Und worüber denkst du so angestrengt nach, Juna?«

Juna entschloss sich, keine weiteren Fehler zu machen, auch wenn sie gar nicht wusste was hier richtig und falsch war.

»Ich sehe ein Tor«, sagte sie. »Dahinter kommt noch etwas?«

»Nichts Sehenswertes.«

»Wie meinst du das?«

»Da drin sind nur verlassene Kleingärten. Ich wohne gleich links hinter dem Tor, bis dahin kommt man, aber der Rest der Kolonie ist total verwuchert. Unbegehbar.«

Juna sah sich in der Sackgasse um.

Der Boden bestand natürlich aus Kopfsteinpflaster, teilweise so von Unkraut bedeckt dass man die Steine kaum erkennen konnte. Die Seiten der Gehwege neigten sich dem kleinen Urwald in der Mitte der Straße entgegen.

Das Ganze war von Mauern eingeschlossen, grau und grün wie alles hier, nur zur Rechten gab es eine Abwechslung – ein in die Klinker eingelassenes Tor. Die Stäbe bestanden aus mehr Rostflecken als Anstrich. Von der anderen Seite der Mauer neigte eine Weide ihren Kopf heraus. Ihre Zweige hingen stellenweise bis auf den Gehweg hinunter und bildeten einen dichten Vorhang.

»Sieht aus, als wär hier ewig niemand mehr gewesen«, sagte Juna.

»Niemand außer mir.«

Jascha sah sie abwartend an. Juna sah abwartend zurück.

»Früher war hier mehr los«, brach Jascha das Schweigen. »Aber das Land soll verkauft werden, das Verfahren darum läuft, und die meisten Leute, denen hier was gehört hat, haben es längst aufgegeben. Der Verein, der das hier mal organisiert hat, hat sich aufgelöst. Die meisten Häuser – das, was davon übrig ist – stehen leer. Bis auf meins. Diese Sintfluten in der letzten Zeit haben ihr Übriges getan. Alle tieferen Bereiche der Siedlung liegen unter Wasser. Aus einigen Stauräumen sind auch noch Nahrungsmittel ausgespült worden. Das zieht natürlich Ratten an. Außerdem Marder, Füchse, Biber, Waschbären – wirklich«, bestätigte er, als er Junas Gesichtsausdruck sah. »Eigentlich ist es schön, ein richtiges Biotop.«

»Aber warum wohnst du hier?«

»Warum nicht? Du hast kein Haargummi übrig, oder?«

Juna hatte das Gefühl, den Faden zu verlieren, aber sie löste bereitwillig ihre Frisur auf. Während nun ihr das Haar ins Gesicht fiel, ordnete Jascha seinen Mähne in einen Zopf, der immer noch ein gutes Stück über seine Schulterblätter hinausreichte.

»Danke, das nervt mich seit Tagen«, sagte er. »Ich muss dann auch mal wieder rein.«

»Okay«, sagte Juna unsicher. »Sag mal ... hab ich dich beleidigt oder so?«

»Nicht doch. Ich muss mich nur um was kümmern.«

Er blieb im geöffneten Tor stehen, ihr zugewandt, eine Hand am Pfosten, eine am Knauf. Seine Haltung war lässig, aber Juna zweifelte nicht daran dass er ihr den Weg versperrte. »Du denkst schon wieder angestrengt nach?«

Juna hielt eine Haarsträhne fest, die sich hinter ihrem Ohr hervorstehlen wollte.

»Die Sache ist«, begann sie, »ich muss was –«

»JASCHA!«

Sie fuhren beide zusammen. Jascha sprang wieder in die Gasse hinaus und ließ das Tor zuknallen.

»Wo bist du?« fragte er.

»Hier!«

Er und Juna griffen gleichzeitig nach den Zweigen der Weide und schlugen den natürlichen Vorhang auseinander. Große braune Augen blickten aus dem Schatten hervor.

Jascha bückte sich. Als er wieder ins Licht trat, saß ein Mädchen von etwa sieben Jahren auf seinem Arm.

»Ist nur ein Wespenstich«, sagte er. »Ein kleiner Stich. Es tut jetzt weh, aber das ist ganz schnell wieder weg. Geh rein und tu kaltes Wasser drauf.«

»Mach ich.« Die Kleine nickte. Rabenschwarze, kräftige Haare klebten an ihren Wangen. Jascha setzte sie auf dem Boden ab, zog ein Taschentuch hervor und tupfte zusammen mit den Tränen einigen Dreck von ihrem Gesicht. »Schlimmster Schreck vorbei?« fragte er.

Das Mädchen schüttelte den Kopf, sodass ihre Haare in alle Richtungen flogen. »Das war so gemein weißt du«, sprudelte sie los. »So gemein diese blöde Wespe! Wanda sagt immer man muss bloß stillhalten wenn eine Wespe auf einem landet und diese Wespe setzt sich auf meinen Arm und ich halte und halte still und halte still und dann«, sie holte Luft, »sticht sie mich trotzdem und das hat so wehgetan und außerdem –«

Juna ging ebenfalls in die Hocke, um dem Mädchen in die Augen sehen zu können während sie erzählte.

»Das ist ja wirklich gemein«, sagte sie bei der nächsten Atempause. »Aber das war bestimmt nur eine besonders fiese Wespe. Normalerweise klappt es mit dem Stillhalten, genau wie Wanda gesagt hat.«

»Wandas Anne sagt das auch aber –«

»Weißt du was«, unterbrach Jascha die Kleine, »geh doch gleich zu ihnen und sag ihnen, dass das mit dem Stillhalten nicht immer klappt. Ich glaube, sie sind beim Kochen.«

Juna stand auf.

»Muss einiges los sein bei dir, wenn dein Haus das einzige bewohnbare ist«, sagte sie.

Jascha nahm wieder seine betont lässige Haltung ein. Das Mädchen winkte Juna durch die Gitterstäbe zu. Juna winkte zurück. Dann fixierte sie ihren Blick auf Jascha.

Jascha erwiderte ihren Blick. Wenn das wirklich sein Name war, ging es ihr durch den Kopf.

Sie nickte ihm zu, drehte sich um und ging den Weg zurück, den sie gekommen war.

Hinter dem Brennnesselstrauch am Tor, wo sie von der Kolonie aus nicht mehr gesehen werden konnte, blieb sie stehen. Das Moos auf der Baumrinde fühlte sich an wie ein Kissen im Rücken. Sie lehnte auch den Kopf dagegen.

Sie war mit der Absicht hergekommen, festzustellen ob sich Meileen Rabe und ihre Tochter in einer Notsituation befanden. Was hatte sie gefunden? Ein bewachtes Tor und ein Mädchen mit einem Wespenstich. Jaschas Tochter?

Spielte das überhaupt eine Rolle? Es sah nicht so aus, als ob hier jemand in akuter Gefahr wäre. Darauf kam es an, oder?

Dann konnte sie tun, was alle in ihrer Abteilung längst getan hatten, und ins Wochenende verduften?

Sie stieg wieder über die Brennnesseln, huschte die verwilderte Gasse entlang zurück und geradewegs unter den Vorhang aus Weidenzweigen, unter dem das kleine Mädchen hervorgekommen war.

Alles, was sie durch die Gitterstäbe erkennen konnte, waren der Rand eines gepflasterten Weges und eine Brombeerhecke, die ihn begrenzte.

Sie streckte die Hand nach dem Tor aus, zog sie aber wieder zurück. Sie konnte nicht einfach hineingehen. Sie hatte hier doch gar nichts zu suchen.

Aber ... Wenn sie es schaffte, ungesehen auf die Mauer zu kommen? Nicht hier, nicht am Eingang. Weiter hinten.

Nur um zu sehen, was hier eigentlich los war.

Sie schlüpfte unter dem Weidenvorhang hervor, folgte der Mauer und wandte sich nach rechts, in Richtung der nächsten Straße

– das, was hier mal eine Straße gewesen war. Nach links zweigte eine breitere Straße ab, holprig, ungepflegt, wie alles hier. Zehn- bis fünfzehnstöckige Hochhäuser säumten sie in Sichtweite. Nur die Ecke, auf der Juna stand, wirkte unbewohnt.

Sie wischte über ihr Display und betrachtete den Lageplan der Kolonie darauf. Sie war von Jaschas Haus – wenn es stimmte, dass er gleich neben dem Tor wohnte – nicht zu sehen. Juna verstaute ihr Phone, schwang sich auf den nächsten Stromkasten, sah über die Mauerkante – und rümpfte die Nase.

Hinter der Mauer lag eine Art Müllplatz. In einem Käfig auf der einen Seite türmte sich Plastik, auf der anderen schien ein Komposthaufen, oder besser eine große Komposthalde, zu liegen. Die Holzbalken, die den Riesenhaufen von faulendem Grünzeug umgaben, sahen frisch gezimmert aus.

Juna schnupperte noch einmal. Gut roch es nicht, aber der Gestank war nicht so schlimm wie sie es von einem so großen Mülllager erwartet hätte.

Sie überlegte gerade, ob der Platz einen unauffälligen Eingang in die Kolonie bot und ob sie probieren sollte ihn zu nutzen, als sich gegenüber ihres Postens eine Pforte in der Mauer öffnete. Alle Überlegungen sofort aufgebend, schwang sie ihre Beine auf die andere Straßenseite zurück und fand gerade so den Halt auf dem Stromkasten wieder.

Sie hätte sich nicht zu beeilen brauchen.

Die Pforte schlug mehrmals auf und wieder zu, begleitet von heiserem Gefluche, dann einem »Endlich!«, das sogleich im Getrappel von Kinderfüßen unterging.

Sie hob ihre Nasenspitze über die Mauer. Direkt unter ihr befand sich eine volle Schubkarre. Sie konnte die Blätter ausmachen, die von Karotten entfernt werden mussten, und blassgrüne Schalen – Kohlrabischalen. Viele Kohlrabischalen.

Der Mann, der die Karre schob, hatte einen glattrasierten Kopf und einen vollen roten Bart, aber von ihrem Platz direkt über ihm konnte sie erkennen, dass über seinen Ohren Haare nachzuwachsen versuchten, während die Mitte seines Kopfes ganz glatt war.

Kupferbart kämpfte damit, die Schubkarre auf dem unebenen Boden im Gleichgewicht zu halten. Dann wurde das Getrappel wieder lauter, und zwei Kinder fegten auf ihn zu. Juna erkannte die schwarzen Locken des Mädchens mit dem Wespenstich. Ihre Begleiterin war ein wenig größer, ihr Haar deutlich kürzer und heller. Ihr Lachen schien den ganzen Platz zu füllen.

Juna zog den Kopf wieder ein.

»Du kannst mich nicht fangen Wanda ich bin viel schneller als du!«, hörte sie, dann »Verdammt noch mal, passt auf, ihr beiden!«, gefolgt von einem dumpfen Knall.

Sie lugte wieder über die Mauer.

Die Schubkarre war umgekippt. Kupferbart rappelte sich auf und klopfte Dreck von seiner Hose.

»Das habt ihr wirklich toll hingekriegt! Helft ihr mir jetzt wenigstens aufsammeln?«

»Los los los!« flüsterte der kleine Lockenkopf. Sie glaubte offenbar, leise zu sein, aber Juna konnte mühelos jedes Wort verstehen. »Er sagt es bestimmt deiner Anne!«

»Ihre Mutter weiß, dass ihr beiden unmöglich seid«, brummelte Kupferbart, während die Mädchen Kohlrabischalen aufsammelten und ungefähr in Richtung der wieder aufgerichteten Karre warfen. »Dafür braucht sie mich nicht.«

»Braucht sie dich für was anderes?«, fragte Wanda. Kupferbarts Antwort ging im Gelächter der beiden Mädchen unter.

»Braucht ihr Hilfe?«

Unbemerkt von den dreien hatte jemand Neues den Platz betreten. Er war deutlich jünger als Kupferbart, aber deutlich älter als die beiden Mädchen.

Sie sah seinen Blick die Mauer entlangschweifen und tauchte rasch wieder ab. Das war knapp, dachte sie, und: Wieviele Leute passen hier eigentlich rein?

Sie schaltete die Kamera ihres Phones ein. Viel war über die Mauer sicher nicht an Material zu bekommen, aber irgendetwas Nützliches könnte dabei sein? Und sei es nur, um später zu belegen dass sie nicht umsonst hier gewesen war?

Langsam, langsam hob sie ihr Phone über ihren Kopf. Sie musste sich beim Winkel auf ihr Gefühl verlassen, aber was immer herauskam war besser als nichts.

»Du hast in der Küche genug zu tun, oder? Ich kann das hier machen«, hörte sie.

»Danke, Anton. Okay, Mädels, ihr kommt mit mir und lasst ihn in Ruhe, verstanden? Geht zu Jascha, wenn ihr euch langweilt.«

»Neeein! Wir wollen Schubkarre fahren!«

»Schubkarre fahren!«

Juna stellte sich vor, wie beide Männer die Augen verdrehten, aber Anton sagte: »Ist okay, Mason. Ich mach das. Sei froh, wenn sie nicht mit zurück zur Küche kommen.«

Ein Klaps war zu hören, so als schlüge Mason seinem Retter auf die Schulter, dann klappte die Pforte.

»Okay, wer wollte jetzt hier Schubkarre fahren? Aber eine von euch muss das Tor aufhalten, und zwar … Zane! Du kannst danach einsteigen.«

Juna wartete, bis das Gekreisch der Mädchen und das Quietschen der Schubkarre verklungen war, bevor sie ihr Phone wieder senkte.

Im Schneidersitz auf dem Kasten sah sie sich an, was sie gefilmt hatte. Nicht schlecht für einen ersten Versuch, fand sie. Antons Gesicht war nur kurz zu sehen, nicht genug um es mit Fotos aus der Kartei abzugleichen, und Kupferbart – Mason, korrigierte sie sich – hatte sie nur von hinten auf dem Video, aber Wanda und Zane hatten für einen Moment geradewegs zur Kamera hochgesehen. Dazu war zu erkennen, dass die Schubkarre Küchenabfälle enthielt, nach deren Menge für eine sehr große Familie gekocht worden war. Von der Wanda und ihre Mutter Teil waren? Sicherlich war das Mädchen auf ihrem Video Meileen Rabes Tochter?

Sie streckte die Beine aus und ließ sich von ihrem Sitz heruntergleiten. Erst als ihre Füße den Boden berührten, fiel ihr ein, dass sie das Video niemandem würde zeigen können. Schließlich war das hier alles total gegen die Vorschrift.

Sie drückte auf Speichern und steckte das Phone in die Tasche.

KAPITEL 3

HINTER DER FASSADE

Der Fuchs grinste Juna an. Sie grinste zurück, bevor sie die Schranktür schloss.

»Haben wir uns eigentlich jemals darum gestritten, wer welche Tasse bekommt?« fragte Diana hinter ihr.

»Ich wollte immer Judy sein. Oder eins von den Faultieren.«

»Eins von den Faultieren«, wiederholte Diana. »Wieso das denn? Du hast null Talent zum Rumhängen.«

Juna folgte ihrer Schwester über den Flur in den Raum, der nun kein Homeoffice mehr war. Eigentlich, dachte sie jetzt, war es auch kein Homeoffice. Es war eine Kammer mit Fenster.

»Bist du sicher, dass dir das hier reicht? Noch können wir umräumen. Oder wir können ein Wohnzimmer einrichten und eins, in dem wir beide schlafen.«

»Aber wenn jemand Besuch hat?«

Statt einer Antwort begann Juna damit, die Balken für das Bett an die richtigen Stellen zu sortieren. Was hatte sie sich vorgestellt? Dass Diana immer hier sein würde, allein, wartend, mit einem fertig gekochten Abendessen auf dem Tisch? Sie hatte einen Nachmittag in ihrer Wohnung verbracht und sofort den ersten Flirt eingeladen. Natürlich würde sie das häufiger tun. Warum auch nicht?

Aber wenn sie ganz ehrlich war, dann hatte sich eine wartende, kochende Diana vorgestellt.

»Jetzt brauchen wir den Inbusschlüssel.«

»Sobald ich ihn gefunden habe«, antwortete Juna automatisch. Während sie kramte, registrierte sie aus den Augenwinkeln, dass ihre Schwester sich auf dem Boden hin und her wälzte.

»Was machst du da?«

»Mein Exfuß juckt.«

»Und sich herum rollen hilft?«

»Lenkt ab. Außerdem muss ich den neuen Boden testen. Und guck, über was ich mich drüber gerollt habe!«

Sie hielt den Inbusschlüssel hoch.

Juna fühlte sich plötzlich unsicher.

»Wenn ich jemals was tun kann – oder soll –«

Sie nahm den Inbusschlüssel, sah aber weiter ihre Schwester an.

»Mir wird es auch gerade erst richtig klar«, sagte Diana. »Wir haben noch nie zusammen gewohnt.«

»Nie«, bestätigte Juna.

Sie und Diana hatten als Kinder unbedingt zusammenleben wollen. Als Jugendliche erst recht. Niemand von ihren Eltern – weder ihr gemeinsamer Vater, noch eine ihrer Mütter – war einverstanden gewesen.

Juna drehte den Schlüssel, bis die Schraube knirschte.

»Das hier wird eine Super-WG«, sagte Diana.

Juna nickte und setzte den Schlüssel an der nächsten Schraube an.

Die nächste Woche brachte Hitze und stöhnende Sozpos. Juna hatte wenig Verständnis für ihre Klagen. Nachdem sie ein paar Tage lang Dianas Zimmer eingerichtet und zusammen gekocht hatten, war Anna zum ersten Mal offiziell zu Besuch gekommen, und

Juna hatte eine Joggingrunde entlang der Ziegenwiese gedreht. Weder Jascha noch eine der Personen, die sie gefilmt hatte, hatten sich außerhalb des Tors blicken lassen.

Nach diesen ereignisreichen Tagen fühlte ihr Büroplatz sich wie eine doppelte Zumutung an. Die Luft schien doppelt so stickig zu sein, in den durch die löchrigen Jalousien fallenden Lichtstrahlen schien doppelt so viel Staub zu tanzen, die kaputte Rolle an ihrem Schreibtischstuhl schien sich doppelt so oft von ihrem Bestimmungsort zu lösen.

Dennoch erfuhr sie zu ihrer Überraschung, dass die anderen im Team sie um ihren Alltag beneideten. Alle ließen sich in den Berichten, die sie bei Juna abgaben, über ihr Dasein in der sengenden Hitze der zubetonierten Innenstadt aus, wo keine Pausenräume, keine Kantine und nur gelegentlich sanitäre Anlagen zu finden waren.

Außer Agnes Süßmilch gab es drei weitere Menschen im Büro, deren Berichte Juna zu bearbeiten hatte: Gabriel Jesberg, Kim Evren und Tobias Schutter.

Gabriel war Agnes' Tandempartner. Stets gepflegt, beantwortete er Junas Fragen knapp und pragmatisch. Weder Humor, noch Empörung, noch Melancholie schienen seine Sache zu sein. Seine Uniform für den Außendienst hing unberührt in seinem Spind.

Tobias war ganz anders. Wie die meisten in der Sozpo war er alt genug, um ihr Vater zu sein, und schien diese Rolle auch für sich zu beanspruchen. Er zögerte den Antritt seines Außendienstes jeden Tag ein wenig länger hinaus in der Hoffnung, ihr bei irgendeinem Handgriff zur Seite stehen zu können, machte Witze über seinen Bart, den er sich in modischer Absicht stehen lasse »und nicht etwa, um mein Doppelkinn zu kaschieren«. Niemals setzte er Kaffee auf, ohne eine Tasse an Junas Schreibtisch zu bringen. Sie wusste nicht, was sie von diesem Beinaherentner halten sollte, der so freundlich bevormundend um sie herumstrich. Manchmal war sie froh über seine Fürsorge, manchmal ging er ihr auf die Nerven, oft wünschte sie, er würde, bevor er anfing zu reden, auf ein Signal warten dass sie bereit war ihm zuzuhören.

Die andere Hälfte seines Tandems machte leider nur Stippvisiten im Büro. Zwischen den beiden schien eine Absprache zu bestehen, dass Kim die Situationen draußen regelte und Tobias die Akten ausfüllte. Juna versuchte sich vorzustellen, wie Kim, diese anmutige, stets lächelnde Person, Drohungen und Handgreiflichkeiten beendete, ohne eine der beteiligten Parteien auch nur anzufassen. Den Berichten zufolge verstand Tobias selbst nicht, wie das möglich war, obwohl er jedes Mal danebenstand.

Gabriel und Agnes hatten einen festen Bereich, den sie jeden Tag aufsuchten. Gemäß der Zuständigkeit von Abteilung I hatten sie vor allem die Aufgabe, Präsenz auf den Straßen zu zeigen. Da niemand, weder von der Koordination noch auf einer der näheren Leitungsebenen, jemals Näheres dazu ausgeführt hatte, schlichen viele Sozpos den Tag lang unsicher und weitgehend tatenlos durch die Gegend. Gabriel und Agnes dagegen schienen froh über die freie Hand zu sein. Sie konzentrierten sich auf die Schlichtung von Alltagskonflikten, suchten nach Plätzen für Zeltlager, pflanzten Büsche als Sichtschutz, beruhigten aggressive Stimmen. Gelegentlich verteilten sie auch Flyer der Drogenberatung oder halfen, Arzttermine zu vereinbaren.

Juna krümmte sich fast vor Neid, wenn sie ihre Berichte las. Verglichen mit dem, was sie erdulden musste, zogen alle anderen Tag für Tag ins Abenteuer.

»Mythen«, schnaubte Agnes, als sie die ältere Kollegin darauf ansprach. »Wir sind immer auf derselben Platte und hören uns von immer denselben Leuten immer dieselbe Soße an. Außerdem ist unser Budget für Dixie-Klos bald aufgebraucht. Das wird ein Desaster. Worüber ich lieber reden würde – was ist aus der Sache mit der Rufumleitung geworden?«

Sie und Juna saßen in der Ecke ihres Büros, die der Standventilator am besten durchlüftete, und tranken Eiskaffee. Juna stocherte in ihrer Karamell-statt-Vanille-Eiskugel herum, während sie nach den richtigen Worten suchte.

Agnes sah ihr eine Weile dabei zu. Dann brach sie das Schweigen.

»Hast du Ärger bekommen?«

»Da war eine Meldung«, sagte Juna. »Ich bin hingegangen und hab die Lage überprüft. Ich war bei dem alten Streichelzoopark und hab eine reichlich bevölkerte Gartenkolonie gefunden.«

Agnes sah sie mit großen Augen an.

»Oh«, sagte sie. »Vielleicht sollten wir –«

Mit einem Ruck wurde die Tür geöffnet.

Tobias kam herein, von Kopf bis Fuß ins strahlende Hellblau des Außendienstes gekleidet. Stöhnend und ächzend legte er seine Uniformjacke ab, streifte die Weste darunter von den Schultern und zog das Hemd aus der Hose.

»Du willst dich nicht hier drin umziehen, oder?« fragte Agnes.

»Ich hab gedacht, ihr Mädels könntet euch einen Augenblick umdrehen.«

»Es gibt Toiletten und Umkleiden in diesem Haus!«

»Hast du eine Ahnung, wie es da drin stinkt bei dem Wetter?«

»Dein Geruch lässt es mich ahnen!«

Juna stupste ihre Kollegin mit dem Ellenbogen. »Wir könnten kurz rausgehen«, sagte sie.

»Das hier ist ein Ort für Besprechungen, wie wir sie gerade führen, und es gibt andere Orte, an denen man sich umzieht! Wir gehen nirgendwohin!«

Tobias grinste. »Wenn ihr Frauengespräche führt«, sagte er, »ich hab mir gerade erklären lassen, wie das geht!«

Er stand mit dem Rücken zu ihnen und war, den Bewegungen nach, dabei sein Hemd aufzuknöpfen.

»Wollt ihr Klatsch? Ich hab gerade gehört, wie Robert am Telefon seine Frau angeschrien hat! Dass er künftig gar nichts mehr tun werde und von seinem Sohnemann endgültig die Schnauze voll hat! Anscheinend geht die Show vom Sommerfest weiter! Weißt du noch, Agnes? Wie sie sich da gestritten haben?«

Agnes ging zur Tür und öffnete sie weit.

»Ich will es nicht noch mal erklären, Tobias. Unser Büro ist keine Umkleide«, sagte sie in einer Lautstärke, die mindestens auf der halben Etage zu hören war.

Tobias erstarrte für einen Moment. Dann knöpfte er sein Hemd wieder zu, griff nach seiner Jacke und verschwand, Unverständliches murrend, über den Flur.

Agnes schloss die Tür und lehnte sich mit dem Rücken dagegen. »Kennst du eigentlich schon das Sonnendeck, Juna?«

Sie verließen das Büro. Juna war davon ausgegangen, dass sie den Aufzug zum Erdgeschoss nehmen würden, aber zu ihrer Überraschung drückte Agnes den Knopf für das oberste Stockwerk. Sie fuhren schweigend nach oben.

Der Flur, auf den sie hinaustraten, hatte den gleichen hässlichen braunen Teppich wie der Eingangsbereich zehn Etagen unter ihnen, allerdings wirkte der Boden hier noch schmutziger und ausgetretener. Die Fenster sahen aus, als seien sie seit Jahren nicht geputzt worden, die Jalousien hatten noch größere Löcher und hingen noch schiefer als in dem Juna bereits so vertrauten Büro. Die Flurwand hinterließ den Eindruck eines alten, erschöpften Monsters mit blinden Augen und Zahnlücken.

In einer Nische lehnten ein Schreibtischstuhl mit nur der Hälfte der verbleibenden Rollen unter den Füßen und ein zweiter, dessen Rückenlehne abgebrochen war, aneinander.

Juna folgte ihrer älteren Kollegin bis zu einer feuersicheren Tür. Im Treppenhaus dahinter war es schwarz wie in einem Tintenfass. Nur ein Lichtstrahl aus dem oberen Stockwerk schnitt die Dunkelheit in zwei Hälften.

Juna tappte in die Richtung, in der sie Agnes' Schritte hörte. Es ging höher, auf die Lichtquelle zu. Etwas schleifte über den Boden, ein Rechteck öffnete sich, gleißendes Licht strömte heraus wie Wasser aus einer Schleuse. Juna kniff die Augen zusammen.

»Wo sind wir?« fragte sie.

»Sieh selbst!«

Unter Junas Füßen knirschte Kies. Um sie herum lag das Dach der Sozialpolizei. Hier und da ragten Schornsteine in die Höhe, und kurz vor der steil abfallenden Mauer konnte sie, straff gespannt und glänzend, den Blitzableiter ausmachen. Meter unter ihr sah sie die Dächer der anderen Verwaltungsgebäude, manche flach mit aufgeschüttetem Kies wie ihres, manche schräg und mit roten oder schwarzen Schindeln gedeckt.

Auf der anderen Seite stand der Dom. Juna hielt die Luft an. Für einen Moment hatte sie das Gefühl, die riesige Dachkuppel würde näherkommen und alles, was in ihrem Weg stand, zermalmen. Ihre Augen fanden das Kupferkreuz, das die Spitze markierte. Es warf einen langen Schatten und nein, es kam nicht näher. Weiter entfernt schimmerte ein goldener Mond über der größten Moschee der Gegend. Kurz vor dem Horizont blitzte der Funkturm im Sonnenlicht.

»Danke für diese beeindruckende Erfahrung«, sagte sie und wunderte sich im gleichen Moment darüber, dass sie so förmlich war.

»Erzähl mir von deinem Wochenende.«

Juna hatte ihre Sprache noch nicht ganz wiedergefunden. Stockend erzählte sie von der Meldung, dem Walrossmann und allem, was sie in der Kolonie beobachtet hatte.

»Ich weiß nicht so richtig, was ich jetzt tun soll«, schloss sie. »Es sah alles nicht nach einer unmittelbaren Notsituation aus, ich meine, niemand war ganz direkt in Gefahr, aber irgendwer hat eine Art Dorf aus selbstorganisierten Notunterkünften gegründet!«

»Oder es ist von selbst entstanden«, sagte Agnes. »Wahrscheinlich wissen sich alle dort zu helfen. Tu einfach gar nichts.«

»Aber was ist mit dem Nachbarn?«, sagte Juna. »Und der Abteilung II?«

Agnes zerbiss krachend einen Eiswürfel und verzog das Gesicht.

»Kälteempfindliche Zähne«, sagte sie.

»Meinst du nicht, ich sollte weiter nachforschen?«

»Nur wenn du das Kellerarchiv auf den Kopf stellen willst, aber das ist bei der Überflutung letzten Sommer komplett vollgelaufen. Die meisten Papierakten da drin sind verschimmelt. Wenn du das Aquarium durchsuchen willst, brauchst du eine Atemschutzmaske, und um die bezahlt zu kriegen, musst du einen Antrag stellen, und um den zu stellen …« Agnes machte eine »Und-immer-so-weiter«-Geste, während sie einen weiteren Eiswürfel zwischen den Zähnen zerkrachte.

»Es war nie deine Aufgabe, diese Fragen zu beantworten. Wenn es wichtig ist, wird die Abteilung II von selbst noch mal fragen.«

»Ich hab das Gefühl, die Sache ist nicht erledigt.«

Agnes zerbiss einen weiteren Eiswürfel.

»Ich halte die Ohren offen«, sagte sie. »Wenn ich was höre, was diesen Nachbarn angeht, bist du die Erste die es erfährt.«

»Aber was sage ich Robert, wenn er fragt?«

»Dass du dein Bestes getan hast, um den Irrtum mit der Rufumleitung zu beheben. Nur, wenn er fragt! Robert legt keinen Wert darauf, dass man ihn an seine Fehler erinnert.«

Sie hatte die Meldung auf ihrer Station aufgerufen. Ihr Mauszeiger schwebte über dem Papierkorb-Button. Agnes und Gabriel waren wieder in den Außendienst verschwunden, das andere Tandem, Kim und Tobias, hatte sie heute noch gar nicht gesehen.

Agnes hatte gesagt, sie solle die Meldung einfach löschen. Der Umgang mit Fehlern im Haus ging offenbar so, dass alle so taten als sei nichts passiert, in der Hoffnung dass es dann von Zauberhand auch so sein würde. Sie, Juna, war neu hier. Neuen, die sich nicht an die Regeln hielten, vor allem an die ungeschriebenen Regeln, erging es immer schlecht.

Der Mauszeiger war verrutscht. Sie schob ihn zurück Richtung Papierkorb.

Andererseits … Was hatte sie sonst zu tun? Alle Berichte waren fertig. Sie konnte entweder ihre eigenen Nachforschungen anstellen oder zu einer Amtsstubenkraft werden, die ihren Schreibtisch hauptsächlich aufsuchte um sich die Nägel zu feilen.

Sie stand auf und ging zum Fenster. Zurück zum Schreibtisch. Und wieder zum Fenster.

Was hatte der Nachbar gesagt? »Du bist nicht die von vorher«?

Hausbesuche oblagen der Abteilung II, in der nach der Reform Teile des polizeilichen Streifendienstes mit den Jugend- und Sozialämtern zusammengelegt worden waren. Familienhilfen, Einzelfallbetreuungen, Sozialdienste waren alle unter dem Dach der Abteilung II versammelt worden. Wenn jemand bei den Rabes zu Hause gewesen war, dann aus Abteilung II.

Sie sah auf die Uhr. Die Mittagspause war gerade erst vorbei. Noch mindestens drei Stunden bis Feierabend.

Sie öffnete die Login-Seite für das Intranet, tippte ihre Anmeldedaten ein und wartete, während die Serverinhalte geladen wurden. Im Bereich der Abteilung I kannte sie sich aus, hier standen alle Texte aus ihrem Orientierungsordner, alle Rundbriefe der Koordination und, in einem speziell geschützten Ordner, die Akten die persönliche Namen und Daten enthielten. Juna verzog das Gesicht. Vielleicht, dachte sie, während sie die abteilungsübergreifende Suchfunktion aufrief, ist ein derart aufgeräumter Server ein Zeichen dafür, dass man im falschen Job ist. Kein Mensch sollte soviel Zeit haben.

Sie tippte Rabe in das Suchfeld und wartete, während die kleine Sanduhr sich drehte. Sie hatte erwartet, mit einem Keine Treffer abserviert zu werden. Stattdessen ploppte eine Datei auf, dann eine zweite und dritte. Dominik Rabe, Felix Rabe und, tatsächlich – Meileen Rabe. Irgendein Bericht über Meileen Rabe stand im für alle Abteilungen offenen Bereich. Juna lud ihn herunter.

Die Akte war nicht ausführlich – laut einer gewissen A. Birke aus

Abteilung II hatten zwei Hausbesuche stattgefunden, einer angekündigt, einer als Überraschung geplant. Bei diesem zweiten Besuch war in den Feldern, die den Verlauf des Besuchs einordnen sollten,

Eskalation

angekreuzt worden. Als Erläuterung war nur ein Wort eingetragen:

Drogenmissbrauch

Ihr Telefon piepste. Diana hatte einen Smiley geschickt. Juna fühlte ihr Herz sinken. Sie hatte eigentlich vorgehabt, Agnes nach dem Wohnstatus ihrer Schwester zu fragen, aber irgendwie war es untergegangen in allem anderen, was sie besprochen hatten.

Sie rief die Statuten der Sozpo an ihrer Workstation auf. Ihr Vertrag besagte, dass Angehörige die Wohnung mitbewohnen durften. Auf Zusatzblatt 10 A hieß es jedoch, damit seien Ehepartner_innen, Kinder oder pflegebedürftige Eltern – sofern deren Pflegebedürftigkeit nachgewiesen werden konnte – gemeint. Für Geschwister war ein gesonderter Antrag zu stellen. Juna druckte das Formular aus.

»Antrag auf Wohnraumteilung«, murmelte sie. »Aber wenn ich jetzt hier die Eltern eintrage, wo schreibe ich hin dass wir verschiedene Mütter haben?«

Sie strich über das Papier, schob es von einer Seite des Tisches zu anderen, schob es wieder zurück. Was, wenn der Antrag abgelehnt wurde? Laut dieses Formulars gab es ihre und Dianas Familie nicht einmal. Ihr Ersuchen konnte allein deshalb verworfen werden. Sollte sie es überhaupt stellen? Aber was, wenn herauskam dass Diana bei ihr lebte?

Die Bürotür flog auf und traf krachend mit der Wand zusammen.

»Ich hoffe du kannst Steno, Juna, denn das hier muss schnell protokolliert werden und wird garantiert ein Nachspiel haben!«

Juna schreckte zusammen. Sie hatte Kim noch nie aufgebracht gesehen, geschweige denn wütend. In der nächsten Sekunde kam auch Tobias hereingestürmt. Er sah allerdings höchstens leicht verärgert aus und gesellte sich gleich zu Juna. Sie klickte neben Meileens Akte auf Rückruf anfordern und rief dann eine blanke Arbeitsfläche auf.

»Wow! Du kannst ja Sachen! Wie hast du das gemacht?«

Sie hörte wie Tobias, irgendwo hinter ihr, seine Uniformjacke abstreifte. Sie drehte ihren Stuhl halb herum und bemühte sich um ein höfliches Grinsen.

»Wie hab ich was gemacht? Hatten wir darüber gesprochen dass das Büro keine Umkleide ist? Mit Agnes?«

»Du ziehst dich hier drin um?« fragte Kim.

»Nicht mehr. Agnes würde das nicht mögen.« Juna betonte jede Silbe.

»Du hast gerade an was ganz anderem gearbeitet«, sagte Tobias, ohne auf die Ermahnung einzugehen. »Du hattest irgendeine Meldung offen. Aber jetzt bist du auf einem neuen, wie heißt das, Desktop! Wie hast du das gemacht?«

»Control-Alt-unten.«

»Alt … sind das Tasten?«

»Ich zeig's dir ein andermal.« Juna fing Kims Blick auf. »Ich soll euch ein Protokoll anlegen?«

»Sofort, bitte!«

»Datum ist heute?«

»Erst der Sachverhalt.«

Kim, auf dem Schreibtisch sitzend, die Hände knetend, schien immer noch aufgeregt zu sein. Tobias stand so dicht hinter Juna, dass sie sein Männerparfüm nicht nur riechen konnte, sie hatte das Gefühl dass es ihre ganze Lunge füllte.

»Also«, begann Kim, »du kannst schon mal den Haken dafür setzen dass ein ärztlicher Befund hinzugefügt werden muss –«

»Überflüssig«, schaltete Tobias sich ein. »Damit machen wir uns nur –«

»Verdacht auf Knochenbruch, mindestens ein ausgerenktes Gelenk –«

»So was passiert nun mal bei Festnahmen –«

»So was passiert überhaupt nicht! Wir sind doch nicht die –«

»Polizei?« Tobias trat hinter Juna hervor und ließ sich verkehrt herum auf Agnes' Bürostuhl fallen. Die Arme auf die Rückenlehne gestützt, sah er zwischen Kim und Juna hin und her. »Wolltest du das sagen, Kim? Denn ich bin Polizist. Du könntest von mir lernen.«

»Wie man Menschen die Arme bricht?«

Kim wandte sich demonstrativ Juna zu.

»Identität der festgenommenen Person hinterliegt im Bereich für Freiheitsentzug. Ich hätte gern, dass mein Name aus der Angelegenheit herausgelassen wird und nur Tobias im Protokoll steht. Er allein hat die Festnahme und die Verletzung zu verantworten.«

»Gerne.« Tobias drehte sich ebenfalls zu Juna. »Als nächstes schreibst du auf, dass der tätliche Angriff des Verdächtigen auf einen deutlich als solchen gekennzeichneten Polizisten sowie sein Widerstand gegen die Festnahme –«

Juna hob die Hände in einer Stopp-Geste.

»Du wurdest angegriffen?«, fragte sie.

»Jemand hat uns Hundescheiße nachgeworfen«, sagte Kim augenrollend. »Das nennt Tobias einen tätlichen Angriff.«

»Wie, du meinst, so mit der Hand …?«

»In einem nicht ganz sorgfältig verschlossenen Plastikbeutel. So was kommt vor. Kann auf uns gezielt gewesen sein oder auch nicht. Kann daran liegen, dass Tobias immer noch seine alte Dienstmarke und seinen alten Waffengürtel trägt. Kann auch nicht.«

»Ich kann meinen Gürtel frei wählen. Ich trage keine unerlaubten Waffen.«

»Also«, sagte Juna, bemüht, den Faden wiederzufinden. »Jemand in eurer Nähe hat … ich schreibe auf … einen Beutel … das kann man besser ausdrücken … ein Behältnis … mit mutmaßlich Hundekot darin … in eure Richtung geworfen. Und dann?«

»Wer mit Hundekot wirft, muss mit Konsequenzen rechnen«, sagte Tobias.

»An welchem Punkt habt ihr den Ruf an Abteilung III abgesetzt? Laut Ablaufprotokoll –«

»Dafür war keine Zeit.« Tobias plusterte sich auf, soweit er konnte. »Ich wurde getroffen.«

Juna fiel es auf einmal schwer, ernst zu bleiben.

»Wo?«

Tobias streckte sein uniformiertes Bein vor. Sie sah hin.

»Ich kann da ehrlich gesagt nichts erkennen.«

»Der Kot war in einem Behältnis«, sagte Kim.

»Also hat das Behältnis dich getroffen, aber keine Spuren hinterlassen?«

Tobias nickte.

»Schreibe ich auf.« Juna fügte ihrem Satz mit der Richtung einen zweiten über eine getroffene, aber nicht beschmutzte Uniform hinzu. Sie spitzte die Ohren. Ihre Tastatur klapperte plötzlich in eine sehr auffällige Stille hinein.

»Also?« fragte sie, als es still blieb. »Wie ist es von da zu einem gebrochenen Arm gekommen?«

»Polizeiliche Routinemaßnahme und Widerstand des Verdächtigen dagegen«, sagte Tobias. »Einzelheiten kann ich jetzt so genau nicht aufzählen. In solchen Situationen geht alles sehr schnell.«

»Was soll ich dann aufschreiben?«

»Eine Anzeige wegen Widerstand gegen –«

»Ich schreibe Berichte, keine Anzeigen.«

»Schreib trotzdem, dass diese Anzeige unbedingt gestellt werden muss. Die zuständige Stelle muss das Aktenzeichen des Anzeigenvorgangs dem Bericht hier hinzufügen, sonst ist das Ganze unvollständig.«

Juna zog ihren Notizblock heran. »Also brauche ich den ärztlichen Befund, die Nummer der Anzeige –«

»Wenn ich es mir überlege«, unterbrach Tobias sie, »mach dir nicht zuviel Arbeit. Die Anzeige ist nur wichtig, wenn ein ärztliches Gutachten besagt, dass die Verletzung während der Festnahme entstanden ist. Sonst kann man sie auch vernachlässigen.«

Juna legte den Block an seinen Platz zurück. »Vielleicht solltet ihr euch erstmal einigen, was in den Bericht reinkommt?«

»Wir werden uns einigen müssen, ob wir weiter zusammen arbeiten«, sagte Kim.

Juna loggte sich aus. »Ich bin in drei Minuten wieder da«, sagte sie. »Einigt euch.«

Sie rannte praktisch auf den Flur hinaus. Erst im Vorraum der Toilette hielt sie an. Ihr Spiegelbild sah wütend aus. Zumindest die Augen waren wütend. Die Kerbe zwischen ihren Augenbrauen deutete auf Angst hin. Der Rest von ihr wollte aus irgendeinem Grund lachen.

Sie trat näher an den Spiegel heran. Hätte sie etwas anderes tun können, als die Situation zu verlassen? Ein Streit im Kleinteam war nicht ihre Sache, oder?

»Du bist eine wahre Schönheit«, sagte jemand auf dem Flur.

Robert stand in der Tür. Sie und sein Spiegelbild sahen sich an.

»Es kommt mir gelegen, dass ich dich gerade sehe«, sagte das Spiegelbild.

Juna drehte sich um.

»In der Unisex-Toilette?«

»Ich würde dich gern sprechen. Könntest du bitte in mein Büro kommen.«

Er wartete ihre Antwort nicht ab, sondern verschwand gleich wieder.

Juna betrachtete sich selbst noch einmal eingehend. Ihr Lidschatten war gleichmäßig, die Hose schlug nur die Falten die sie sollte, die Bluse hatte keine Schweißflecken. Sie steckte ein paar lose Haare fest, die dem Knoten entkommen waren, dann folgte sie Robert.

Seine Bürotür stand offen.

Sie klopfte höflich abwartend gegen den Rahmen. Robert saß an seinem Monitor. Sein Blick klebte daran wie eine Fliege am Limoglas.

Endlich winkte er ihr und deutete auf den Stuhl vor seinem Schreibtisch, immer noch ohne sie anzusehen. Als Juna die Tür hinter sich schloss, hatte sie das Gefühl, sich einen wertvollen Fluchtweg zu versperren. Hatte er bereits von dem Streit zwischen Tobias und Kim erfahren? Würde er verlangen, dass sie sich dazu positionierte?

»Wie ist es dir bisher ergangen?«

Wäre mit der Frage nicht offensichtlich sie gemeint, hätte Juna gedacht er spräche mit seinem Monitor.

»Ich gebe mir Mühe«, sagte sie vorsichtig. »Arbeite mich ein.«

»Keine Beschwerden?«

»Über mich? Ich hoffe doch nicht!«

Endlich sah er sie an.

»Interessant, dass du das sagst. Du hast eine Schicht im Außendienst übernommen, habe ich gehört?«

Juna befiel das Bedürfnis, sich unter den Tisch zu ducken. Sie fühlte, wie sich ihre Schultern nach vorn beugten, ihr Kopf unter die Tischplatte tauchen wollte. Es kostete Kraft, gerade sitzen zu bleiben und Worte zu formen. Alles, was sie herausbrachte, war:

»Ich kann das erklären.«

Roberts Schweigen klang wie Donnergrollen.

»Niemand war zuständig«, sagte Juna, »aber ich dachte –«

»Du hattest keine Anweisung. Keine Erlaubnis.«

Juna versuchte sich zu erinnern, was Agnes ihr für diesen Fall geraten hatte. Es fiel ihr nicht ein.

»Ich habe deine Anweisungen bisher sehr genau befolgt«, versuchte sie Land zu erreichen.

»Du warst also nicht draußen?«

»Ich meine in meiner ersten Woche hier. Da habe ich deine Anweisungen sehr genau befolgt.«

Juna setzte sich ganz gerade hin und legte ihre Hände auf die Tischplatte. »Ich hatte in meiner ersten Woche die Aufgabe, mich ins Regelwerk einzuarbeiten. Das habe ich getan. Gründlich. In einem Notfall muss die qualifizierteste Person das Kommando übernehmen, falls sie ausfällt die nächst qualifizierte und so weiter.«

»Das ist das Notfallprotokoll.«

»Ich hatte Grund zur Annahme, dass ein Notfall vorlag! Außer mir war niemand im Dienst, ich musste mich also selbst –«

»Du hättest mich fragen müssen.«

»Ich wusste nicht, wie ich dich erreichen sollte.«

»Dann hättest du die nächsthöhere Ebene fragen müssen.«

»Es war Freitag um –«

»Juna, du musst dich den Regeln anpassen. Nicht umgekehrt.«

»Ich habe versucht –«

»Du hast nicht darüber nachgedacht, dass die Regeln einen Sinn haben. Du bist allein in eine unbekannte Situation gelaufen. Mach das nie wieder.«

Erneut breitete sich Schweigen im Raum aus. Juna wagte nur aus den Augenwinkeln danach zu sehen, was Robert tat. Er betastete die entzündete Stelle an seinem Ohr.

»Was passiert jetzt?«, fragte sie.

»Jetzt gehst du an deinen Schreibtisch zurück.«

»Aber was mache ich mit meinem Bericht?«

»Bericht? Es gibt über diesen Fall nichts zu berichten.«

Juna zog ihr Phone aus der Tasche und klopfte damit gegen ihre Handfläche. »Ich habe die Person aus der Meldung gefunden. Oder jedenfalls ihre Tochter.«

Robert runzelte die Stirn. »Hast du mit ihr gesprochen?«

»Sie ist nicht allein.« Juna entriegelte ihr Display und ließ das Video laufen. »Siehst du das Mädchen neben der Schubkarre? Die mit den hellen Haaren? Das ist die Tochter der Person aus der Meldung.«

Sie überließ Robert das Phone. Er starrte aufs Display, zoomte herein und heraus. Die Runzeln in seiner Stirn wurden tiefer.

»Wo ist das?« fragte er.

»Das ist eine der letzten Gartenkolonien im städtischen Norden, die kleine hinter dem Streichelzoopark. Sie hat keinen offiziellen Namen mehr, seit der betreibende Verein sich aufgelöst hat.«

»Wer lebt dort?«

»Ich hab noch nicht alle identifizieren können.«

Robert zog eine Schublade auf. Juna machte den Hals lang, gespannt, ob er Fotos oder Akten hatte, die sie weiterbringen würden, aber alles, was er aus der Schublade nahm, war ein kariertes Baumwolltaschentuch. Ohne sie anzusehen, begann er damit an einem kalkigen Wasserspritzer an seiner Ecke des Tisches herumzureiben.

»Ich bin gern bereit, wieder hinzugehen«, sagte Juna.

Roberts Kopf ruckte hoch. »Wie viele Minderjährige sind da?«

»Auf jeden Fall die zwei Kinder in dem Video. Bei dem jungen Mann bin ich mir nicht sicher. Könnte volljährig sein. Aber ich hab noch nicht alles von der Kolonie gesehen.«

Robert nahm das Phone noch einmal auf. »Du glaubst, der ist achtzehn?«

»Vielleicht auch nicht.«

Roberts Stirn glättete sich. Er legte das Phone in ihre offene Handfläche. »Finde es heraus.«

»Ich frage Agnes und Gabriel, ob sie sich das mit mir anschauen. Oder?«

»Agnes und Gabriel sind für einen festen Bereich eingeteilt. Die können nicht einfach woandershin.«

Wie gewonnen, so zerronnen. Natürlich würde sie in ihre Ecke zurückgeschickt werden, egal was sie entdeckt hatte. An diesem Punkt war Robert selbst nicht einmal mehr zuständig.

»Kann ich um eine Sache bitten?« fragte sie.

Robert wartete.

»Kann ich die Übergabe machen? Das übernimmt jetzt jemand aus Abteilung II, richtig? Dann könnte ich wenigstens –«

»Ich hätte wohl kaum ›Finde es heraus‹ gesagt, wenn wir das weitergeben würden. Du wirst morgen da hingehen und das Alter des jungen Mannes herausfinden. Außerdem wie lange er da ist, wen er kennt, was er als nächstes vorhat. Dann erstattest du mir Bericht.«

»Ich soll allein …?«

»Der Weg ist etwas unüblich«, gab Robert zu. »Aber du hast diese Kolonie gefunden. Dann hast du auch verdient zu ermitteln. Du willst doch?«

Juna nickte sprachlos.

»Du hast meine Anweisung.« Robert lächelte. »Finde heraus, wer da ist. Konzentrier dich auf die Minderjährigen. Wir brauchen einen Plan für deren Optionen. Um die anderen kümmern wir uns später.«

Juna, unsicher ob sie aus dem Gespräch entlassen war, machte einen Kompromiss zwischen Gehen und Bleiben indem sie langsam ihren Stuhl zurückschob. Sie wusste nicht, ob sie weitere Fragen stellen sollte.

»Du hättest eigentlich Ärger bekommen sollen«, schob Robert hinterher. »Aber Hut ab fürs Herausmanövrieren. Ich bestrafe keine Eigeninitiative.«

»Danke.«

»Wir brauchen solche wie dich.«

»Jetzt machst du mich verlegen!« Sie stimmte in Roberts Lachen ein, als sie auf den Gang hinaustrat.

Tobias war nirgendwo zu sehen, als sie wieder ins Büro kam, aber Kim saß an ihrem Platz und hatte offenbar auf sie gewartet.

»Das waren mehr als drei Minuten.«

Juna strahlte. »Ging nicht schneller. Ich bin befördert worden.«

Auf ihrem Schreibtisch lag noch immer der Antrag auf Wohnraumteilung.

KAPITEL 4
BEIM MAX-LARRK-LESEKREIS

Juna schwitzte. Ihre schicken Schuhe rieben an den Füßen.

Noch eine Stunde, dann würde sie Blasen bekommen. Sie hatte gehofft, der Tag würde sich normal anfühlen und sie weniger aufgeregt sein, wenn sie ihre Bürokleidung trug. In der Theorie hat die Idee Sinn ergeben, dachte sie jetzt. Wie das so ist mit Theorien, die am Schreibtisch entstehen.

Das Jackett über der Schulter, die Arme an die Seiten geklemmt, näherte sie sich der Ziegenwiese. Das Zischen der Fritteuse des Pommeswagens war bis zur Weggabelung zu hören.

Dies war der Moment.

»Hallo!« rief sie fröhlich.

Leon J. Koch sah durch den Fritteusendampf auf sie hinunter. »Hallo, junge Frau«, sagte er. »Spät dran mit dem Mittagessen?«

»Ich hatte gehofft, einen Kaffee zu kriegen«, schwindelte Juna.

»Gern! Milch, Zucker?«

Er deutete auf eine Dose Kaffeeweißer und eine zweite, in der sich kleeblattförmige Zuckerwürfel stapelten. Eine Fettschicht überzog sowohl den Deckel der Milchpulver-Dose als auch den Zucker.

»Danke, schwarz.«

Juna nahm einen Pappbecher in grellem Lila entgegen und nippte an der Brühe darin. Sie ähnelte Dianas Kaffee in Aussehen und Geruch, aber weiter ließ sich der Vergleich nicht aufrechterhalten.

Leon J. Koch sah sie erwartungsvoll an.

»Ist noch zu heiß zum Trinken«, sagte sie, den Becher abstellend. »Wo sind deine Freunde, Leon?«

»Meine Stammkunden«, sagte Koch. »Die sind jetzt auch unter die Squatter gegangen.«

»Tatsächlich?«

»Können ihre Wohnungen nicht mehr bezahlen. Jetzt versuchen sie's da drüben.« Er ruckte mit dem Kinn in Richtung des Gebüsches, das den Eingang zur Sackgasse verbarg.

»Wenigstens zelten sie nicht vor deinem Wagen«, sagte Juna.

Koch lachte. »Bist du eine, für die das Glas immer halbvoll ist?«

»Oder der Pappbecher.« Juna schlürfte Kaffeedampf ein. »Also sind die beiden jetzt auch in diese Kolonie eingezogen?«

»Aber haben mich auf ihrem offenen Deckel sitzenlassen.«

»Sie haben Schulden bei dir?«

»Ich war nachsichtig in letzter Zeit.«

Einen Moment schwiegen sie beide und blickten in Richtung der zugewachsenen Gasse.

»Nett von dir«, sagte Juna schließlich.

Leon schnaubte. »Ein Fehler! Immer, wenn die hier herumhängen, jammern die mich voll. Wie wenig Geld sie haben, dass sie sich ihre Wohnungen nicht mehr leisten können – aber wenn ich dann sage, dass das nun mal alles demokratisch so beschlossen ist, dann wollen sie das nicht hören. Dabei ist das so. Beschlossen von den Leuten die das meiste zum Staat beitragen. So sollte es doch auch sein.«

Juna drehte den Becher zwischen ihren Fingern hin und her. Die

Pappe begann zu knicken, heiße braune Brühe schwappte am Rand hoch. Sie trank hastig einen Schluck und fluchte los.

»Natürlich muss ich mir den Mund verbrennen!«

»Zum Kühlen. Geht aufs Haus.«

Koch stellte eine Orangenlimonade vor sie hin.

»Werden die beiden ihre Schulden zahlen?« fragte Juna. Bei aller Schwierigkeit, mit einer kalten Dose an der Lippe zu sprechen, ergab sich der nächste Satz von selbst: »Soll ich sie vielleicht holen gehen?«

Kochs Gesicht hellte sich auf.

»Das wäre großartig! Sag ihnen, sie schreiben nie wieder bei mir an wenn sie nicht heute noch zahlen. Oder sagen wir bis morgen. Ich würd sie nie verhungern lassen, aber das brauchen sie nicht zu wissen.«

»Geht klar«, sagte Juna, rührte sich aber nicht. Ihr war eine weitere Idee gekommen. »Kann ich mein Jackett bei dir lassen?«

Die Limo öffnete sich mit einem schwungvollen Zischen. Juna, mit offenen Haaren und aufgekrempelten Ärmeln, versuchte innerhalb der Schuhe in eine bequeme Position zu rutschen und lief los.

Trotz der reduzierten Kleidung tupfte sie ein paar Schweißtropfen von ihrer Nase, als sie das Tor erreicht hatte. Dann stand sie und staunte.

Jascha hatte gesagt, er wohne gleich hinter dem Eingang auf der linken Seite. Das Haus sah aus, als wäre es aus den Voralpen verpflanzt worden. Blütenweiß getünchte Außenwände, schokoladenbraun gebeizte Tür, Blumenkästen an den Fenstern im Erdgeschoss, im Oberstock ein Fensterladen mit herzförmigen Lichtdurchlässen. Über der Tür hing eine schnörkelige Messinglaterne an der Wand, gekrönt von einem Hirschgeweih.

Das also war der Wohnsitz des jungen Aussteigertypen, den sie neulich getroffen hatte? Der nur ein paar Jahre älter war als sie? Vielleicht irrte sie sich.

Juna drehte sich, um die gegenüberliegende Seite zu inspizieren. Hier herrschte ein Miniatur-Rosengarten im englischen Stil über die Szenerie. Kieswege, zu klein als dass ein Mensch darauf hätte spazieren können, waren in perfekten Bögen um die Rosen herum angelegt und an jedem zweiten Ende davon ein winziges Bänkchen aufgestellt. Sie dienten als Raststätten für Gartenzwerge. Einer von ihnen hatte eine Pfeife im Mund und las mit gerunzelter Stirn Zeitung, ein anderer putzte seine Brille. Ein Paar saß aneinandergeschmiegt, und ganz hinten hatte sich ein Zwerg ausgestreckt und schien ein Nickerchen zu halten. Das Rot seiner Mütze biss sich mit der pinken Rosenblüte hinter ihm.

»Wer ist das denn?«

»Die kenn ich das ist die von der Jascha dauernd redet!«

Juna blinzelte und drehte sich um. Es dauerte einen Moment, sich aus dem Bann des Zwergengartens zu befreien.

An Jaschas Ecke zweigte ein Weg nach links ab. Dort waren die beiden Mädchen aufgetaucht, die Juna schon kannte. Wanda und Zane.

Juna lächelte.

»Ich war neulich mal hier. Wie geht es deinem Wespenstich?«

»Wespenstich?«

Wanda verdrehte die Augen. »Du bist angerannt gekommen und hast allen großartig davon erzählt, und jetzt weißt du das schon nicht mehr? Das war vor ein paar Tagen!«

Zane schlug sich mit einer so schwungvollen Geste an die Stirn, dass Juna einen Moment glaubte sie werde hintenüber fallen.

»Ach sooo das der Stich ist doch längst verheilt ich hab doch keine Angst vor Wespen!«

»Brauchst du auch nicht zu haben«, sagte Juna. Sie betrachtete die beiden Mädchen vor sich, Zanes zarte Statur und riesige Augen und daneben Wanda, mit breiten Backenknochen und einer Haarfarbe, die Junas eigener ähnelte.

Sie trank aus ihrer Limodose, um sich einen Moment zum Nachdenken zu geben. Den Kindern zu sagen, wer sie war, kam nicht in Frage. Zu sagen, dass sie gekommen war um Schulden einzutreiben, war sicher auch falsch. Sie konnte nicht hereinplatzen und sich als Gerichtsvollzieherin aufspielen! Aber lügen mochte sie auch nicht.

Sie war bei den letzten Tropfen angekommen, aber die beiden starrten sie immer noch an. Sie musste etwas sagen.

»Ich suche jemanden«, versuchte sie es. »Wisst ihr, wer hier in letzter Zeit neu eingezogen ist?«

»Klar wir wissen alles über alle hier au!«

Wanda hatte Zane in die Rippen gestoßen.

»Wir dürfen nicht mit Fremden reden«, sagte sie.

»Da habt ihr Recht«, sagte Juna schnell.

»Das sagen doch nicht wir das sagt Wandas Anne!«

Juna schüttete sich den Rest ihrer Limo in die Kehle und schwang die leere Dose.

»Dürft ihr mir sagen, ob hier jemand Pfand sammelt?«

»Wir haben einen Pfandeimer in der Küche«, sagte Wanda.

Wieder puffte sie Zane mit dem Ellbogen.

»Der ist riiieesengroß da passt deine Dose locker rein sollen wir ihn dir zeigen?«

»Ihr habt hier eine Küche?«

»Klar ihre Anne ist die Chefköchin au!«

Ein Ellbogen in den Rippen gehörte offenbar dazu, wenn Wanda kommunizierte. Dann wechselte ihr Gesichtsausdruck in Sekundenschnelle zu einem, den Juna nur als altklug bezeichnen konnte.

»Wir können Ihnen gern die Küche zeigen«, sagte sie.

Juna folgte den Kindern, so schnell sie auf ihren Absätzen konnte. Sie hob über den Weg hängende Brombeerranken an, unter denen die beiden einfach hindurchgetaucht waren, zog gerade noch ihren Fuß zurück bevor sie auf eine Nacktschnecke trat, kämpfte mit einem klemmenden Tor und fand sich schließlich am oberen Rand einer Böschung. Zu ihrer Erleichterung waren Betonstufen in den

Hang eingegossen.

Wanda zeigte hinunter. »Da«, sagte sie. »Unter dem Dach.«

Unten ruhte ein Viereck aus Wellblech auf dicken Pfeilern. Daneben stand ein Bau aus Holz, nicht so klein wie ein Geräteschuppen, aber auch nicht groß genug für ein richtiges Wohnhaus. Das alte Vereinsheim, vermutete Juna.

»Hallo, Mädels! Wen habt ihr mir denn da gebracht?«

Juna erkannte den kupferroten Bart des Mannes, dem Wanda und Zane auf dem Müllplatz die Schubkarre umgekippt hatten.

»Neue Küchenhilfe!« rief Wanda ihm zu. »Du hast gesagt, wir müssen nicht helfen wenn wir jemand anderes finden!«

Damit drehte sie sich um und rannte los. Von Zane waren nur noch ein paar schwarze Locken zu sehen, die hinter der nächsten Hecke verschwanden.

Juna klappte ihren Mund auf und wieder zu.

Kupferbart kam die Treppe hoch und streckte eine von Sommersprossen bedeckte Hand aus.

»Ich bin Mason.«

»Ich bin reingelegt worden.«

»Offensichtlich. Du musst natürlich nicht helfen.«

»Brauchst du denn Hilfe?«

Er druckste herum. »Von allein schälen die Kartoffeln sich nicht, aber wenn du gerade erst eingezogen bist oder nur zu Besuch ...«

»Nicht schlimm. Zeig mir die Kartoffeln.«

Es stellte sich heraus, dass sie das Essen nicht nur zubereiten, sondern zunächst in die Küche tragen mussten.

»Braucht ihr das alles für heute?« fragte Juna, als sie den dritten Wäschekorb voller Kartoffeln die Treppe hinunter wuchteten. Sie kickte ihre Schuhe, die sie neben die Betonstufen gestellt hatte, aus dem Weg.

»Kartoffeln für den Eintopf heute, Pellkartoffeln für morgen. Das war die letzte Fuhre.«

Unter dem Wellblechdach waren nicht nur Biertische und -bänke aufgebaut, wie Juna auf den ersten Blick gedacht hatte. Hier befand sich eine ganze improvisierte Küche.

»Nicht schön, aber selten«, sagte Mason und rückte eine Bierbank zurecht. »Und es funktioniert alles.«

»Ich find's total beeindruckend«, antwortete Juna und meinte es so.

Der Raum unter dem Wellblechdach, groß genug für eine Tanzfläche, war von Biertischen und -bänken eingerahmt. Genau in der Mitte, in gebührendem Abstand zu jeder möglicherweise unachtsamen Küchenhilfe, stand eine Gasflasche in ihrer Halterung. Der Ring auf der Flasche war groß genug, um eine Kinderbadewanne zu halten.

Auf der der Treppe abgewandten Seite der Küche streckten sich mehrere Stangen von einem Balken zum anderen, an denen riesige Schöpfkellen, Schaumlöffel, Wender und eine Spaghettizange aufgereiht waren. An einem Haken entdeckte Juna einige Schürzen und darüber, wie einen Hut an der Garderobe, ein wagenradgroßes Sieb.

»Sind wir mit Kochen fertig, bevor der Riese, der hier wohnt, nach Hause kommt und wir in der Pfanne enden?« fragte sie.

Mason lachte. »Das muss ich mir merken. Auf solche Geschichten stehen die Kinder.«

»Wieviele Kinder sind hier?«

»Die meisten kennst du schon.«

Mason legte etwas vor sie hin, was aussah wie ein überdimensionales, sehr flaches Schachbrett und daneben ein Klappmesser.

»Kochen nur wir beide?« fragte Juna.

»Trägst du Kontaktlinsen«, erkundigte Mason sich, statt zu antworten. Juna schüttelte den Kopf.

»Dann kriegst du die Kartoffeln. Putzen reicht. Abgespült sind die schon, und was von den Schalen nicht schwarz ist, kann dranbleiben. Ach so, und die richtig großen bitte zerschneiden.«

Während Juna schwarze Augen aus den Kartoffeln herauspuhlte, legte Mason am anderen Tischende ein weiteres Brett – kein Schachbrett, sondern Olivenholzimitat – und einen Haufen Zwiebeln zurecht.

Er war kaum damit fertig, als Schritte im Unkraut auf der anderen Seite der Küche raschelten. Juna sah auf – und konnte ihren Blick gar nicht wieder abwenden. Neben Mason stand eine Schönheit. Von den unfassbar langen Wimpern bis zu der Kerbe im Kinn war jedes Detail in ihrem Gesicht aufeinander abgestimmt, als habe ein Bildhauer daran gearbeitet. Sie hatte rabenschwarzes Haar wie Zane, das sie gerade unter ein Tuch stopfte.

»Hast du nichts zu tun?« fragte sie in Junas Richtung. Sie setzte sich und begann so schnell ihre Zwiebeln zu schälen, dass Junas Blick kaum folgen konnte.

Eine Weile war nur das Schaben der Messer zu hören.

Juna schielte nach Mason, aber der war um die Ecke gegangen und hantierte dort mit irgendetwas herum.

Sie würde mit Mrs. Turboschäler ein Gespräch anfangen müssen, wenn sie ihre Zeit nutzen wollte. Wer weiß, wieviele solcher Gelegenheiten sich noch ergaben.

»Meine Schwester wäre stolz auf mich«, sagte sie aufs Geratewohl. »Zu Hause koche ich nie.«

»Du hast ein Zuhause?«

Mason erschien an der Ecke, einen halb abgerollten Gartenschlauch in der Hand.

Junas Ohren brannten.

»Ich kenne Leon«, sagte sie, ohne zu wissen ob das etwas helfen würde. »Von dem Imbisswagen im Park? Seine Stammkunden haben einen offenen Deckel bei ihm. Ich hab sie für ihn gesucht, weil er seinen Wagen nicht alleine lassen kann, aber dann bin ich hier gelandet.«

»Und nett wie du bist, schälst du jetzt unsere Kartoffeln?«

Zwei Augenpaare starrten Juna an.

Sie nahm die erste Ausflucht, die ihr einfiel.

»Die Sache mit dem Zuhause ist ... so eine Sache. Ich habe im Moment einen Job, wie man sieht«, sie deutete auf ihre Bluse und die Schuhe, die immer noch neben der Betontreppe lagen, »aber ich hab nicht das Gefühl ... wirklich fest im Sattel sitze ich da nicht. Wenn ich den Job verliere, müssen wir aus der Wohnung raus ... Meine Schwester kann nicht einfach spontan überall anders einziehen. Deshalb suche ich einen Plan B.«

»Eine proaktive Person«, sagte Mason. Der Schlauch baumelte locker in seiner Hand. »Den Eindruck hatte ich gleich. Jetzt fehlt nur noch dein Name.«

»Juna.«

Die Schönheit zögerte einen Moment, dann nickte sie. »Lina.«

»Und du kennst unseren Lesekreis?« fragte Mason. Der Topf, den er inzwischen auf den provisorischen Herd gehoben hatte, war tatsächlich groß genug um ein Kind zu baden. Er hängte den Gartenschlauch hinein und drehte das Wasser auf.

»Lesekreis?« fragte Juna über das Rauschen und Gluckern hinweg.

Lina rollte mit den Augen, während Masons Mundwinkel zuckten.

»Manche sagen, die hätten ihren Kreis hier gegründet, aber ich glaube, sie haben am Stammtisch ihrer Pommesbude auch nix anderes gemacht«, sagte er.

»Wollt ihr sie nicht hier haben? Leon sagt, sie sind obdachlos.«

Mason zuckte die Schultern.

»Jedenfalls findest du sie spätestens beim Essen«, sagte er. »Da tauchen alle auf.«

»Wenn du zum Essen bleibst.«

Linas Ton klang nicht ermutigend. Mason sah sie stirnrunzelnd an.

»Wer beim Kochen hilft, kann auch beim Essen helfen«, sagte er.

»Es wäre oft schön, wenn das auch umgekehrt funktionieren würde.«

Er drehte das Wasser ab.

»Ich gehe die Linsen holen. Streitet euch nicht, während ich weg bin.«

Juna sah ihm sehnsüchtig nach, während er die Treppe hochstieg. Dann schüttelte sie ihre Hände aus. Der Topf neben ihr war nicht einmal zu einem Drittel gefüllt, der Wäschekorb auf der anderen Seite dagegen noch fast bis zum oberen Rand. Als sie wieder hochblickte, saß Lina neben ihr und teilte Kartoffeln.

»Bist du schon mit den Zwiebeln fertig?«

»Waren nicht so viele.«

Der Inhalt des Wäschekorbs schrumpfte nun zügig.

Juna versuchte, Linas Tempo mitzuhalten, aber sie wusste dass sie sich dabei blamierte.

Wenn schon, denn schon, dachte sie.

»Kannst du mir was erklären?«

»Hm?«

»Was ist ein Lesekreis?«

Lina schnaubte. »Eine Handvoll Typen, die so tun, als würden sie die ›Die Dialektik der Aufklärung‹ zum ersten Mal lesen und dabei gucken, wer die tollsten intellektuellen Bemerkungen dazu machen kann. Ich wette, die lernen den ganzen Tag auswendig, was sie abends vor den anderen sagen wollen.«

Junas Klinge verfehlte knapp ihren Zeigefinger, als sie an einem Buckel auf ihrer Kartoffel abrutschte.

»Passiert das oft? Ich meine, dass neue Leute hier einziehen?«

»Gib mir die Monsterkartoffel, bevor du dich umbringst.«

Juna schubste sie ihr die Tischkante entlang.

»Bist du gegen neue Leute?« versuchte sie es noch einmal.

Linas Messer glitt durch den riesigen Knubbel, mit der Juna vergeblich gekämpft hatte, wie durch Butter. Juna dachte schon, sie

würde keine Antwort bekommen, aber dann sagte Lina doch etwas.
»Ich bin gegen Leute, die das Projekt gefährden.«
Die Kartoffel fiel auseinander.
»Kann mir jemand mit den Linsen helfen?«
Mason stand auf dem Weg über ihnen, eine Sackkarre neben sich. Lina lächelte zum ersten Mal.
»Ich bin nicht gegen neue Leute, wenn sie Linsen transportieren.«
Während Juna mit Mason die Karre hinunterschaffte, spürte sie bei jeder Bewegung Linas Blick. Sie wagte nicht, weitere Fragen zu stellen.

Das Essen fand hinter dem Holzbau statt. Auch hier waren, unter einem zweiten Wellblechdach, Steinplatten verlegt. Tische und Bänke standen kreuz und quer. Offenbar hatte sich die Gruppe, die hier aß, seit Wochen ständig vergrößert und die jeweiligen Neuankömmlinge hatten sich dazugequetscht, wo immer spontan Platz war.
Der improvisierte Speisesaal endete an der Hinterseite mit einer Art natürlicher Wand. Ein Abhang, zu steil und zu rutschig um erklettert zu werden, zeigte hier und da Geröllspuren wie ein Berg, von dem Lawinen abgegangen waren. Darüber lag ein weiterer Nebenweg.
Sie hatten kaum den Eintopf zu einem Tisch an der Stirnseite der Essensterrasse geschleppt, die Salatschüssel daneben gestellt, die Campingteller gestapelt und den Besteckkasten an seinen Platz geschoben, als von der Treppe her Schritte und Gelächter zu hören waren. Zane stürmte zuerst um die Ecke, verfehlte haarscharf den provisorischen Herd und flitzte unter der Stange mit Schöpfkellen hindurch, bevor Mason »In der Küche wird nicht gerannt« sagen konnte. An ihren Fersen klebten Wanda und ein noch zarteres Mädchen mit noch mehr rabenschwarzen Locken. Beide taten so, als

hätten sie den halbherzigen Rüffel nicht gehört und liefen weiter, als Lina ihnen in den Weg trat.

»Sieht aus, als müssten wir mal wieder die Regeln durchgehen«, sagte sie mit einer Stimme wie saure Milch. »Wo ist Zane hin verschwunden?«

»Weiß nicht«, antwortete Wanda.

»Wir werden sie finden!«

»Ach, Lina«, sagte Mason. Er sagte es leise, grinste dabei aber von einem sommersprossigen Ohr zum anderen.

»Ach, Lina«, sagte auch Jascha, der gerade dazugekommen war. »Ach, Juna!« Seine Tonlage wechselte von ruhig amüsiert zu überrascht. Freute er sich?

Er machte einen Schritt auf sie zu, stoppte dann jedoch und gestikulierte stattdessen hinter Lina her. »Sie moppert gern. Sie begreift das als ihren Job.«

»Ihr Job? Habt ihr Jobs hier?«

»Sagen wir, wir haben Aufgabenteilung.«

»Und was ist dein Job?«

»Sozusagen Erzieher. Das, was ich früher auch war.«

»Dann müsstest du doch auch – was hast du gesagt – moppern?«

»Oh nein, ich finde es sehr praktisch, wenn jemand anders den bad cop gibt. Bist du zum Essen hier?«

»Mich hat sozusagen das Schicksal in eure Küche verschlagen.«

»Dann hast du den Vortritt am Büfett.« Er deutete eine Verbeugung an.

Als sie je eine Plastikschüssel mit Eintopf und eine zweite mit Salat vor sich hatten, ließ Juna wieder ihren Blick durch den offenen Raum schweifen. Die Tische füllten sich. Sie schätzte die Zahl der Anwesenden auf fünfundzwanzig. Die meisten waren deutlich älter als sie. Viele grüßten Jascha, aber niemand setzte sich zu ihm. Oder setzte sich niemand zu ihr? So oder so – sie blieben zu zweit. Sie erzählte von Leon J. Koch und den Schulden, die sie versprochen hatte einzutreiben. Da sie Mason und Lina gesagt hatte, sie sei prophylaktisch auf Wohnungssuche, würde sie Jascha dasselbe auftischen müssen, überlegte sie. Aber Jascha fragte zunächst nicht danach.

»Jetzt hast du also mein Haus gesehen«, sagte er stattdessen. »Stil tschechisch-deutsches Mittelgebirge.«

»Ich hatte an Österreich gedacht.«

»Meine Urgroßeltern haben das so eingerichtet. Sie stammen aus der Gegend. Du solltest mal sehen, wie es drinnen aussieht.«

»War das eine Einladung, bald wiederzukommen?«

»Es gibt hier gesünderes Essen als bei Leon. Probier mal das Dressing!«

Grüner Salat war nicht Junas Fall, aber Jascha hatte Recht. Das Dressing schmeckte frisch, ein bisschen nach Zitrone, ein bisschen nach Senf und viel nach etwas Unbekanntem.

»Bist du hier, weil du etwas suchst?«

Das war es also mit der Atempause! Juna gestikulierte, um zu sagen, dass sie durch einen Mund voller Linsen und Kartoffeln nicht sprechen konnte.

Jascha wandte den Blick nicht von ihr ab.

»Als ich letztens vor dem Tor war«, sagte sie, als sie schließlich geschluckt hatte, »hast du gesagt, hier würde außer dir niemand wohnen.«

Nun sah Jascha ein wenig verlegen aus.

»Sorry«, sagte er. »Wir machen das immer so. Viele hier sind etwas paranoid. Manche davon aus guten Gründen.«

»Aber neue Leute nehmt ihr einfach auf?«

»Das Gelände gehört uns nicht. Wenn jemand hier einziehen will, könnten wir nichts dagegen tun, auch nicht wenn wir wollten. Aber bisher sind eigentlich nur vernünftige Leute aufgetaucht.«

Er sah eine Weile wie hypnotisiert in seinen Wasserbecher. Juna, so schwer es ihr fiel stillzuhalten, wollte auf keinen Fall das Schweigen brechen. Was war es über die Leute hier, das Jascha auf der Zunge lag?

Er sah mit einem Ruck auf.

»Juna? Bitte häng nicht an die große Glocke dass wir hier sind? Sonst bekommen irgendwann die Falschen Wind davon.«

»Du meinst die So – die Bullen?«

Irritation huschte über Jaschas Gesicht, dann schüttelte er den Kopf.

»Solange der Status des Geländes nicht klar ist, gibt es keine Rechtsgrundlage für die Bullen um hier einzugreifen. Sie können sich natürlich immer was aus den Fingern saugen, aber dafür müssten sie überhaupt erstmal von uns wissen. Ich meinte Leute, die hier Urlaub machen. Die tagsüber kiffen und nachts die Vorräte fürs Frühstück aufessen. Die große Alle-Achtung-wir-sind-krasse-Besetzer-Banner ans Tor hängen und wollen, dass das Ärger anzieht, weil sie sich dann cool vorkommen. Wenn es ernst wird, sind das die Ersten die abhauen.«

»Wohin?«

»Nach Hause zu ihren reichen Eltern, nehme ich an.«

»Klingt wie in den Fahrstuhl furzen und dann schnell aussteigen.«

Jascha prustete in seinen Wasserbecher und verschluckte sich. Juna lehnte sich um den Tisch herum und klopfte ihm auf den Rücken. Er hustete lange.

Es wurde dunkel. Die meisten waren mit dem Essen fertig. Ein paar Tische weiter steckten Mason und Lina die Köpfe zusammen, und am Tisch daneben – Juna bemerkte sie erst jetzt wirklich – hatte sich der Lesekreis versammelt. Zu ihrer Überraschung saß Leon bei ihnen.

»In der Sozialarbeit hat es immer schon zu viele Probleme mit Bewertung und Überwachung gegeben«, sagte einer von ihnen gerade. »Was mich so ärgert, ist, dass das bei diesem Leuchtturmprojekt überhaupt nicht angegangen wird!«

»Der Gipfel der Entfremdung des Menschen von der Arbeit«, stimmte jemand zu, den Juna als Max Larrk erkannte. »Die Sozpo arbeitet mit Menschen, aber es geht kein bisschen menschlich zu. Alle müssen ihre Quoten produzieren, als würden sie Motoren reparieren oder am Fließband stehen. Ich will mich nicht bei denen melden.«

»Würde ich auch nicht«, sagte der erste. »Die interessieren sich nur dafür, dass die richtigen Haken auf die richtigen Formulare gesetzt werden. Mit Menschenrechten hat das nichts zu tun.«

»Das Anwachsen des Totalitarismus«, sagte Dowato Droehnohr. Während er sprach, knibbelte er am Etikett seiner leeren Bierflasche herum und stopfte Papierfetzen in den Flaschenhals. Leon rückte ein wenig von ihm ab.

Juna wandte sich wieder ihrem Eintopf zu. Sie überlegte. Brauchte sie noch eine Ausrede, um ihre Erkundung am nächsten Tag fortzuführen? Jascha hatte gerade gesagt, dass sie ohnehin niemanden hindern könnten hereinzukommen. Dann könnte sie auch einfach –

Ein Schatten fiel um die Ecke. Jemand Neues war erschienen und unter einem der wenigen Leuchtmittel stehengeblieben. Der Lichtkegel fiel auf ein Gesicht mit unregelmäßigen Bartstoppeln am Kinn und einem langgezogenen, schmallippigen Mund.

Jascha winkte. »Setz dich zu uns, Anton!«

Juna packte ihre Gabel und durchlöcherte das letzte Salatblatt in ihrer Schale. Das war's. Wäre Anton nicht zum Essen aufgetaucht, hätte sie Robert wahrheitsgemäß sagen können, dass sie mehr Zeit in der Kolonie brauchen würde um ihn zu finden. Aber hier war er, füllte sich einen Teller und kam zu ihnen.

»Du hast keinen Salat genommen«, stellte Jascha fest.

»Wer bist du, mein Papa?«

Beide grinsten, und Anton setzte sich.

»Hi«, sagte Juna. Sie streckte ihre Hand über den Tisch. Anton, mit der Nase fast in seinem Eintopf, bemerkte es nicht.

»Ich bin Juna«, versuchte es Juna noch einmal.

Anton kaute Linsen. Jascha puffte ihn.

»Die Dame spricht mit dir«, sagte er.

»Oh.« Anton sah Juna einen Augenblick an. »Hi«, sagte er und widmete sich wieder seinem Essen.

»Ich habe wunderbare Nachrichten für dich«, sagte Jascha. Er drehte sich auf der Bank zur Seite, sodass er Anton besser ansehen konnte.

»Ist das so?«

»Du hast heute Spüldienst.«

Anton rollte mit den Augen.

»Kann der Lesekreis das nicht machen? Seit die hier sind, hängen sie jeden Abend bis sonstwann hier herum. Dann können sie auch spülen.«

Jascha lachte.

»Du bist einen Tag länger hier als die!«

»Aber ich hab seitdem überall mitgeholfen.«

»Dann helfe ich dir jetzt«, sagte Juna.

»Ja?«

»Klar.«

»Warst du nicht schon beim Kochen dabei?« wandte Jascha ein.

»Ich mache das gern.«

»Du machst gern den Abwasch für dreißig Leute?« Jascha zeigte ihr einen Vogel.

»Ich bin gut darin, zu tun was getan werden muss.«

»Na gut. Mason wird sich freuen.«

»Warum baut ihr keine Spülstraße auf? Lasst alle die eigenen Teller spülen?«

»Haben wir am Anfang mal. Das lief bis jemand ne Magen-Darm-Grippe eingeschleppt hat. Die hat über das warme Planschwasser im Spülbecken schön die Runde gemacht.«

»Kannst du mit der Story warten, bis ich aufgegessen habe?« fragte Anton.

»Themawechsel. Juna, du musst nicht bei allem helfen, nur weil du mal zu Besuch bist«, sagte Jascha. »Ich würd's selber machen, aber ich hab Vorlesestunde mit den Kids. Genau jetzt! Verdammt!«

Als er gegangen war, zeigte Anton ihr den Wasseranschluss und das merkwürdig nierenförmige Spülbecken.

»Eine richtige Spülwanne hat hier niemand, jedenfalls nicht soweit wir wissen. Mason und ich haben das Becken aus einem der hinteren Gärten ausgebaut. Das war eigentlich ein Gartenteich.«

»Clever!«

Anton zuckte die Schultern.

»Tücher hängen da vorne.«

Juna sah zu, wie die ersten leuchtend grünen Plastikteller ins Wasser sanken und hielt ihr Geschirrtuch bereit.

Eine Weile arbeiteten sie schweigend. Die ersten Teller, gesäubert und getrocknet, stapelten sich auf einem freien Tisch. Hätte Juna die Hände frei gehabt, hätte sie sich an den Haaren gezogen. Stattdessen biss sie nun auf ihrer Lippe herum, während sie nachdachte.

Sie und Anton waren allein, wenn man von dem tief in die eigenen Angelegenheiten versunkenen Lesekreis absah. Sie könnte einfach damit herausrücken, wer sie war, wer sie geschickt hatte, und ihm vorschlagen ihre Dienststelle zu kontaktieren. Dann könnten sie schon morgen in Ruhe seine Optionen besprechen.

»Hast du Geschwister?« fragte Anton unvermittelt.

»Wie kommst du darauf?«

»Du wirkst, als hättest du oft den Familienabwasch gemacht.«

Juna zögerte einen Moment, aber sie sah nicht dass die Wahrheit hier Schaden anrichten könnte.

»Küchendienst im Schwimmcamp«, sagte sie.

»Da lernt man solche bodenständigen Fähigkeiten?«

»Es ist nur Abtrocknen. Hast du eine große Familie? Oder woher weißt du das mit dem Abwasch?«

»Einzelkind. Aber ich hätte gerne Geschwister. Vielleicht wär die Stimmung zu Hause dann besser.«

»Was ist denn bei dir los?«

Anton schrubbte konzentriert an einem Fleck herum, der sich nicht vom Teller lösen wollte.

»Ich hab eine Schwester«, versuchte Juna es noch einmal. »Ich hab sie sehr lieb, aber mit unseren Eltern ist es dadurch irgendwie nur komplizierter. Die sind ständig eifersüchtig aufeinander. Vor allem unsere Mütter.«

Anton sah ihr zum ersten Mal ins Gesicht.

»Wieviele Eltern hast du denn?«

»Di – meine Schwester und ich haben verschiedene Mütter. Mein Vater hat – also, er sagt, sie hatten ganz klar eine offene Beziehung, aber sie sagt, sie waren verheiratet und das sei was anderes, und als verheiratetes Paar hätten sie ganz klar keine offene Beziehung gehabt.«

»Wie alt ist deine Schwester?«

»Wir sind fast gleich alt.«

»Ups. Und wie alt bist du?«

»Gehört es sich, das eine Dame zu fragen?«

»Bist du eine?«

Juna lachte. »Dreiundzwanzig. Du?«

Anton hielt ihr den sauberen Teller hin. Sie schüttelte das gröbste Wasser davon ab.

»Hey!«

»Oh, hab ich dich erwischt?«

»Das ging voll auf die Hose!«

»War keine Absicht.«

»Das hier auch nicht!«

Er schlug mit der Bürste ins Becken und spritzte einen ganzen Schwall eingetrübten Spülwassers nach ihr. Juna sprang kreischend zur Seite und griff nach dem Gartenschlauch.

»Hier ist ja Stimmung!«

Jascha stand neben dem Balken mit den Schöpfkellen, genau unter dem riesigen Sieb.

»Ich dachte, ihr braucht vielleicht noch Hilfe. Aber ihr seid schon bei der ... Wasserschlacht?«

»Du kannst gerne mit abtrocknen«, sagte Juna.

»Getrocknet werden muss hier tatsächlich einiges!«

»Das lassen wir so und sagen, wir waren es nicht.«

»Solange du uns nicht bei Lina verpetzt ...«

»Wie ihr meint. Feierabend. Juna?«

»Was?«

»Kannst du Skat spielen?«

Es war fast elf, als Jascha sie zum Rand des Parks begleitete. Sie gingen schweigend durch die Dunkelheit. Der Dunst von Kochs Imbisswagen hing in der Luft, irgendwo meckerte eine Ziege im Schlaf, ein Stück entfernt flirrte das Licht der einzigen Laterne am Straßenrand durch die Baumwipfel.

Juna deutete darauf.

»Du musst mich nicht weiter begleiten«, sagte sie. »Die Straße ist beleuchtet.«

»Was du so erleuchtet nennst!«

»Wir sind so gut wie da.«

»Was immer du sagst. Ich hoffe, Anton war nicht allzu unhöflich zu dir? Nimm es nicht persönlich.«

Juna wich einer Pfütze aus. Den Blick auf den Boden geheftet, sagte sie: »Wir haben uns gut verstanden. Er hat nicht viel von sich erzählt. Aber dafür hat er sicher seine Gründe.«

Jascha blieb stehen und griff an seinen Hinterkopf. Er zog Junas Haargummi aus seinem Zopf und begann ihn dann neu zu sortieren. Juna fühlte sich unweigerlich an sich selbst erinnert. Sie fummelte genauso an sich herum, wenn sie nach Worten oder Gedanken suchte.

»Anton ist mir sozusagen zugelaufen«, sagte Jascha. Er schüttelte den Kopf und zog das Haargummi über sein Handgelenk, bevor er seinen Schritt wieder aufnahm. Juna bemühte sich, im gleichen Tempo zu schlendern wie er, ohne dabei ungeduldig zu wirken.

»Ich war am Bahnhof einkaufen«, sagte Jascha. »Anton hat mich angesprochen, gefragt ob ich ne Zigarette für ihn hätte, in schönster Punkermanier … nicht, dass er für nen Punker durchgehen würde.«

»Für einen, der übt«, sagte Juna.

Jascha nickte lachend.

»Ich hab überlegt was ich machen soll«, fuhr er fort. »Ich gehe eigentlich nicht auf jeden Schnorrer ein der mich am Bahnhof anspricht, aber Anton sah so klein aus. Also hab ich ihm Zigaretten gekauft. Das darf man natürlich nicht, schon gar nicht in meiner Profession, aber, wie soll ich das sagen, es hat irgendwie gutgetan … wir haben uns unterhalten, ich hab eine mitgeraucht, eher so aus Höflichkeit – rauchst du eigentlich?«

»Manchmal.« Schon mal eine geraucht zu haben, zählte als manchmal, oder? Ihr Ding war es nicht, aber Rauchen schien in manchen Situationen eine wichtige soziale Fähigkeit zu sein.

»Du hast ihn mit nach Hause genommen?« nahm sie den Faden wieder auf.

»Er ist damit rausgerückt, dass er eigentlich die Bahn nach Hause nehmen müsste aber nicht wollte, weil er …« Jascha blieb erneut stehen, diesmal um sein Haar wieder zu bändigen. »Klang, als würde er eine Auszeit brauchen. Von seinem Vater oder der Dynamik zu Hause. Ich hab ein schlechtes Gewissen, ihn so zu verstecken, wenn ich wüsste wer die Eltern sind –«

»Das weißt du nicht?«

»Ich kann ihn nicht zwingen mir seinen Nachnamen zu nennen. Pseudo-unauffällig danach fischen hätte erst recht keinen Zweck. Aber wie gesagt, ich glaube, er wird in ein paar Tagen wieder nach Hause wollen.«

Sie blieben dort stehen, wo der befestigte Weg wieder anfing. Ihre

Schatten tanzten in dem unruhigen Licht.

»Ganz schön nett von dir, einen wildfremden Jugendlichen so aufzunehmen«, sagte Juna.

Jascha hob die Schultern. »Jemand musste das machen.«

»Machst du solche Sachen öfter?«

»Leuten helfen, wenn sie nach Hilfe fragen? Ist doch scheiße, wenn man das nicht macht.«

»Aber in deiner Freizeit? Wo du schon als Erzieher arbeitest?«

Jascha gestikulierte in die Dunkelheit.

»Was wir hier gerade machen, fühlt sich sinnvoller an als jeder Job, den ich je hatte. Aber wenn wir das diskutieren wollen, wird es eine lange Nacht, und so ungern ich das sage, ich muss langsam ins Bett. Morgen geht es früh weiter.«

»Schade. Ich hätte mich gern noch länger unterhalten.«

Jascha strahlte. »Gute Nacht.«

»Nacht«, sagte Juna. Sie umarmte ihn mit einem Arm, bereit, sich gleich abzuwenden, aber er hielt sie fest. Sein Gesicht war ihrer sehr nah. Ihr erster Impuls war, sich loszumachen, aber dann hielt sie still und ließ sich küssen. Sie küsste für eine Sekunde zurück.

Dann machte sie sich los.

»Vielleicht bist du ja mal wieder in der Gegend«, hörte sie noch, als sie auf die Straße hinauslief, aber sie gab keine Antwort mehr.

KAPITEL 5

BART SCHEREUMER

Sie schwebte. Wolkenfetzen streiften ihre Haut. Unter ihr spiegelte sich der Himmel im Seewasser. Sie streckte ihre Arme aus, rollte um die eigene Achse, ließ sich fallen. Um sie herum sprudelten Luftblasen.

Ditt-itt-diditt! Ditt-itt-diditt! Ditt –

Weiter kam der Wecker nicht. Juna schubste die Bettdecke beiseite, sprang zum Fenster und atmete durch.

»Diana!« rief sie. »Guten Morgen!«

»Warum hast du so gute Laune?« murrte es aus dem Bad.

»Ich hab total cool geträumt. Ich weiß nicht ob ich geschwommen oder geflogen bin!«

»Flieg mal in die Küche und schmeiß den Kaffee an. Ich bin spät dran!«

Ich möglicherweise auch, dachte Juna verwundert. Robert und ich haben nichts abgesprochen. Ich weiß gar nicht, wo ich heute hinsoll. Wenn ich wieder in die Kolonie gehe, habe ich massig Zeit. Wenn ich ins Büro muss …

Konnte sie Robert um diese Zeit schon anrufen und fragen?

Als hätte er ihre Gedanken gelesen, erschien in diesem Moment das Bild ihres Vorgesetzten auf ihrem Display. Juna fischte hastig nach einem Haargummi, bevor sie auf die grüne Schaltfläche tippte.

»Morgen, Robert«, sagte sie. »Gut, dass du anrufst, ich hatte gerade –«

»Du brauchst mir nicht zu sagen, wenn ich eine gute Idee habe. Kannst du dich so stellen, dass ich dein Gesicht sehen kann? Du bist im Gegenlicht.«

»Oh.« Juna blickte auf das Fenster hinter sich, durch das die Morgensonne hereinschien, und eilte in die Küche hinüber. Konnte Robert Dianas Chaos Computer Club-Poster im Hintergrund erkennen, wenn sie sich auf die Bank setzte? Sie zog den einzigen Stuhl heraus und rückte ihn so, dass die Spüle mit dem Abtropfbrett hinter ihr war. Zum Glück war alles sauber.

»Ich hatte erwartet«, sagte Robert, »gestern im Lauf des Tages von dir zu hören. Ich habe aber nichts gehört.«

»Tut mir Leid«, sagte Juna. Sie wusste nicht was sie sonst hätte sagen sollen. Sie hatte nicht mal den ersten Kaffee getrunken! Wenigstens war es in der Küche zu düster, um ihr Schlafshirt zu erkennen. Hoffentlich.

»Lern daraus«, sagte Robert. »Ich kann mich nicht bei dir melden, wenn du im Außendienst bist. Das musst du machen.«

»Tut mir Leid«, wiederholte Juna. »Ich war bis spät abends da. Aber ich glaube, die halten nicht viel von Kameras auf ihrem Gelände. Ich kann da nicht einfach das Phone zücken und –«

»Bist du weitergekommen?«

»Mit Anton, meinst du?«

»So nennt er sich?«

»Wieso, glaubst du das ist ein falscher Name?«

»Unüblich wäre es nicht.«

»Wir haben uns unterhalten.«

Das war es eigentlich, aber Robert sah sie so erwartungsvoll an, dass sie nach weiteren Worten suchte: »Ich habe ihn mit einem guten Gefühl dagelassen. Er ist nicht viel Gemeinschaft gewöhnt, glaube ich. In dieser Kolonie hat er eine Rolle gefunden. Er fühlt sich zu Hause.«

Wieder wollte sie ihre Ausführungen beenden, wieder fühlte sie sich unter Roberts Blick genötigt, weiterzusprechen. »Es gibt drei Kinder und einen Jugendlichen da drin. Ich war beim Abendessen, da tauchen alle auf.«

Robert starrte sie weiter an, aber diesmal hob sie die Schultern und ließ sie wieder sinken. »Das ist es.«

»Das ist alles? Drei Kinder und ein Jugendlicher? Alle unbegleitet?«

»Zwei der Mädchen sind Schwestern und ihre Mutter ist bei ihnen. Da bin ich mir sicher. Das dritte Kind ist Wanda Rabe, um die es bei der Meldung ging. Deren Mutter habe ich nicht gesehen.«

»Aber sie muss da sein.«

»Denke ich auch, aber ich wollte nicht zu viele Fragen stellen.«

»Es wäre dein gutes Recht. Du bist eine Sozpo.«

»Aber alle anderen hätten das gute Recht, keine Auskunft zu geben, und würden erst recht davon Gebrauch machen, wenn sie Bescheid wüssten! Meinst du nicht?«

Roberts Augenbrauen rutschten aufeinander zu.

»Nicht wichtig«, sagte Juna schnell. »Ich kriege das hier hin. Versprochen.«

Robert nickte. »Reden wir über den Jungen. Was hat er dir gesagt, wie alt er ist?«

»Noch gar nichts.«

»Finde es heraus.«

»Ich finde Antons Alter heraus und ich finde Meileen Rabe. Aber was mache ich dann?«

»Wir müssen Einrichtungen finden, wo alle unterkommen können. ›Ab in die Mitte‹ hat vielleicht Plätze frei. Darum kümmere ich mich. Bleib du vor Ort und behalte alles im Auge.«

»Ist ›Ab in die Mitte‹ nicht ein –?«

»Heim für Jugendliche? Ist es. Ob sie auch die Kinder nehmen werden, ist sehr fraglich. Keinesfalls werden sie sie mit ihren Müttern zusammen aufnehmen.«

»Dann ist das nicht gerade eine Lösung …«

»Deine Frau Rabe ist erwachsen. Sie kann nach Hilfe fragen. Ein fehlgeleiteter Jugendlicher hat demgegenüber Priorität.«

»Fehlgeleitet? Er hat Streit mit seinen Eltern.«

»Hat er das gesagt?«

»Sein Mitbewohner hat das gesagt.«

Roberts Augenbrauen zogen sich noch weiter zusammen.

»Was für ein Mitbewohner?«

»Jemand hier … hat gesagt, Anton habe ihn am Bahnhof angesprochen und er habe ihn mit in die Kolonie genommen.«

»Wer?«

»Jemand, der da wohnt eben … kein Besetzer«, fügte sie rasch hinzu. »Legal anwesend.«

»Du hast keinen Namen?«

»Keine Garantie, dass es der richtige ist«, wich Juna aus. »Wie soll ich da drin Namen überprüfen, ohne dass es jemand merkt?«

»Wenn er legal da ist …« Robert rieb mit dem Daumennagel an seiner entzündeten Hautstelle herum. »Den finde ich.«

Juna, die gehofft hatte Jascha Ärger zu ersparen indem sie seinen legalen Status betonte, suchte nach bremsenden Worten, aber Robert redete bereits weiter: »Das ist nicht deine Sorge. Außerdem ist die Zeit mal wieder knapp. Ich habe gleich den nächsten Termin! Schick mir später eine Nachricht!«

Das Display erlosch.

Juna löste sehr, sehr langsam das improvisierte Knäuel an ihrem Hinterkopf auf und schüttelte sich. Das Haar fiel ihr um die Schultern.

»Spürst du nach, ob deine Haare fliegen oder schwimmen? Oder übst du für Shampoowerbung?«

Juna hatte das Gefühl, dass ihr soeben ein wichtiger Gedanke entwischt war.

»Du bist morgens wirklich reizend, Diana«, sagte sie.

Der Wind in ihrem Haar holte das Gefühl aus dem Traum ein wenig zurück. Wie seltsam, dass sie ausgerechnet jetzt so gut schlief! Sie atmete zwar frische Luft und musste sich weder mit ihrem kaputten Drehstuhl noch mit den Berichten ihres gewalttätigen Kollegen herumschlagen, aber gleichzeitig… Ich werde alle Seiten zufriedenstellen müssen, dachte sie. Irgendwie.

Sie passierte die Weggabelung, winkte zum Imbisswagen hinüber und wollte weiterlaufen, aber Leon J. Koch bedeutete ihr näherzukommen.

»Kaffee aufs Haus gefällig, Juna? Oder lieber eine Limonade?«

»Wenn du jedes Mal, dass ich hier vorbeikomme, einen ausgeben willst, kannst du ebensogut deinen Stammkunden ihre Schulden erlassen, oder?«

»Geld verdiene ich bei der Mittagsschicht. Da hinten«, er deutete an der Rückseite des Wagens vorbei, »gibt es genug Geschäfte. Ich kann mir –«

Junas Phone vibrierte in ihrer Tasche.

»Entschuldigung«, sagte sie, die Vorwahl der Sozpo erkennend. Sie entfernte sich ein paar Schritte von den Tischen, bevor sie den Anruf annahm.

»Birke«, sagte eine gehetzt klingende Stimme, als sie sich meldete.

»Bitte wer ist da?«

»Birke, Abteilung II.« Die Stimme klang mit jeder Sekunde ungeduldiger. Juna stellte sich vor, wie ihre Besitzerin mit den Fingern auf dem Schreibtisch herumtrommelte, während sie sprach.

»Sie wollten zurückgerufen werden«, legte die Stimme – Frau Birke aus Abteilung II – nach.

»Ach so!« Juna ging noch ein paar Schritte weiter vom Pommeswagen weg. »Richtig. Frau Birke. Danke für den Rückruf.«

»Keine Ursache, um was geht es?«

»Die Akte über«, Juna entfernte sich noch weiter, »Meileen Rabe.«

»Natürlich erinnere ich mich«, sagte Birke, als habe jemand ihr professionelles Gedächtnis in Frage gestellt.

Juna wartete ab, aber als ihre Kollegin – war sie eine Kollegin? – keine Details folgen ließ, fragte sie: »Was ist denn vorgefallen?«

»Was man von solchen Leuten erwartet.«

»Frau Rabe –«

»Unmöglich war die, unmöglich. Jedes Mal, das ich da war, war es unaufgeräumt, nichts vorbereitet, ich weiß nicht was das für eine Lebensweise ist. Deshalb hab ich ihr diesen Eintrag gegeben.«

»Waren Sie denn so oft da?« fragte Juna.

»Oft genug, um einen Eindruck zu haben.«

»In der Akte ist von einer Eskalation die Rede?« Aus den Augenwinkeln sah sie, wie jemand den Pfad hinter der Ziegenwiese hinaufkam.

»Schauen Sie, ich war nur zweimal da, aber das war der Dame offenbar schon zuviel. Ich steh da vor der Tür und die ist im Schlafanzug, stellen Sie sich das mal vor, ich meine, was soll man denn da machen, wenn einem schon so die Tür geöffnet wird?«

»Waren Sie denn –«

»Ich komme ja vorbei um zu sehen ob die alles im Griff haben, den Haushalt, einen strukturierten Tagesablauf, wofür die Geld ausgeben, das ist doch wichtig! Oder finden Sie nicht?«

Juna atmete tief durch. Verdammt, da ließ diese Person sie einmal etwas sagen, und sie suchte nach Worten!

Am anderen Ende ratterte Frau Birke wieder los.

»Ich war einmal mit Termin da, das hatten wir alles vorher ausgemacht, war auch okay, wie sie sich benommen hat und auch wie das Kind sich benommen hat, das Kind hat die ganze Zeit gelesen, ein bisschen unhöflich fand ich das schon! Aber das war okay, ist ja auch eigentlich nicht schlecht wenn Kinder lesen. Beim zweiten Mal, also, das zweite Mal ist nicht wirklich unangekündigt, die wusste ja dass ich noch mal unangekündigt vorbeikomme, also ist es ja keine Überraschung. Ich warte gern vier Wochen oder so, damit die vergessen dass das ansteht, sonst bringt es ja nichts.«

»Bei diesem zweiten Besuch haben Sie etwas über Drogenmissbrauch festgestellt?«

»Ja, das geht ja nicht, dass jemand mit Kindern Drogen in der Wohnung hat, oder sehen Sie das anders, da musste ich doch was machen!«

Sie zögerte weiterzusprechen, und diesmal war Juna bereit.

»Genau dazu hatte ich eine Frage. Wie haben Sie den Drogenmissbrauch festgestellt? Also, wie genau?«

Die andere lachte. »Sie sind ja vielleicht gut! Ich hätte nichts eingetragen, wenn ich das nicht eindeutig gefunden hätte! Ich hab die Tüte mit Marihuana gesehen! Mitten im – also die hätte ebensogut auf dem Küchentisch liegen können!«

»Entschuldigen Sie, nur eine Frage. So genau stand das nicht in der Akte, deshalb – aber wenn die Situation eindeutig war –«

»Völlig eindeutig, völlig eindeutig. Haben Sie mehr Fragen?«

Für einen Moment schien so etwas Freundlichkeit in Birkes Ton aufgeblitzt zu sein, aber jetzt war der gehetzte Tonfall wieder da. Juna hielt es für das Beste, sich zu bedanken und aufzulegen. Völlig eindeutig, dachte sie dabei. Tatsächlich? Die Art, wie die über ihre eigene Aktenführung geredet hat – die schämt sich. Wofür?

Sie schaltete ihr Phone auf stumm, bevor sie es in die Tasche zurücksteckte. Sie wäre gern gegangen und hätte das Gespräch einen Moment lang verarbeitet, aber Kochs neugierige Augen folgten ihr von der Fritteuse aus. Inzwischen war auch einer der Tische besetzt, von jemandem mit gerunzelter Stirn, ziemlich großen Ohren und schwungvollen Augenbrauen. Sein Gesicht kam ihr bekannt vor.

»Kennst du schon Bart Schereumer?« fragte Koch.

Schereumer legte die Zeitung auf den Tisch, in der er gelesen hatte. »Wohnen Sie hier in der Gegend?«

»Sei nicht so neugierig«, antwortete Koch für sie. Er zwinkerte Juna zu. »Vor dem musst du dich in Acht nehmen. Will alles wissen, schreibt alles auf.«

»Daher kenne ich den Namen!« Juna schlug sich mit der Hand vor die Stirn. »Sie schreiben über die Sozialpolizei!«

Jetzt erkannte sie auch das Gesicht. Schereumer war der, der am Vorabend neben Max Larrk gesessen und über Menschenrechte und Haken auf Formularen gesprochen hatte.

Er strich auf der Zeitung vor ihm herum. »Ich könnte schwören, dass ich Sie auch schon mal gesehen habe«, sagte er.

»Wir waren gestern beide in der Kolonie drüben«, antwortete sie möglichst lässig. Als Berichterstatter über die Sozpo hatte er ganz sicher schon Fotos von ihr gesehen, dachte sie und versuchte, sich ihren Schrecken nicht anmerken zu lassen. Hatte er auch ihr Gespräch gehört?

»Wie regelmäßig schreiben Sie denn über die Sozpo, Herr Schereumer?«

Schereumers Hände fuhren immer noch auf der Zeitung hin und her. »Für den Moment habe ich das Gefühl, ich habe alles gesagt. Bis es etwas Neues gibt.«

»Etwas Neues?«

»Wenn ich wüsste, wo dieser Spitzel aus dem besetzten Haus hin ist, das wäre was. Dieser Meier. Der hat in der Sozpo bestimmt irgendeinen Versorgerposten –«

»Juna!«

Juna schloss die Augen. Nein, dachte sie. Nicht du auch noch. Aber sie spürte bereits Jaschas Umarmung. Erst als er merkte, dass sie höchstens halbherzig reagierte, ging er wieder auf Abstand.

» ... bis dahin arbeite ich an einem sozialwissenschaftlichen Beitrag, ich überlege, dass die Sozpo-Reform als Meilenstein auf dem Weg zur androgynen Utopie gesehen werden könnte. Wenn es nur nicht so an der Umsetzung hapern würde. Juna? So heißen Sie? Das ist ein hübscher Name.«

Er runzelt die Stirn, dachte Juna. Gleich falle ich ihm ein.

»Haben Sie Ihre Theorie schon dem Max-Larrk-Lesekreis unterbreitet?«

Schereumer stöhnte und stand auf. »Freut mich, Sie kennengelernt zu haben. Ich muss los.«

Er steckte die Zeitung ein und ging am Imbisswagen vorbei auf den Ostausgang des Parks zu.

»Ich bemühe mich jeden Tag, die androgyne Utopie zu sein«, sagte Jascha in die Luft hinein. »Als ob das so kompliziert wäre.« Er schüttelte den Kopf und wandte sich Juna zu.

»Anton und ich bauen einen Spielplatz für die Kids«, sagte er. »Hast du Lust mit anzupacken? Du kannst danach gerne zum Essen bleiben. Solange du willst.«

Juna nickte. Offensichtlich ging es Jascha zwar mehr um ihre Gesellschaft als um den Spielplatz, während sie – spielte es eine Rolle, ob sie ihn mochte oder nicht? Was zwischen ihnen geschehen war, durfte sich nicht wiederholen. Sie musste sich professionell verhalten.

»Willst du deinen Blazer mitnehmen?« schaltete Leon sich ein.

Die hintere Tür öffnete sich. Juna nahm das Jackett entgegen und hängte es sich über die Schulter. Ich könnte es hier nachher wieder irgendwo vergessen, dachte sie. Sie folgte Jascha zum Tor der Kolonie, aber statt es zu öffnen, drehte er sich zu ihr um und sagte: »Bevor wir reingehen.«

Juna hob die Augenbrauen. Jetzt kommt es, dachte sie. Also. Gestern hab ich ein Bier zuviel getrunken. Wir werden uns nicht wieder küssen. Reicht das?

»Dein Job«, sagte Jascha. »Wie kommt es, dass du um diese Zeit nicht arbeiten musst?«

Juna blinzelte. Es ging nicht um gestern Abend. Es ging um viel mehr.

Ihr Phone vibrierte in ihrer Tasche. Sie ignorierte es.
Jascha wischte sich über den Mund.
»Ich muss fragen«, nuschelte er hinter seiner Hand hervor. »In Projekten wie dem hier breitet sich immer die Paranoia aus. Hast du nichts von Bernd Meier gehört?«
»Wir haben gerade über ihn gesprochen. Aber, Jascha, der Typ hat Leute bespitzelt, von denen die meisten dachten sie wären seine Freunde.«
»Und wir?«
Sie ließ ihr Haar nach vorn hängen und fummelte jetzt doch an ihrem Phone herum. Ihr Display zeigte einen verpassten Anruf von einer unbekannten Nummer.
Sie spürte Jaschas Blick. Dann spürte sie Jaschas Hände auf ihren Schultern.
»Ich bin der Einzige, der legal hier wohnt«, sagte er. Sein Gesicht war dicht vor ihrem. »Ich bin am besten in der Lage, für alle aufzupassen. Ich will das hier nicht komisch machen, aber ich hab Verantwortung.«
»Klingt, als sollte lieber nichts mehr passieren. Zwischen uns beiden, meine ich.«
Jaschas Gesicht sagte deutlich, dass er das nicht gemeint hatte, aber Juna nickte ihm zu, bevor sie ihm voraus zum Tor eilte.
Drinnen war Anton dabei, unter dem Gejubel der Kinder eine aufgeblasene Gummipalme über einem Planschbecken in Position zu bringen.
»Können wir nicht den richtigen Swimmingpool haben?«
»Wenn wir den Schlauch vom Sumpf hierher legen Sümpfe im Garten muss man trockenlegen hat meine Anne gesagt!«
»Selbst wenn das klappt«, hörte Juna sich sagen, kaum dass sie an der Pforte angekommen waren, »du willst doch nicht in Sumpfwasser baden!«
»Doch!«
»Habt ihr eine Ahnung, wie eklig das ist? Hi, Juna.« Anton gab

der Palme einen letzten Klaps und kam ihnen dann entgegen. Ohne weitere Höflichkeiten deutete er zum Nachbargrundstück hinüber.

»Ich hab mir gedacht, wir können das Klettergerüst von dort hierherbringen. Mit drei Leuten könnte es gehen.«

Sie gingen hinüber. Das Gerüst war ein kompaktes Gebilde mit Klettersprossen an der einen Seite, einer Schaukel und einem angebauten Sandkasten.

»Spielen die drei überhaupt damit?« fragte Juna. »Das scheint mir eher was für Kleinere.«

»Eine Schaukel mit Autoreifen wäre besser«, stimmte Anton zu. »So eine hatte ich früher im Garten.«

»Eine Drehwurm-Schaukel?«

»Genau!« Antons Blick leuchtete auf. »Mein Vater hat sie gebaut. Oder daran mitgebaut …? Jedes Jahr, das er davon erzählt, wird sein Anteil an der Schaukel größer. Also wer weiß.«

Juna grinste. Sie packte probehalber die Klettersprossen und hatte mit zwei Zügen die obere Stange erreicht. »Und wo ist dein Vater jetzt?« fragte sie.

Keine Antwort.

Juna schwang sich auf die Stange. Unter ihr hatte Anton eine Packung Zigaretten aus der Jackentasche gezogen und fummelte daran herum. Sie wartete, bis er sein Anzünderitual beendet hatte, dann ließ sie sich kopfüber hängen und sah verkehrt herum durch die Rauchwolke vor seinem Gesicht hindurch.

»Hätte ich das nicht fragen sollen? Ich war neugierig. Du stichst so heraus aus der Gruppe hier.«

»Tue ich das?«

»Vom Alter, meine ich. Du bist noch nicht volljährig, oder?«

Anton drehte sich zur Seite und blies Rauch aus. »Klar bin ich volljährig.«

Juna gestattete sich ein Grinsen und war froh, dass Jascha, der sie vom Weg aus beobachtete, ebenfalls amüsiert aussah.

»Niemals kriegen wir das Ding transportiert«, rief er jetzt herüber. »Wir müssen den Zaun umlegen. Dann brauchen wir nur einen Weg vom Pool hierher.«

»Wer holt die Werkzeugkiste?«

»Ich warte«, sagte Juna.

Anton sah sie spöttisch an. »Bist du etwa nicht stark genug, eine Werkzeugkiste zu tragen?«

»Ich weiß nicht wo die ist. Außerdem hänge ich hier wie eine Fledermaus. Bis ich wieder stehe, könntest du schon längst mit der Kiste zurück sein.«

»Ich muss mal nach den Kindern sehen«, sagte Jascha und war schon verschwunden.

Anton schien immer noch nicht gehen zu wollen. Juna zeigte auf die Zigarette in seiner Hand.

»Du musst doch die Kippe sowieso wegbringen. Schlimm genug dass du rauchst wo die Kinder dich sehen können.«

Anton ging. Sie wartete, bis das Tor hinter ihm zugeklappt war, dann richtete sie sich auf und zog ihr Phone aus der Tasche.

Minderjährig, schrieb sie an Robert.

Es dauerte nur Sekunden, bis ein erhobener Daumen als Antwort erschien.

Noch keine Spur von MR, fügte sie hinzu.

Der Doppelhaken an ihrem Text änderte die Farbe, aber es kam keine Nachricht zurück. Offenbar hatte Robert nichts dazu zu sagen.

Den restlichen Tag verbrachten sie und Anton damit, den Boden zwischen Klettergerüst und Planschbecken nach Stolperlöchern abzusuchen. Anton hatte ihr das Werkzeuglager in einem der benachbarten Gärten gezeigt, eine Hütte zwischen Johannisbeersträuchern und Bohnenstangen, mit schokoladenbraunen Wänden, grünen Fensterkreuzen und einem aufgebrochenen Vorhängeschloss. Innen standen an der Wand mehrere Schubkarren,

Harken und Schaufeln hingen daneben. Gegenüber befand sich eine blitzblank aufgeräumte Werkzeugbank.

»Wer hält hier so viel Ordnung?« entfuhr es Juna. Anton grinste nur. Er warf Schmirgelpapier in eine der Schubkarren und stellte zwei Farbeimer daneben.

Während Jascha sich an dem, was vom Zaun übriggeblieben war, zu schaffen machte, schmirgelte und Holzsplitter entfernte, füllten Juna und Anton am anderen Ende der Kolonie ihre Schubkarren mit Rindenmulch und traten den langen Weg durch Brombeerranken, über Risse in den Pflastersteinen und unter verwaisten Wäscheleinen hindurch an, um einen Pfad zwischen Pool und Klettergerüst anzulegen.

»Ich beneide die Kids«, sagte Juna. Sie schaufelte Mulch, während Anton ihn zurecht harkte. »Das Wasser ist nur zum Planschen da. Nicht mal Atemübungen kann man da drin machen.«

»Atemübungen in einem Planschbecken? Wie kommt man so auf eine Idee?«

»Hab ich doch erzählt. Ich war früher im Schwimmcamp.«

Eine Schaufel brauner Häcksel plumpste vor Antons Füßen nieder. Er beeilte sich, sie zu verteilen. Juna hielt nach Ungleichmäßigkeiten Ausschau.

»Aber wie gehen so Atemübungen?«

»Im Prinzip sind es Kniebeugen im Wasser.«

»Ein Schwimmcamp besteht aus Spüldienst und Kniebeugen?«

Anton sah so entsetzt aus, dass sie lachen musste.

»Ich mochte das Camp«, sagte sie. »Ich mochte meine Trainerin, ich mochte ... fast alles. Das Essen war nicht so gut.«

»Aber Kniebeugen im Wasser? Das klingt nach Leistungssport.«

»War es auch.«

Junas Schaufel kratzte über den Boden der Schubkarre. Sie würden gleich eine neue Fuhre holen müssen. Sie schob die Reste aus den Ecken der Karre zu einem Haufen zusammen.

»Meine Eltern haben die Welt nicht mehr verstanden, als ich aufgehört habe.«

»Wie alt warst du da?«

»Sechzehn.«

»Und jetzt?«

Juna packte die Griffe der Schubkarre und schüttete den letzten Mulch auf den Boden.

»Eltern halt«, sagte sie. »Könnte besser laufen.«

Sie warf ihre Schaufel zur Seite und holte die zweite Harke, bevor sie weitersprach: »Ich nehme an, das kannst du verstehen?«

Anton harkte eher planlos vor seinen Füßen herum. Juna sah ihm aus den Augenwinkeln dabei zu und wartete.

»Ich würd eigentlich gern mehr mit meinem Vater reden«, hörte sie schließlich. »Aber immer wenn ich es versuche ... Da kommt einfach nichts bei raus.«

»Und deine Mutter?«

»Holt dann die Weinflasche.«

»Für dich auch?«

»Ich hasse Wein.«

Juna nickte. »Wissen deine Eltern, wo du bist?«

»Ich glaub nicht, dass sie sich darüber Gedanken machen.«

Aber während der Spielplatz Formen annahm, fühlte Juna sich immer unruhiger. Ihr war, als könnte sie Roberts Blick im Nacken spüren. Ganz sicher erwartete er mehr Nachrichten von ihr. Aber ihm hier vor allen texten? Was, wenn eins der Kinder ihr über die Schulter schaute? Sie konnte nicht riskieren, erwischt zu werden, wo alles so gut klappte, nicht jetzt.

»Wie wär's, wenn ich für alle Pommes hole?« schlug sie vor.

»In einer Stunde gibt's sowieso Essen. Bis dahin rauche ich noch eine.«

»Und du, Jascha?«

»So werden wir nie fertig!« Jascha zog am Kragen seines T-Shirts und wedelte sich Luft zu. »Aber von mir aus. Scheiß drauf. Ich geh mit dir Pommes essen. Als ich gesagt hab, du bist eingeladen, meinte ich hier, aber wir können auch rübergehen.«

»Ich wusste nicht, dass es hier Essen gibt.«

»Gibt es jeden Tag.«

»Sie war ja noch nicht jeden Tag hier«, sagte Anton.

»So schlimmen Hunger hab ich auch gar nicht. Du hast Recht, Jascha, wir sollten erst fertig werden.«

»So hab ich das nicht gemeint, es ist schon okay wenn wir –«

»Nein, ehrlich, lass uns weitermachen. Eine Fuhre schaffen wir noch!«

Sie schwang die Karre herum und nahm Kurs auf den Hauptweg, während Anton grinste und Jascha mit finsterem Blick einen Balken schmirgelte.

Diesmal saßen sie in einer größeren Runde am Tisch, und niemand kommentierte Junas Anwesenheit.

Sie hatte von Jaschas Badezimmer aus eine Nachricht an Robert geschickt und vorgeschlagen, später zu telefonieren. Wann immer sie sich jetzt beunruhigte, dachte sie an den zweiten erhobenen Daumen des Tages, der als Antwort erschienen war.

Das Gespräch drehte sich um Belanglosigkeiten – die Stromversorgung in der Kolonie, wie weit der Spielplatz gediehen war, die schlechte Gesundheit von Zanes und Ayşes Großmutter. Normale Sorgen normaler Leute. Juna bemühte sich um eine normale Miene, während sie die Kartoffeln auf ihrem Teller zerteilte. Sollte sie sich alles merken oder diskret weghören? Was für Informationen erwartete Robert von ihr? Was dachte er, was hier vorging?

»Eines Tages werde ich noch herausbekommen, was du immer so angestrengt denkst.«

Juna zuckte zusammen. Jascha, ihr gegenüber, ließ sie schon wieder nicht aus den Augen.

Mason klopfte auf den Tisch. »Es gibt noch frisches Obst zum Nachtisch«, sagte er.

»Gewisse Zwerge begeben sich aber jetzt zur Nachtruhe«, fügte Jascha hinzu. »Ihr drei habt vor dem Essen schon die Kiwis aus dem Haufen gefischt, ich hab's gesehen!«

»Ich hab's erlaubt«, murmelte Mason.

Juna wartete, bis Jascha mit den Mädchen um die Ecke verschwunden war, bevor sie aufstand. »Ich muss leider los«, sagte sie.

Niemand schien sie zu beachten. Erst als sie sich am Tor noch einmal umdrehte, sah sie durch die Dunkelheit einen glühenden Punkt auf sich zukommen. Eine Rauchfahne kräuselte sich darüber.

»Ich mach hinter dir zu«, sagte Anton.

»Danke«, sagte Juna. »Ich weiß nicht was das heißt.«

Anton schnippte Asche neben ihren Fuß. »Ist nicht sehr ausgefeilt«, sagte er. »Eine Art Barrikade. Kommt nachts ans Tor. Nicht wichtig. Übrigenst hast du deine Jacke vergessen.«

»Danke«, sagte Juna wieder. Sie nahm die Jacke und warf sie sich über die Schulter. Trotz der Dunkelheit konnte sie genug von Antons Blick sehen, um zu wissen dass er ihr nicht gefiel.

Sie wollte hinaus, als Anton sagte: »Warte noch.« Sie wandte sich wieder um, aber er sprach nicht weiter. Er stand nur da und zog Rauch ein.

Juna wartete.

Anton blies Rauch durch die Nase aus und zog gleich wieder, ohne sie anzusehen.

Sie gestikulierte in Richtung des Tors. »Ich muss los.«

Anton schwieg. Sie hatte das Tor einen Spalt geöffnet, als sie seine Stimme wieder hörte.

»Du bist nicht so unauffällig, wie du denkst.«

Mit einem Fuß im Torspalt erstarrte Juna.

»Was meinst du damit?«

Sie versuchte, sorglos zu klingen, aber hörte selbst wie ihre Stimme dabei in eine unnatürlich hohe Lage rutschte.

»Genau das«, sagte Anton.

»Warum dieses Misstrauen?«

»So wird man halt, wenn man unter Bullen aufwächst.«

»Unter Bullen? Worauf willst du hinaus?«

Ihre Stimmbänder schienen sich überspannen zu wollen. Antons Blick sprach Bände.

Juna klammerte sich an den Torpfosten. Sie versuchte, mit krampfenden Gesichtsmuskeln zu lächeln. Anton kam auf sie zu, drückte seine Zigarette an einer Zaunstange aus und malte dabei einen Aschenkreis.

»Ich bin doch kein Bulle«, sagte Juna.

»Klar.«

Klang er spöttisch oder bitter?

Juna verschränkte die Arme. »Ich bin kein Bulle.«

»Richtig. Die Bullen heißen ja jetzt Sozialpolizei.«

Anton schnippte den Rest seiner Kippe an ihr vorbei durch die Gitterstäbe. Juna sah ihr wehmütig hinterher.

Vielleicht, dachte sie, habe ich eine Chance. Wenn ich es erkläre.

Sie lehnte sich an den Torpfosten, als sei sie entspannt, und suchte Antons Blick. »Von mir aus. Du hast Recht. Ich bin von der Sozpo. Aber ich bin zufällig hier.«

Anton grummelte Unverständliches.

»Ich mein das ernst! Das war – ich hab gerade die Ausbildung gemacht, aber dann – da war diese Meldung...«

Erst stockend, dann in einem schnellen Rutsch erzählte sie, wie sie die Kolonie gefunden hatte. »... und ich dachte erst, ich würde gefeuert, aber als ich meinem Chef von euch erzählt habe, wollte er, dass ich wieder hierherkomme. Aber siehst du, Anton, es geht dabei gar nicht um dich. Es geht um jemand ganz anderes. Sobald ich die Person gefunden und mich vergewissert habe, dass bei ihr alles okay ist... Weißt du etwas von einer Meileen Rabe hier in der Kolonie?«

Anton hatte mit zusammengezogenen Augenbrauen zugehört. Jetzt schüttelte er den Kopf.

»Dann ist ihre Tochter ohne sie hier«, drängte Juna. »Das kann doch nicht sein. Okay, sie scheint selbstständig für ihr Alter, aber sie ganz alleine loszuschicken – und sobald ich sie gefunden habe, lasse ich euch alle in Ruhe –«

Anton schien sie nicht ansehen zu wollen. »Von wem redest du?« fragte er Richtung Zaunpfahl.

»Von wem? Es gibt nur ein Kind, das unbegleitet hier ist! Du weißt vielleicht nicht, dass sie mit Nachnamen Rabe heißt. Ich kann hier erst weg, wenn ich über sie Bescheid weiß, verstehst du?«

Anton fummelte nach einer neuen Zigarette.

»Nein«, sagte er in Richtung Boden.

»Ist Wanda wirklich alleine hier?«

Jetzt sah Anton auf. Sein Gesicht enthielt nichts als Verblüffung. »Wieso Wanda? Du kennst Wandas Mutter doch.«

»Ich hab sie nur mit...«

Der Rest des Satzes versiegte. Sieh die Situation, wie sie ist, nicht wie du sie erwartest. Da war sie schön auf die Schnauze gefallen!

»Ich hab gedacht, Lina wäre Zanes Mutter«, sagte sie, eine Hand an ihrer Stirn. »Wegen der Locken! Aber wenn ich so drüber nachdenke, sehen sie sich eigentlich gar nicht ähnlich, bis auf die Haarfarbe. Und Wanda ist auch viel mehr wie Lina. Wie sie redet, wie sie guckt ... Ich Vollidiot! Ich hab mit Meileen Rabe gesprochen, wir haben zusammen gekocht, sie hat sich bloß einen Spitznamen gegeben – vergiss, dass du das gehört hast«, fügte sie hinzu. »Das war ein ganz schöner Verstoß gegen den Datenschutz.«

Sie lachte. Antons Blick war misstrauisch. Er hielt die Zigarette dicht vor seinen Mund, ohne zu ziehen. Juna stieß ihre Faust in die Luft.

»Ich hab sie gefunden!« sagte sie.

»Und was passiert jetzt?«

»Jetzt lass ich dich in Ruhe rauchen.«

Da Anton nicht beruhigt aussah, ergänzte sie: »Ich rufe meinen Chef an und sage ihm, dass ich die Zielperson gefunden habe, dass sie ein bisschen schlecht gelaunt, aber in guter Verfassung ist, und dass ... mehr kann ich dir wirklich nicht erzählen. Aber ich werd ihm sagen, dass ich keinen Grund sehe irgendwem von euch Ärger zu verursachen. Weder Meileen noch sonstwem.«

Anton nickte und hielt ihr das Tor auf. Sie war mehrere Meter entfernt, als er noch einmal rief.

»Juna!«

Sie drehte sich um.

Die Glut von Antonts Zigarette leuchtete auf, als er zog. Rauch ausstoßend, fragte er: »Habt ihr eine Liste oder so? Davon, wer alles hier wohnt?«

Juna schüttelte den Kopf. Dann erinnerte sie sich daran, dass Anton sie in dem schlechten Licht kaum sehen konnte, und lief zu ihm zurück.

»Wie sollten wir eine Liste haben?« fragte sie. »Außer mir ist niemand von der Sozpo je hier gewesen. Ich weiß von den meisten von euch nicht mal die vollständigen Namen. Oder ob eure Vornamen eure richtigen sind. So wie bei Lina, ich meine Meileen, ich meine – siehst du was ich meine?«

Sie lachte. Anton deutete ein Grinsen an und drückte seine Zigarette aus.

»Dann schönen Feierabend«, sagte er.

»Danke! Danke, Anton!«

Juna klopfte ihm auf die Schulter und hüpfte davon in die Dunkelheit.

Am Pommeswagen schimmerte grünes Licht. Der Rest der Wiese war schwarz.

Juna setzte sich auf einen der großen Steine, die den Wegrand markierten oder besser das, was hier vom Wegrand übrig war. Sie lehnte sich zurück, um sich aufzustützen, aber stieß prompt gegen warmes Fell. Sie fuhr zurück. Die kleine Ziege, die auf dem Stein gekauert hatte, gab einen verärgerten Laut von sich.

»Tut mir Leid, tut mir Leid«, flüsterte Juna und stand wieder auf.

Sie zog ihr Phone heraus. Die unbekannte Nummer hatte noch einmal angerufen und anschließend getextet:

Hallo Juna, hier ist Agnes. Endlich hab ich deine Nummer bekommen! Bevor du weiter in dieser Kolonie ermittelst, würde ich gern mit dir reden. Ruf mich jederzeit an oder schreib mir.

Juna schob die Nachricht zur Seite. Sie hatte es allein geschafft! Natürlich würde sie Agnes davon erzählen, aber erst einmal gab es Dringenderes zu tun.

Sie tippte auf Roberts Nummer. Es dauerte nur ein paar Sekunden, bis sein Gesicht erschien. Hinter ihm war eine weiß gekachelte Wand. Juna schielte auf die Zeitanzeige. Halb elf. War Robert schon beim Zähneputzen?

»Entschuldige, dass es so spät geworden ist«, sagte sie. »Aber ich habe wirklich gute Nachrichten! Ich hab sie gefunden! Es geht ihr gut!«

Roberts Augenbrauen zogen sich zusammen.

»Meileen Rabe«, sagte Juna. Gleichzeitig dachte sie: Dieser Anruf war ein Fehler. Ich hätte eine kurze Nachricht schreiben und morgen weitersehen sollen. Aber beim letzten Mal war er sauer, als ich mich abends nicht mehr gemeldet habe!

»Schön«, sagte Robert. Er hielt die Kamera seines Telefons ein wenig höher und drückte sein Kinn tiefer. »Also kein sozialpolizeilicher Handlungsbedarf?«

»Ich denke wirklich nicht. Außer, wir könnten Wohnungen für alle herzaubern.«

Robert rieb mit dem Daumennagel an seinem Kinn herum und senkte dann rasch die Hand, als sei ihm erst gerade wieder eingefallen dass Juna ihn sehen konnte.

»Dann machen wir uns keine Gedanken um die Kinder«, sagte er. »Fehlt nur dieser minderjährige Junge.«

Juna plumpste erneut auf den Stein. Wieder streckte sie eine Hand nach hinten, und wieder stieß sie mit der Ziege zusammen. Sie beugte sich vor, weg von dem empörten Tier, und stützte die Ellbogen auf die Knie.

»Rufst du mich von draußen an?« fragte Robert.

»Keine Sorge. Mich hört niemand.«

»Wie war das?«

Juna verdrehte die Augen. »Mich hört niemand! Jedenfalls«, fuhr sie dann schnell fort, »meine Einschätzung bezog sich auf alle. Klar, Anton ist noch keine achtzehn, aber er ist bei jemandem untergekommen den er mag. Ich halte es für überflüssig einzugreifen.«

»Das stand nie zur Diskussion. Den Jungen bringst du zu ›Ab in die Mitte‹. Danach kannst du dich rausziehen.«

»Er will nicht zu ›Ab in die Mitte‹. Garantiert.«

»Aber warum denn nicht?«

»Weil …«

Sie versuchte sich zu erinnern, was sie in der letzten Selbstdarstellung von »Ab in die Mitte« gelesen hatte.

»Die erzählen was von Radikalisierung auf der einen und normaler Gesellschaft auf der anderen Seite, und dass Kinder nur auf den rechten Weg zurückgeführt werden müssen und … Robert, in einem Satz … die haben keine Ahnung.«

Vermutlich, meldete ihr müdes Hirn mit zwei Sekunden Verspätung, war dies nicht die richtige Wortwahl gegenüber einem Vorgesetzten. Vermutlich sollte sie dankbar sein, dass Robert die späte Stunde genauso zusetzte wie ihr, dass er Meileens Anhörungsproblem vergessen hatte oder zu müde war es zu verfolgen, und dass er ihren Außendienst nicht auf der Stelle für beendet erklärte. Stattdessen beschwerte sie sich über den einzigen Punkt, in dem er ihrem Urteil widersprach.

»Weißt du was«, sagte er. »Du kennst die Einrichtung nur aus Broschüren, oder? Aus dem Material, das ihr in der Ausbildung durchgegangen seid?«

»Das muss ich wohl zugeben.«

»Komm morgen dort vorbei und sieh dir das Haus selbst an. Du kannst alle Fragen loswerden die du hast. Und wenn wir dich überzeugt haben, kannst du den Jungen überzeugen. Oder denkst du, er würde lieber gleich nach Hause?«
»Ich denke –«
»Die haben einen neuen Leiter, mit dem wollte ich sowieso sprechen. Wir können uns zu dritt treffen. Bernd Meier heißt der.«
»Bernd Meier? Ist das nicht dieser Spitzel, von dem alle –?«
»Wir treffen ihn morgen um sechs, und du kannst selbst herausfinden, wieviel Ahnung er hat.«
Robert schien zu schmunzeln.
»Sechs Uhr morgens?«
»Am frühen Abend. Da sind Meiers Teilnehmer... Teilnehmende... auf einem Ausflug und wir können in Ruhe reden. Bis dahin kannst du Überstunden abfeiern.«
»Finde ich die Adresse im Internet?«
»Umgehungsstraße 1.«
»Umgehungsstraße 1. Morgen Nachmittag um sechs.«
Die Ziege drückte sich gegen sie, als wolle sie ihr auf den Schoß klettern. Im Gebüsch raschelten mehr Ziegen. Oder ein Fuchs? In der Schwärze hinter ihrem Display konnte sie nichts erkennen.
»Es ist spät«, sagte Robert beinahe warm. »Ruh dich erstmal aus.«
Sein Bild erlosch und Juna saß allein in der Dunkelheit.
»Na toll«, sagte sie zu dem stummen Phone.
Dann stand sie auf und steuerte auf das einsame Licht am Parkausgang zu.

KAPITEL 6

AB IN DIE MITTE

Sie hatte es diesmal geschafft, um halb sieben angezogen und mit dem ersten Kaffee fertig zu sein. Zu allem bereit war sie, das Phone in der Hand, in der Wohnung auf und ab gelaufen. Sie hatten sich zwar erst für den späten Nachmittag verabredet, aber Robert hatte doch immer vorher schon etwas zu sagen oder zu fragen! Nur heute nicht. Es war kein Anruf von ihm gekommen, während sie den Fußboden in ihrer Küche gewischt, den Abfluss der Badewanne von verirrten Haaren befreit und die Altpapierkiste hinuntergetragen hatte. Es war auch später auf dem Bahnsteig kein Anruf gekommen und keiner, während sie auf der Hinterbank eines röchelnden Linienbusses stadtauswärts geschaukelt war. Nun stand sie vor der Einfahrt von »Ab in die Mitte«. Kein Robert.

Sie tippte seine Nummer ein und wartete. Und wartete. Endlich wurde der Anruf angenommen, aber das schwarze Viereck in der Ecke ihres Displays sagte ihr, dass Robert seine Kamera ausgeschaltet hatte.

»Juna ... wir sind verabredet, richtig?«

»Ich bin hier«, sagte Juna vorsichtig. Im Hintergrund hörte sie eine unbekannte Frauenstimme.

»… natürlich, jetzt gehst du wieder weg! Unser Sohn wäre längst zu Hause, wenn –«

Der Klang der Stimme wurde gedämpft. Offenbar hatte Robert eine Tür zwischen sich und ihrer Besitzerin zugemacht.

»Ich verspäte mich«, sagte er.

»Soll ich den Termin ohne dich machen?«

»Ich versuche es noch zu scha –«

»Rede mit mir!«

Die Tür im Hintergrund war wieder geöffnet worden.

»Ich muss auflegen«, sagte Robert und tat es.

Juna ließ ihr Phone sinken.

»Okay«, sagte sie laut.

In der Hofeinfahrt waren Schritte zu hören.

Eine verrückte Sekunde lang dachte Juna, Robert hätte sich einen Scherz mit ihr erlaubt. Aber es war nicht Robert, der vor ihr stand. Es war auch niemand von »Ab in die Mitte.«

Es war Bart Schereumer.

»Ich wusste gleich, dass ich Sie kenne«, sagte er. »Ich habe Sie auf dem Foto Ihrer Abschlussklasse gesehen. Herzlichen Glückwunsch! Aber jetzt ist Ihrem Chef etwas dazwischengekommen, sodass er nicht kommen kann? Mit so viel Glück hatte ich nicht gerechnet. Nehmen Sie mich mit rein, dann behalte ich Ihr Undercoverprojekt für mich.«

Juna starrte ihn an.

»Mein Undercoverprojekt«, sagte sie schließlich, »ist – wenn es denn jemals eins gegeben hätte, und ich sage nicht dass es eins gab! Aber wenn es eins gegeben hätte, dann ist das beendet. Ich weiß also nicht, wovon Sie reden.«

Bart Schreumer schüttelte den Kopf. »Von wegen. Ich weiß, was Sie gestern am Telefon besprochen haben.«

Juna erwiderte seinen Blick. Wenn du ausweichst, sagte sie sich, dann denkt er er hat dich. Starre ihn an. Demonstriere dein gutes

Gewissen. Leider sah Schereumer aus, als beeindrucke ihn ihr gutes Gewissen kein bisschen.

Schließlich senkte Juna den Blick.

»Das war kein Fuchs gestern Abend«, murmelte sie.

»Kein Fuchs.« Schereumer klang beinahe entschuldigend.

»Mein Chef kann jeden Moment hier sein.«

Sie deutete auf ihre Tasche. Wie auf Kommando begann ihr Phone erneut zu vibrieren. Sie schielte aufs Display, tippte auf Grün und hielt sich das Phone ans Ohr.

»Na, Robert? Bist du fast hier?«

»Hier ist Agnes.«

Juna drehte sich von Bart weg. Einen Versuch war es doch wert!

»Das ist gut zu hören. Ich warte schon eine Weile.«

»Du hast darauf gewartet, dass ich mich melde?«

»Alles gut, kein Problem.«

»Juna? Wo bist du?«

»Die Hofeinfahrt gegenüber der Wandmalerei, genau. Dann bis gleich.«

Juna drückte den roten Knopf. Hoffentlich würde Agnes sie jetzt nicht für total verrückt halten. Sie drehte sich wieder zu Bart um.

»Er ist jeden Moment da. An Ihrer Stelle würde ich verschwinden.«

»So so.«

Bart drehte sich einmal um sich selbst und sah in alle Richtungen.

»Nichts zu sehen oder zu hören«, sagte er dann.

Juna hob die Hände in einer Geste des Aufgebens.

»Ich glaube aber nicht, dass Sie unangemeldet Zutritt bekommen.«

»Brauche ich nicht. Geben Sie mich als Ihren Kollegen aus.«

»Sie als –«

»Sie müssen nicht lügen. Sagen Sie ›Der gehört zu mir‹, wenn wir hineingehen. Das reicht vollkommen.«

»Wenn das rauskommt!«

»Hätten Sie lieber, dass Ihr Freund Jascha erfährt was Sie machen? Oder Lina? Die hätte Verständnis.«

Juna hob eine Hand, um damit im Haarknäuel an ihrem Hinterkopf zu bohren, und packte dann ihr Handgelenk. Keine Unsicherheit zeigen! Was redete dieser Typ von Lina? Es war doch total von gestern, ihr damit drohen zu wollen. Wusste er nicht, wer sie wirklich war? Oder wusste er nur nicht, dass Juna es wusste? Jascha dagegen war in gar nichts eingeweiht, jedenfalls nicht was ihren Einsatz anging ... wenn er das von einem Journalisten erfuhr ...

»Dann beeilen Sie sich gefälligst!« fauchte sie. »Ich weiß nicht, wo mein Chef bleibt, aber das heißt trotzdem dass er jeden Moment hier sein kann!«

Sie mussten einen Hinterhof durchqueren, um den Eingang zu erreichen. Juna dachte unwillkürlich, dass es einfach sein würde, das Tor zur Straße zu schließen und damit jedes Kommen und Gehen unter Kontrolle zu haben. Die Mauern, die den Hof umgaben, waren Häuserwände. Um zu sehen, wo sie endeten, musste man den Kopf in den Nacken legen.

Doch die Tür mit dem Klingelschild »Ab in die Mitte« sah ziemlich normal aus. Weiß, eingerahmt von Glasbausteinen, auch der Türgriff aus Glas.

Juna klingelte. Die Tür wurde fast sofort aufgezogen.

»Bernd Meier?«

Schereumer hatte das Wort ergriffen, bevor sie auch nur Luft holen konnte. Der Mann im Türrahmen richtete den Blick auf ihn. Er trug ein hellrotes Hemd, dessen Knöpfe über dem Bauch spannten. Sein Gesicht war voller Sommersprossen, das Haar drum herum sah weich und flaumig aus wie das Gefieder eines Kükens.

Ohne Fragen zu stellen winkte er sie beide herein.

Hinter einem Eingangsbereich voller Wandhaken und Schuhregale tat sich eine Art Lobby auf. Oder was sollte das sonst sein? Für einen Moment stand Juna wie hypnotisiert da und vergaß alles andere.

An zwei gegenüberliegenden Wänden klebten Fototapeten. Die eine zeigte blauen Himmel, Sandstrand und Palmen, die andere tropischen Wald. Statt Tischen und Stühlen waren Holzkistchen und Sitzsäcke verteilt. Weiter hinten spannte sich eine Hängematte. An der Decke bildeten Neonröhren ein Nicht-Muster.

»Stop! Bitte Schuhe aus!«

Meier wies auf den hellen Teppichboden. Juna schlüpfte aus ihren Stiefeln, aber Schereumer zögerte. Wahrscheinlich war es ihm nicht recht, sich festzunageln. Fehlende Schuhe waren ein Hindernis, wenn man schnell abhauen musste.

Juna konnte sich bei dem Gedanken ein wenig Schadenfreude nicht verkneifen.

»Hoffentlich kriege ich zu sehen, wie Sie auf Socken über den Hof sprinten«, zischte sie aus dem Mundwinkel.

Schereumer stellte seine Schuhe in die Ecke, die von ihren Stiefeln am weitesten entfernt war. Immerhin das.

Der Teppich war weich unter ihren Füßen.

»Alle sollen sich hier wie am Strand fühlen«, sagte Meier. Sie hatte das Gefühl, dass er bereits seit einer Weile mit ihr sprach. Sie beeilte sich zu nicken und »Gute Idee« zu sagen.

Wo zur Hölle war Robert? Sie sah noch einmal auf ihr Display. Keine Nachricht. Sie tippte: Wir fangen schon mal mit der Führung an. Alles okay hier. Du brauchst dich nicht zu beeilen.

Kaum hatte sie den Briefbutton gedrückt, bereute sie die Nachricht. Sie hatte Robert nichts zu sagen. »Du brauchst dich nicht zu beeilen« würde ihn nur ärgern und dazu führen, dass er sich erst recht beeilte. Wo auch immer er war. Aber sie konnte jetzt nichts daran ändern, sie musste sich auf die Situation hier konzentrieren!

Sie wollte ihr Phone gerade wegstecken, als es wieder vibrierte. Statt einer Antwort von Robert bekam sie jedoch eine Nachricht von Agnes angezeigt: Alles in Ordnung?

Juna schickte einen erhobenen Daumen zurück, aber sofort kam die nächste Nachricht: Ruf mich zurück, sobald du kannst! Bitte.

Verdammt, sie hatte keine Zeit!

Bei dir alles in Ordnung? schrieb sie zurück. Sie versuchte, mit einem Auge die tanzenden Punkte auf Agnes' Seite des Chats und mit dem anderen Meier und Schereumer zu verfolgen.

Gute Nachrichten für deine Ermittlungen!

Eine Tür schlug. Juna sah sich um. Sie war allein in der Strandlounge.

»Also«, hörte sie Meiers Stimme, nun sehr gedämpft, »der Junge, den Sie uns bringen wollen ...«

»Ein schwerer Fall«, antwortete Schereumer.

Diesmal steckte sie das Phone in die Tasche. Es vibrierte noch einmal, aber sie kümmerte sich nicht mehr darum. Unglaublich! Robert und der Typ hier kannten sich nicht einmal. Der hielt einen eingeschleusten Journalisten für einen befugten Mitarbeiter, einfach nur weil er zur richtigen Zeit am richtigen Ort war, und redete jetzt mit ihm statt mit ihr!

Sie durchquerte die Lobby und trat durch die Tür, durch die die beiden Männer verschwunden waren. Schereumer hatte verlangt, sie solle ihn hereinbringen. Von Schmiere stehen war keine Rede gewesen. Wenn sie schon hier war, wollte sie das Haus wenigstens von innen sehen.

»Wir sind ja noch nicht fertig«, sagte Meier. »Der Aufenthaltsraum vorne – wir nennen ihn die Chillout-Lounge – ist perfekt renoviert, wie Sie sehen können. Aber hier hinten sind wir noch mittendrin.«

Die Wandfarbe »hier hinten« sah aus, als habe jemand einen Eimer voller Popel verschmiert. Die Deckenlampen flackerten vor sich hin. Über dem Linoleumboden hing eine Wolke aus billigem Putzmittel.

Auf der rechten Seite des Korridors lagen Seminarräume, auf der linken gab es statt einer Wand ein Geländer. Juna lehnte sich darüber und sah eine Treppe unter sich.

»Da unten sind die Schlafräume«, erklärte Meier gerade. »Wenn

Sie mir folgen wollen...«

Schereumer folgte nicht, sondern betrat den nächstgelegenen Seminarraum. Juna schlüpfte hinterher, bevor er die Tür hinter sich schließen konnte.

»Was wird das?«

Schereumer sah sich schulterzuckend um.

»Tun Sie Ihre Arbeit, ich tue meine«, sagte er. »Allerdings hab ich bisher nichts Besonderes gesehen. Schauen Sie sich nur mal in diesem Raum um!«

»Ich sehe ein Hufeisen aus Tischen und ein mit Penissen vollgemaltes WhiteBoard.«

»Genau. Wir könnten überall in Deutschland sein.«

»Warum wollten Sie dann gerade hier hinein?«

»Ich wollte nicht in diesen entzückenden Raum per se, sondern vielmehr –«

»Sie wissen, was ich meine.«

Schereumer zuckte mit den Schultern.

»Ich würde mir gern mal die Buchführung ansehen. Könnten Sie so nett sein, unseren Gastgeber für, sagen wir, zehn Minuten bei den Schlafräumen zu beschäftigen?«

»Wie zu beschäftigen?« Juna schüttelte sich. »Was tun Sie in der Zeit?«

»Sagen wir, es handelt sich um eine nicht explizit genehmigte Routineüberprüfung.«

Jetzt bricht er auch noch ins System ein, dachte Juna. Aber sie sah nichts, was sie tun könnte um ihn daran zu hindern. Wenn Robert kam und ihn erwischte, würde sie behaupten ihn nicht zu kennen und weder mit ihm noch seiner Aktion etwas zu tun zu haben.

Sie lief die Treppe hinunter. Die Stufen waren in überraschend gutem Zustand, aus hellem Holz, die Kanten mit Filz verkleidet. Der Raum unten war genauso geformt wie die Strandlounge im Stockwerk darüber.

Mehrere Türen standen offen. Juna schaute in eines der Zimmer hinein.

Vier Stockbetten standen in vier Ecken, Betten aus Holz wie die Treppe. Die Wände waren blütenweiß und der Boden bedeckt mit kleinen, bunten Flickenteppichen. Alles war sauber.

Meier war nirgendwo zu sehen.

»Mangelt es Ihnen an Bettwäsche, oder warum sind nur zwei Betten bezogen?« fragte sie in die Luft hinein.

Meiers Antwort hallte so sehr, dass nicht zu sagen war von wo seine Stimme kam.

»Wir haben derzeit nur zwei Mädchen. Mädchen sind brav, die radikalisieren sich nicht so schnell. Wär ja auch schlimm für uns Männer wenn es anders wäre!«

Er lachte. Wieder schüttelte Juna sich.

»Wo sind Sie?«

Die gegenüberliegende Tür wurde geöffnet. Juna sah mehr Neonlicht und eine weiß gekachelte Wand hinter Meier. Er hielt eine Shampooflasche in der Hand.

»Ich sehe jeden Tag überall nach dem Rechten«, erklärte er.

»Ist das das Badezimmer der Mädchen?«

»Will ihnen ja keine Unordnung zumuten. Deshalb räume ich immer ein bisschen auf.«

Juna linste auf ihre Uhr. Von den zehn Minuten, die Schereumer haben wollte, war nicht einmal eine vergangen.

Meier klappte den Spiegelschrank über dem Waschbecken auf.

»Hier drin gibt es einige Verstecke«, sagte er dabei. »Zwischen Spiegel und Tür ist eine Lücke ... macht Sinn, sich die ab und zu anzusehen ... nichts drin. Okay. Gut. Unter der Klobrille ist auch nichts ... Warum sie allerdings immer diese überquellende Tamponschachtel hier stehen haben müssen ...«

Wahrscheinlich, dachte Juna, weil ein Typ wie du gerne an den Shampooflaschen junger Frauen riecht und dabei seinen ekligen

Blubbergedanken nachhängt, aber bei jeder Andeutung von Menstruationsblut schreiend wegläuft. Eine Tamponschachtel ist ein gutes Versteck.

»Sie machen also tägliche Durchsuchungen?« entschied sie sich zu fragen.

Meier sah sie mit runden Augen an.

»Durchsuchungen? Ich habe größten Respekt vor der Privatsphäre der Mädels! Ich muss nur ein wenig dafür tun, den Überblick zu behalten. Deshalb ist die Durchführung von … wie lässt sich das gut sagen …«

»Routineüberprüfungen?«

»… Routineüberprüfungen eine notwendige Angelegenheit.«

Noch acht Minuten. Okay, sagte Juna sich, die halte ich aus. Damit Jascha nichts erfährt. Danach packe ich diesen Schereumer und nichts wie raus hier.

»Also Exkursionen wie die heute«, begann sie und tat jetzt so, als würde sie sich Notizen machen. »Sind die hauptsächlich dazu da, um in Ruhe Überprüfungen durchführen zu können?«

»Aber nein. Die Überprüfungen machen wir auch, wenn die Jugendlichen dabei sind. So was war ja früher ganz schwierig. Als es die Sozpo noch nicht gab. Wenn man nicht Polizei war und dann also gar nicht durchsuchen durfte. Ich darf das jetzt, zum Glück.«

Juna schüttelte den Kopf. Gerade hatte er sich noch dagegen verwahrt, Durchsuchungen durchzuführen.

»Sie waren also früher … was? Erzieher?«

»Ich hab mir ja Sorgen gemacht, damals, da waren so Leute in der Nachbarschaft … die Polizei hat mir ein Einkommen angeboten. Ich musste sie nur gut darüber informieren was in meiner Straße passiert.«

»Aber waren die Leute in der Straße nicht Ihre Freunde? Entschuldigen Sie, ich kenne nur die Zeitungsartikel.«

Meier fuhr mit einem Finger die Knopfleiste seines Hemdes auf und ab.

»Ich hätte gedacht, die würden mich verstehen«, sagte er. »Ich dachte, dazu wären Freunde da. Aber sie haben mich fallenlassen.«
»Sie waren V-Mann?«
Meier zuckte zusammen.
»Das ist so ein negatives Wort. Außerdem ist ja jetzt alles anders. Ich bin hier hereingekommen, am Anfang, als noch nicht klar war welche Qualifikationen man für die Sozialpolizei braucht ... wäre für so einen Job ja auch sinnlos. Die Kinder sind auf die schiefe Bahn geraten. Es geht hauptsächlich darum, auf sie aufzupassen. Warum sollte ich so was nicht können. Die brauchen ja auch mehr einen Freund als einen Erzieher.«
Das kann doch nicht wahr sein, dachte Juna. Schereumer hatte Recht. Die haben hier wirklich einen ehemaligen V-Mann auf einem Versorgerposten geparkt. Noch dazu einen, der im Waschraum der Mädchen herumwühlt, wirres Zeug redet und nichts vorweisen kann, was mit Fachkenntnissen zu tun hat.
Wenn man es so betrachtete, gab es gegen Schereumers nicht explizit genehmigte Routineüberprüfung wenig einzuwenden.
Meier marschierte voraus zum Schlafraum der Jungen. Er war genauso eingerichtet wie der der Mädchen, nur mit deutlich mehr Betten.
»Da oben in der Ecke ist die Deckenverkleidung ganz verkratzt«, murmelte er. »Da war jemand mit dem Schraubenzieher dran oder so ... oder mit dem Messer ... wahrscheinlich um genau das Messer dann zu verstecken.«
Sechs Minuten.
Juna zählte zehn bezogene Betten. Die Bettwäsche war, genau wie im Nebenzimmer, wahllos durcheinandergewürfelt, blaukariert neben rotgepunktet, Tigerstreifen neben Wolkenmustern, auf einem Kissen war ein riesiges Kleeblatt abgebildet, umrahmt vom Schriftzug *I love Ireland*, ein anderes sagte *Merry Christmas*.
»Sie haben Platz für mehr, vor allem für mehr Mädchen«, sagte Juna. »Haben Sie auch Geld für mehr?«

»Oh, natürlich, Subventionen bemessen sich ja nach der Belegungsrate... je mehr, je besser.«

»Aber was ist der Plan?«

»Plan?«

Meier war auf das Bett in der hinteren Ecke gestiegen. Hier zeigte der Bezug das Wappen eines beliebten Fußballvereins. Vermutlich war er nach der letzten Saison gespendet worden.

»Ich meine«, versuchte Juna es noch einmal, »Sie nehmen die Jugendlichen auf, und dann was? Was ist der Plan?«

»Sie bleiben hier, solange ihre Eltern es für richtig halten«, sagte Meier schulterzuckend. »Mit der Einwilligung ihrer Eltern können sie jederzeit raus.«

»Aber wenn es keine Eltern gibt?«

»Hatten wir noch nie.«

Meier klopfte gegen die Decke. Es klang hohl.

»Aber wenn sie nicht sagen, wer ihre Eltern sind?«

»Finden wir es raus. Die zuständige Sozpo-Abteilung kann das ja ratzfatz.«

Meier klopfte noch einmal gegen die Decke.

»Da ist nichts drin«, murmelte er dann und tastete mit dem Fuß im Leeren herum, auf der Suche nach einer Leitersprosse.

»Etwas weiter nach unten«, dirigierte Juna. »Und etwas nach links. Nein, sorry, nach rechts.«

Sie sah noch einmal auf die Uhr.

Vier Minuten. Eine davon würde dieser ... Typ bestimmt brauchen, um zurück auf den Boden zu kommen. Vor allem, wenn sie seine Füße in die falsche Richtung dirigierte.

»Also wenn wir jemanden herbringen würden«, sagte sie. »Dann nehmen Sie hier die Personalien auf und informieren die Eltern?«

»Ja, es wäre gut, da mal ein Datum zu erfahren. Wir sind natürlich auch für Notaufnahmen offen, aber je eher wir wissen wann er kommt, desto eher kann ich die Budgetaufstockung beantragen. Der Junge muss ja hier auch was zu essen kriegen!«

Meier war mit einem Plumps auf dem Boden gelandet und lehnte sich gegen einen Bettpfosten. Sein Hemd war bei der Turnerei verrutscht, sodass nun zwischen mehreren Knöpfen Brust- und Bauchhaare hervorsahen. Sie wirkten genauso flaumig wie das Haar an seinem Kopf.

»Leider weiß ich das Datum noch nicht«, sagte Juna.

»Aber wieso denn nicht? Ist der Zugriff nicht geplant?«

»Zugriff?«

»Ich dachte, der ganze Laden da würde geräumt und der Junge dann hierhergebracht. So hat Ihr Chef mir das ja angekündigt. Oder nein, warten Sie! Andersrum. Er wollte erst den Jungen herbringen und dann die Räumung machen lassen. So war das. Aber wann ist denn das jetzt?«

Juna fühlte sich erstarren. Räumung? Robert wollte die Kolonie räumen lassen? Nachdem sie darüber gesprochen hatten, dass kein Handlungsbedarf bestand? Oder hatte sie ihn gestern Abend komplett falsch verstanden?

»Ich muss ihn fragen«, brachte sie hervor. »Er ist der Chef.«

Sie ging zur Treppe.

»Robert! Wo bist du abgeblieben? Wir müssen den Zeitplan klären!«

»Gleich da! Eine Minute!« antwortete Schereumer von irgendwo über ihr.

»Was macht er denn eigentlich da oben? Ganz alleine?«

Meier runzelte die Stirn.

»Er musste telefonieren«, sagte Juna. »Hab ich das nicht gesagt? Die Chefetage hat angerufen. Seine Chefetage, meine ich. Die Koordination.«

»Die kann man ja nicht warten lassen.«

»Genau.«

Meier zog mit dem Fuß einen Teppich gerade.

»Ich glaube, er will nicht dass ich zuhöre«, fügte Juna hinzu. »Er ist mein Vorgesetzter. Wenn er mit seinen Vorgesetzten spricht, aber ich bin dabei, dann ist das komisch. Ich würde ihn lieber nicht stören. Wenn es Ihnen nichts ausmacht, einen Moment zu warten.«

»Sie kennen ihn ja besser als ich.«

Juna sah noch einmal auf ihr Display. Gerade jetzt ploppte ein Text auf.

Bin unterwegs.

Robert! Der Text war zwanzig Minuten alt und hatte irgendwo festgehangen, bevor er zu ihr durchgekommen war.

»Fertig!« rief Schereumer auf der Treppe. »Aber Juna, wir müssen gleich aufbrechen. Hab einen dringenden Anruf bekommen. Nächster Termin.«

»Ganz deiner Meinung!«

Juna war die Treppe hinauf, bevor Meier auch nur zwei Schritte gegangen war. Vor der Tür zur Strandlounge drehte sie sich um.

»Vielen Dank für die Führung! Ich melde mich bei Ihnen, wenn ich das Datum weiß!«

Sie durchquerte die Lounge als erstes und packte den Griff der Eingangstür. Die Tür rührte sich nicht.

»Natürlich kommt man hier nicht einfach so raus«, murmelte Schereumer.

»Wir müssen aber!«

Juna ließ den Griff nicht los.

»Der Türöffner ist hier.«

Meier hatte die Lounge betreten und deutete auf einen Knopf neben der rückwärtigen Tür.

»Damit man – Sie kennen das ja. Niemand soll alleine –«

Juna sah ihn mit hochgezogenen Augenbrauen an, aber ihr Begleiter hatte, kaum dass das Summen für eine Sekunde erklang, die Tür aufgedrückt und war im Freien.

»Ihr Chef hat seine Schuhe vergessen«, sagte Meier völlig verdattert. Er ließ den Knopf los, als sei er sich plötzlich nicht mehr sicher, ob er sie gehen lassen sollte.

Juna lachte.

»Da können Sie mal sehen, wie gehetzt er ist wenn die Koordination anruft.«

Sie zwang sich, sich auf die Bank zu setzen und im Spaziertempo ihre Stiefel anzuziehen, so als sei nichts Besonderes los. Dann hob sie Schereumers Schuhe auf.

»Er wird es gleich merken. Machen Sie noch mal die Tür auf, bitte?«

»Ich habe Ihre Nummer ja gar nicht!«

Mir bleibt nichts erspart, dachte Juna. Andererseits war es besser, wenn dieser Kerl bei ihr anrief als bei Robert.

Sie sprach zügig, als sie Meier ihre Nummer diktierte, verfluchte sich aber für ihren Fehler, weil er dreimal Ziffern falsch wiederholte. Endlich hatten sie es geschafft.

Die Schuhe in der Hand, trat sie hinaus und sah sich um. Wo war er abgeblieben? Der Hinterhof lag vor ihr, schäbig und still und vollkommen leer.

Jemand röchelte. Von wo? Der Ton hatte hohl geklungen, als hätte er ein Echo.

Sie ging so zügig sie konnte, ohne zu rennen. Ein Echo konnte es nur in der Einfahrt geben.

Bart Schereumer hatte es fast bis zur Straße geschafft. Er lag wenige Meter vom Gehweg entfernt auf dem Asphalt. Auf ihm kniete Robert.

Ohne zu überlegen, ließ Juna die Schuhe fallen, warf ihre Umhängetasche darauf und rannte zur Einfahrt.

»Robert!« rief sie. »Robert!«

Robert sah nicht auf und lockerte auch seinen Griff um Schereumers Arm nicht. Aber sein Gesicht zeigte eine kleine Veränderung. Er hatte sie registriert.

Juna hatte keine Ahnung, wie sie weitermachen sollte.

Robert atmete schwer, sagte aber kein Wort. Auch Schereumer, soviel konnte sie sehen, atmete. Leicht fiel ihm das allerdings nicht.

Robert drückte seinen Kopf gegen den Boden.

Sie nahm selbst erst einmal einen Atemzug, bevor sie wieder Kontakt aufnahm.

»Robert? Was ist passiert?«

Robert schüttelte den Kopf.

»Was kann ich tun?«

Diesmal knurrte er eine Antwort, aber sie kam so leise dass sie sie nicht verstand. Sie musste in die Knie gehen und ihr Ohr an seinen Mund halten.

»Noch mal?«

»Einsatzwagen«, verstand sie.

»Du willst ...?«

Juna stand wieder auf. Sie brauchte ihre Frage nicht zu Ende zu führen. Robert war dabei, Schereumer festzunehmen, und sie musste ihm dabei helfen. Es ging gar nicht anders. Wenn dieser Meier herauskam und sich einmischte, würden sie und der Journalist am Ende noch eine Zelle teilen.

Die Notrufnummer für die Abteilung III B hatten alle Sozpos eingespeichert. Das Phone am Ohr, trat sie auf den Gehweg hinaus.

Tuut-tut. Tuut-tu. Knacks.

Eine Stimme meldete sich. Eine menschliche Stimme! Juna war so verblüfft, dass sie keinen Ton herausbrachte.

»Wenn Sie in akuter Gefahr sind und nicht sprechen können, räuspern Sie sich!«

Sie wachte auf. »Ich bin nicht in akuter Gefahr. Juna Pechstein, Personalnummer 462 JP 57610, im Außeneinsatz mit Robert Gärmann, Personalnummer 622 RG 55, Abteilung I, erbitte Transport für eine Person.«

»Sie haben die Situation unter Kontrolle?«

»Ich hoffe es.«

»Ist die zu transportierende Person bewaffnet?«

»Natürlich nicht!«

»Aggressiv? Gefährlich?«

»Nein!«

»Warum dann der Einsatz?«

»Wegen ...« Sie stoppte und sah auf die einseitige Prügelei hinter sich. Roberts Gesicht war nicht anzusehen, ob er zuhörte.

»Anweisung von Robert Gärmann«, sagte sie. »Ich bin nicht befugt Entscheidungen zu treffen.«

»Die Übertragung Ihres Standortes war erfolgreich. Der Transporter ist unterwegs, zwei Kräfte an Bord, Eintreffen in längstens sieben Minuten.«

»Danke.«

Juna unterbrach die Verbindung. Das wird mein erster eigener Außendienstbericht, fiel ihr ein.

Sie kehrte in die Hofeinfahrt zurück. Schereumer lag sehr still. Robert hielt ihn noch immer fest umklammert.

»Der Einsatzwagen ist unterwegs«, sagte sie laut. »Robert, ich glaube du kannst ihn aufstehen lassen.«

Robert hob den Kopf, als habe er sie gehört, aber seine Augen rollten ziellos hin und her.

Juna ging vor den beiden in die Knie. Schereumers Augen waren offen. Sein Blick folgte ihr.

»Robert, du zitterst«, wagte sie zu sagen. »Lass los.«

Roberts Gesicht wandte sich ihr zu. Diesmal fokussierte sein Blick sich auf sie, aber sie wünschte sofort er hätte es nicht getan.

»Verstärkung ist unterwegs«, sagte sie. »Sechseinhalb Minuten.«

Roberts Augen hellten sich ein wenig auf.

»Du kannst jetzt loslassen.«

Endlich sprach Robert, und seine Stimme klang wieder normal.

»Du hättest ihn sehen sollen, bevor du gekommen bist, Juna. Jetzt benimmt er sich. Aber vorhin! Den lasse ich nicht los.«

»Schau dir sein Gesicht an. Ich glaube, er hat seine Lektion gelernt.«

»Will ich nicht sehen.«

»Noch fünf Minuten«, sagte Juna. Sie sagte es mehr zu Schereumer als zu Robert. Schereumers Blick antwortete, dass dies die längsten fünf Minuten seines Lebens sein würden.

»Möchtest du abgelöst werden?« fragte sie Robert.

Der schüttelte den Kopf. Juna beugte sich vor und stützte die Hände auf die Knie. Sie war nicht sicher, wie genau Roberts Gedächtnis gerade funktionierte. Aber es schien ihr sicherer, sich – für alle Fälle – unwissend zu stellen: »Robert? Wer ist denn das eigentlich?«

»Erkennst du ihn nicht?«

»Sollte ich?«

»Das ist Bart Schereumer.«

»Bart Schereumer...? Kommt mir bekannt vor... «

»Lies dir seine Artikel durch, wenn du nach Hause kommst. Was er hier zu suchen hatte, weiß ich nicht, aber wir werden es rausfinden.«

»Ah, richtig!« sagte sie, nun doch zu Roberts Gefangenem gewandt. »Sie berichten über uns!«

Schereumer sah sie nur an. Er presste die Lippen zusammen, als Robert ihm das Knie fester in die Rippen drückte.

Juna überlegte.

»Und Sie haben einen Termin hier, Herr Schereumer?« schlug sie vor.

»Die Adresse dieser Einrichtung ist nicht mal öffentlich«, knurrte Robert. »Der hat hier nichts zu suchen.«

»Natürlich. Tja, dann sieht es aus, als würden Sie erstmal einfahren.«

»Sprich nicht mit ihm! Sieh nach, wo der Wagen bleibt.«

»Die können noch nicht da sein«, antwortete Juna, aber sie stand auf und ging zur Straße.

Eigentlich war dieser Ort hübsch, dachte sie. Eine Insel in der Heidelandschaft, ein bisschen isoliert, aber nicht zu weit draußen. Es gab ein Kino, ein Bushäuschen, keinen Kirchturm. Auf die Häuserwand gegenüber ihrer Einfahrt war eine Unterwasserlandschaft gemalt. Ein riesiger Rochen schwebte in der Mitte des Bildes wie eine Fledermaus beim Tauchen. Eine Meerjungfrau lag auf einem Korallenriff und schlief, während eine Schule von Papageifischen um sie herumschwamm. Auf dem nächsten Haus war ein Boot abgebildet. Der einsame Matrose darin starrte auf das Wasser. So sollte das sein, dachte Juna. Keine sterbende Meerjungfrau und keine, die stumm ihrem Prinzen folgt, sondern –

Blaulicht zuckte über die Szene. Der gerufene Transporter war in die Straße eingebogen. Juna hob den Arm und winkte. Dann wandte sie sich zurück in die Einfahrt.

»Sie kommen!«

»Halt endlich still!« brüllte Robert als Antwort.

Juna beeilte sich, zurückzukehren. Aber alles war, wie sie es verlassen hatte: Schereumer lag auf dem Asphalt und Robert hielt ihn fixiert. Der einzige Unterschied war, dass ihr Chef jetzt brüllte wie ein wütendes Nilpferd.

»Hör auf jetzt! Hör auf!«

Schwere Schritte kamen über den Gehsteig. Dann ging alles schnell. Zwei uniformierte Figuren hasteten in die Einfahrt.

Robert sprang auf, behandschuhte Hände packten Schereumer, Kabelbinder wurde festgezurrt, dann: »Hey, wieso ist der auf Socken? Wo sind deine Schuhe, Mann?«

Juna, die gelaufen war um ihre Umhängetasche zu holen, tat so als würde sie sich suchend umsehen.

»Vorhin hat er welche gehabt«, sagte Robert. »Muss ja.«

Schereumer blickte über Roberts Kopf hinweg in eine nicht sichtbare Ferne. Seine Stirn und Wange waren aufgeschürft, und bis er freikam würden es auch seine Handgelenke sein. Die beiden Verstärkungskräfte waren ein gutes Stück kleiner als er, sodass es ein wenig wirkte, als würden sie einen Baum zwischen sich halten. Die auf der linken Seite von ihm schüttelte seinen Arm. Er reagierte nicht.

»Der wird nix sagen«, schloss sie. »Bringen wir ihn weg. Dann hat er eben keine Schuhe. Weniger Arbeit für uns.«

Der auf der anderen Seite zuckte mit den Schultern. Schereumer ging mit ihnen, ohne Widerstand zu leisten. Türen schlugen. Juna starrte auf den fensterlosen Kasten, der an ihr vorbeirollte. Sie sah ihm nach, bis er das Ende der Straße erreicht hatte.

»Was jetzt?« fragte sie.

»Jetzt kommt das Übliche«, sagte Robert. »Anzeige wegen Hausfriedensbruch, Widerstand, versuchter Körperverletzung –«

»Körperverletzung?«

»Er hat selber kaum was davongetragen, also können wir es wahrscheinlich beim Widerstand belassen«, räumte Robert ein. »Können wir jetzt den Termin noch wahrnehmen? Was meinst du?«

»Ich denke, ich hab alles klären können«, sagte Juna schnell. »Ich erzähl's dir morgen.«

»Nicht heute?«

Bevor sie antworten konnte, schüttelte Robert den Kopf.

»Natürlich nicht heute. Entschuldige. Das war deine erste Festnahme. Da muss erstmal der Tradition Genüge getan werden!«

Juna fühlte sich völlig verloren.

»Tradition?«

»Deine Feuertaufe muss begossen werden!«

Die Bar lag im Souterrain. Eine braun und beige gefliese Treppe führte hinunter in einen engen, engen Betonschlauch. Um die Türklinke zu erreichen, musste Juna erst ein offenstehendes Fenster zuklappen.

Die Decke im Innenraum hing niedrig über den hölzernen Tischen. Die Beleuchtung kam von verschiedenen bunten Lichterketten, die überall angebracht waren: an einer Leiste die Wände entlang, an den Türrahmen, den Fenstern, sogar den Rückenlehnen einiger Sitzbänke. Kein Barhocker sah aus wie der andere und auch die übrigen Möbel passten nicht zusammen, als arbeite man hier genauso mit gespendetem Inventar wie bei »Ab in die Mitte«.

Juna setzte sich gleich neben die Tür. Der Tisch hier war irgendwie klotzig, mit einer dicken Platte und einer grüngepolsterten Sitzbank. Während Robert zur Bar ging, sah sie sich um. An der rückwärtigen Wand der Kneipe blinkte eine Dartscheibe neben einem Poster, auf dem ein röhrender Hirsch abgebildet war.

Juna zwang sich, den Blick von all dem abzuwenden. Ihr Hirn nahm gierig jedes Detail auf, um sich von dem abzulenken, worüber sie nachdenken musste. Aber sie konnte das Denken nicht länger aufschieben.

Robert hatte die Räumung schon angeordnet. Er wollte, dass die B-Kräfte mit allen in der Kolonie so umgingen wie er gerade mit Schereumer. Vor den Augen ihrer Kinder. Und ihr hatte er kein Wort davon gesagt.

Neben ihr klatschte es. Robert hatte versucht, einen Bierdeckel so zu werfen, dass er den Tisch entlang schlitterte und vor ihr liegenblieb, aber entweder war der Bierdeckel zu nass oder der Tisch zu klebrig. Juna erlaubte sich ein Grinsen und fragte sich im nächsten Moment, was sie zu grinsen hatte.

Robert zog den Stuhl am Kopfende des Tisches heraus, sodass sie nicht direkt nebeneinandersaßen. Ohne es noch einmal mit dem Bierdeckel zu versuchen, schob er ihr ein Glas Rotwein hin.

»Rioja«, sagte er.

Juna nippte.

»Ich trinke ganz selten Wein«, sagte sie, denn Robert sah sie an als warte er auf ihr Urteil.

»Dann hast du hier einen Tipp: Mit Rioja kann man nichts falsch machen. Mit Tempranillo generell nicht. Die haben hier nicht viel Auswahl an Wein, der andere war ein australischer.«

Juna nickte. Sie bemühte sich um ein lockeres Gesicht, obwohl sie sich fühlte, als stünde sie von Wölfen umzingelt in der Dunkelheit.

Robert schenkte sich bereits nach. Wie lange würden sie hier sitzen? Wie lange würde die Abteilung III Bart Schereumer festhalten? Würde er eine Aussage machen? Erzählen, wie und mit wem er zu »Ab in die Mitte« gekommen war?

Juna wurde plötzlich bewusst, dass Robert sie anschaute, während ihr Kopf ratterte.

»Schmeckt dir der Wein?« fragte er.

»Du fragst die Falsche. Ich habe wirklich keine Ahnung davon.«

»Der hier hat ein mildes, komplexes Fruchtaroma mit ... hmmm ... Beere und Lakritz. Balsamisch-würzig, wenig Säure, leichte Holznote. Kein wirklich hochwertiger Wein, aber einer mit recht guter Harmonie.«

»Ach, das ist es was ich schmecke«, sagte Juna.

Robert drohte ihr mit dem Zeigefinger und leerte dabei sein Glas erneut zur Hälfte.

»Mein Sohn mag auch keinen Wein. Ich hab gedacht, ich bringe ihm kompetenten Konsum bei. Sinnvoller als ein Verbot. Viel sinnvoller.«

»Klar.«

»Aber dann mag er gar nicht. Verschwendung. Totale Verschwendung. Ich strenge mich an, mache mir Gedanken um ihn, und wofür?«

»Ich bin mir sicher –«

»Seit Tagen hab ich nicht mit ihm gesprochen. Tagen! Meine Frau weiß auch nicht, wo er ist. Was hab ich getan? Was hab ich ihm getan, dass er sich so benehmen muss?«

Juna zeichnete mit dem Fingernagel einen Kalkfleck auf ihrem Glas nach.

Robert schenkte ihr Wein nach, obwohl sie kaum zwei Fingerbreit getrunken hatte.

»Tu mir den Gefallen«, sagte er. »Du bist meine einzige Hoffnung.«

Sie schluckte ein paar Tropfen.

»Was passiert jetzt?« fragte sie dann. »Mit – wie war der Name – diesem Journalisten jedenfalls?«

»Schereumer.«

Bildete sie es sich ein, oder sah Robert misstrauisch aus?

»Der kommt in den Frentz. Freiheitsentzug. Ist wahrscheinlich schon da.«

»Und dann?«

»Nicht deine Aufgabe. Stoßen wir lieber auf deine Feuerprobe an!«

Er hob sein Glas. Gehorsam tat Juna es ihm nach.

»Was denkst du«, fragte Robert, »wo seine Schuhe hingekommen sind? Denn das war merkwürdig.«

Juna tastete mit dem Fuß nach ihrer Tasche und schob sie tiefer unter die Sitzbank.

»Wieso haben die gesagt, es sei weniger Arbeit für sie ohne Schuhe?« fragte sie zurück.

Robert winkte ab. »Wegen der Schnürsenkel. Die müssten sie ihm abnehmen, bevor er in den Verwahrraum kommt. Das können sie sich jetzt sparen. An seinen Socken kann er sich nicht aufhängen.«

»Du denkst, er würde sich aufhängen?«

Wieder machte ihr Chef eine wegwerfende Geste.

»Wir sollten noch mal im Hof nachsehen«, sagte er. »Diese Schuhe müssen irgendwo sein. Warum hat er sie ausgezogen? Wo hat er sie hingeworfen? Hat ihm jemand geholfen?«

»Wenn, dann werden wir die Person jetzt nicht finden, oder?«

»Wahrscheinlich hatte er etwas dabei, was er verstecken wollte. Eine Waffe vielleicht. Also hat er die in seinen Schuh gesteckt und … den Schuh unter ein Auto geworfen?«

»Du meinst, er hat sich auf der Straße den Schuh ausgezogen, als er dich erkannt hat, irgendwas hineingetan und beide Schuhe versteckt? Bevor du ihn gesehen hast? Und dann hat er sich auf Socken festnehmen lassen?«

Robert schnippte mit den Fingern.

»Die Mauer! Ich habe ihn im Hof erwischt, er kam nicht von der Straße! Er war im Hof drin! Er muss seine Sachen über die Mauer geworfen haben!«

Juna tat, als würde sie nachdenken.

»Der Hof hat keine Mauern, über die man etwas drüberwerfen könnte.«

Sie beeilte sich, Roberts Weinglas aufzufüllen.

»Vorschlag«, sagte sie. »Ich rufe gleich morgen früh ›AidM‹ an und frage nach. Die Leitung dort kann uns bei der Suche helfen, oder?«

»Morgen ist Wochenende. Der Kerl kommt sowieso frühestens Montag raus.«

»Du willst ihn länger behalten als vierundzwanzig Stunden? Ist das nicht illegal?«

Robert schwenkte den Wein in seinem Glas, nahm einen Schluck, stellte das Glas mit spitzen Fingern auf die Tischplatte.

»Was immer Bart Schereumer genau gemacht hat«, sagte er dann, »ist auch illegal. Mit Sicherheit.«

»Aber … Wofür genau willst du ihn so lange … Ich meine, was werfen wir ihm vor?«

»Ausspähen von Daten. Dazu werden die Bs schon was kriegen, wenn sie sein Phone auswerten. Hausfriedensbruch. Und natürlich Widerstand gegen Vollstreckungsbeamte. Das kannst du sogar bezeugen.«

Juna hatte das Gefühl, Wasser aus ihren Ohren schütteln zu müssen.

»Ich sehe trotzdem zu, dass ich diesen Meier erreiche.«

Robert trank aus seinem Weinglas und sah sie aus den Augenwinkeln an.

»Hast du deinen Sohn eigentlich vermisst gemeldet?« fragte Juna, bevor er etwas sagen konnte.

Roberts Augen zwinkerten ein paarmal.

»Ich denke noch darüber nach, wie das am besten zu händeln ist«, murmelte er. Er studierte die Tischplatte. Dann griff er nach dem Serviettenhalter, zog eine Papierserviette heraus und begann einen Fleck zu bearbeiten, dessen Herkunft Juna sich nicht einmal vorstellen wollte.

»Wie heißt er denn eigentlich?« fragte sie. »Dein Sohn?«

»Florian.«

Roberts Sprache und Blick waren ganz klar, obwohl sie seit kaum fünf Minuten hier saßen und er sein Glas schon zum dritten Mal leerte.

»Hast du den Namen ausgesucht?«

»Mein Vater hat ihn sich gewünscht.«

Er sagte es eigenartig tonlos. Wahrscheinlich, dachte Juna, sind für seinen Vater Wünschen und Anordnen dasselbe.

»Hast du eine Vermutung, wo Florian hingegangen ist?«

Robert deutete auf ihr Glas.

»Du trinkst so wenig. Willst du lieber den australischen Wein?«

Juna beeilte sich, einen Schluck zu nehmen. Die Lichterkette neben ihr fing an zu blinken. Erst leuchteten nur die blauen Birnchen auf, dann nur die roten, dann nur die grünen.

Robert füllte sein Glas zum vierten Mal.

»Kann ich dich zu einer Runde Dart herausfordern?«

Juna lächelte und kehrte den blinkenden Glühbirnen den Rücken zu. Sie würden mehr Alkohol brauchen.

»Warum nicht«, sagte sie.

»Ich zeige dir ein paar Tricks für alte Hasen.«

»Da bin ich gespannt!«

Sie folgte ihrem Vorgesetzten zur hinteren Wand der Kneipe. Schereumer würde in seinem Verwahrraum allein klarkommen müssen, bis die Bs ihn entließen. Aber vielleicht konnte sie helfen, indem sie Robert im Dart gewinnen ließ, während er so betrunken wurde wie irgend möglich.

KAPITEL 7

POLIZEIMETHODEN

Sie stand und starrte ihre Wohnungstür an. Wenn sie den Schlüssel ins Schloss schob, würde die Tür sich öffnen. Oder? Ihr war, als hätte sie schon einmal versucht aufzuschließen. Deshalb lag ihr Schlüssel auf dem Boden! Etwas hatte nicht geklappt. Vermutlich.

Sie bückte sich, aber Bücken war eine ganz, ganz schlechte Idee. Kaum neigte sie den Kopf nach vorn, versuchte ihr Magen sich auf die Türmatte zu entleeren. Aber den Schlüssel hatte sie erwischt. Ha! Wenn jetzt nur das Schloss nicht so wackeln würde, könnte sie ganz einfach – aha. Eben. Ganz einfach. Jetzt rein in die Wohnung und Tür zuschubsen!

Sie saß auf dem Fußboden. Wieso saß sie auf dem Fußboden? Wie war sie dahingekommen?

Diana war zu Hause, das konnte sie hören. Da war auch eine zweite Stimme. War das Anna? Oder jemand anders? Sollte sie ihre Schwester rufen? Nein, wegen dem bisschen Alkohol, das in ihrem Blut zuviel war, würde sie nicht Dianas Date stören. Das wäre unpassend.

Überhaupt, wieviel war eigentlich zuviel? Sie tastete nach ihrer

Umhängetasche. Robert hatte darauf bestanden, dass sie die Ginflasche mitnahm. Sie konnte das Glas fühlen und hier – wenn sie daran zog, kam die Flasche ins Licht. Sie war etwas weniger als halbvoll. Okay. Wieviel war drin gewesen als der Abend begonnen hatte? Und wann waren sie von Wein zu Gin übergegangen?

Sie würde einfach hier sitzen. Hier auf dem Boden. Schön an die Wand gelehnt.

Sie hatte das Gefühl, dass noch etwas in ihrer Tasche sein müsste. Etwas Wichtiges. Oder? Sie tastete in der Tasche herum. Da war etwas, aber es wollte nicht herauskommen. Sie drehte die Tasche um. Schereumers Schuhe polterten auf den Boden. Der eine landete auf der Sohle und blieb außerhalb ihrer Reichweite liegen. Der andere landete verkehrt herum genau vor ihr. Das sollte nicht sein. Wenn Schereumer schon in einer Zelle – nein, Robert hatte etwas anderes gesagt, Verwahrrum, nein Verwahrraum, so war das – also wenn er schon da drin war, dann sollten wenigstens seine Schuhe richtig herum stehen.

Sie hob den Schuh auf und erschrak. Etwas fiel scheppernd auf den Boden. Ihr Phone! Sie griff danach. Merkwürdig. Es fühlte sich nicht an wie sonst. Es musste schwerer geworden sein. Konnte ein Phone plötzlich das Gewicht verändern?

Was soll's.

Als sie versuchte aufzustehen, sprangen schwarze Ringe vor ihren Augen herum. Sie setzte sich wieder. Streckte ein Bein aus, dann das andere. Langsam ließ der Brechreiz nach.

Irgendwann würden Diana und ihr Besuch herauskommen. Es wäre peinlich, vom Hookup ihrer kleinen Schwester auf dem Boden gefunden zu werden.

Aber es sah wirklich nicht so aus, als könnte sie aufstehen.

Sie lehnte den Kopf gegen die Wand. Ihr Haarknoten löste sich von allein auf, das Haar fiel über ihre Schultern.

War das Dianas Tür? Sie wäre aufgestanden und aus dem Weg gegangen, schon um keinen schlechten Eindruck auf Anna – oder wen auch immer – zu machen. Es war nur wirklich nicht so einfach.

Sie atmete tief ein und presste die Fußsohlen gegen den Boden. Dabei dachte sie: Ich habe einen guten Vorsatz für heute Abend. Sobald mir nicht mehr schwindlig ist, gehe ich in mein Zimmer.

Zwei Sekunden später rüttelte sie jemand an der Schulter. Sie knurrte und steckte ihren Kopf unters Kopfkissen, aber das Rütteln hörte nicht auf.

»Juna! Dein Wecker! Ich lass mal Licht rein!«

Das Surren der Jalousie klang wie das Anfahren einer durchgerosteten Lokomotive.

Juna tastete um sich. Soviel sie erkennen konnte, war sie in ihrem Bett. Sie schien in ihrer Kleidung geschlafen zu haben. Vor dem Fenster konnte sie eine Silhouette ausmachen. Ihre Ohren meldeten, dass die Silhouette mit Dianas Stimme sprach.

»Kannst du überhaupt aufstehen?«

»Mhmm.«

»Das bedeutet?«

Juna drehte sich auf den Rücken und zog sich die Bettdecke übers Gesicht.

»So besser«, murmelte sie. »Weißtu wiech Bett bin?«

»Wie du ins Bett gekommen bist? Geflogen bist du nicht.«

»Sorry dass … Anna …« Sie wusste, was sie sagen wollte, aber ihr Mund machte nicht mit. Als sie den Kopf drehen wollte, schien sich eine Stricknadel in ihre Stirn zu bohren, also ließ sie es sein.

Für einen Moment war es dunkel und friedlich unter der Decke, dann fing das Rütteln wieder an.

»Dein Wecker palavert seit Ewigkeiten! Wo musst du denn heute hin?«

»Außendienst.« Sie war stolz, dass sie geschafft hatte das auszusprechen. »Hab … verdient. Zeit.«

»Bist du sicher? Am Samstag?«

»Robert … viel älter als ich.«

»Das heißt?«

»Kann noch nicht da sein.«

»Du meinst, wenn du schon so einen Kater hast, geht es ihm noch viel schlechter?«

»Mhhm.«

Juna, immer noch unter der Decke versteckt, probierte ihre Augen zu öffnen. Der Lichtstreifen zwischen Decke und Matratze verschwand. Diana musste sich aufs Bett gesetzt haben.

»Juna? Eine Frage?«

»Mhmm?«

»Hat Robert dir seine Schuhe gegeben?«

»Mhm ... hä?«

»Ich frage, weil ein Paar fremder Herrenschuhe im Flur steht.«

»Gehörn jem ... anders.«

»Aber was ist mit dem Phone, das danebenlag?«

Es dauerte eine Weile, bis Juna diese Frage durch die richtigen Hirnwindungen geschoben hatte. Dann warf sie die Decke von sich.

»Welches Phone?«

Sie brauchte eine halbe Stunde und zwei Becher Kaffee, um die Bruchstücke in ihrem Gedächtnis zusammenzusetzen. Sie und Robert hatten Dart gespielt. Er hatte gefragt, ob sie schon einmal Gin getrunken habe. Worüber sie sich unterhalten hatten, wusste sie nicht mehr. Irgendwann – vermutlich gar nicht so spät, gegen zehn oder höchstens elf – hatte Robert einen Wagen für sie gerufen. Offensichtlich hatte sie den heimischen Flur wohlbehalten erreicht, denn dort war sie eingeschlafen.

Außerdem hatte ihre Schwester vollkommen Recht gehabt: Heute war Samstag, und da Juna für keinen Sonderdienst eingeteilt war, hatte sie frei. Sie musste vergessen haben, ihren Wecker richtig einzustellen.

Jetzt drehte sie das fremde Phone in ihrer Hand hin und her. Sie erinnerte sich, wie es gestern neben ihr zu Boden gefallen war. Sie hatte gemerkt, dass es sich nicht so anfühlte wie gewohnt, aber weiter nichts begriffen. Im Hellen betrachtet war das meiste klar: Die Innensohle in Schereumers Schuh war lose. Er musste das Phone darunter gesteckt haben, bevor er Robert in die Arme gelaufen war. Er hatte also damit gerechnet, erwischt zu werden. Aber gehofft, dass seine Schuhe nicht gefunden würden? Oder darauf vertraut, dass sie seine Sachen bergen und verwahren würde, statt sie an die Abteilung III zu geben? Oder an Robert?

Was natürlich war, was sie tun sollte. Es wäre ihre Pflicht. Andererseits war Samstag. Niemand, weder in der Sozpo noch sonstwo im öffentlichen Dienst, rührte am Wochenende auch nur einen Finger, es sei denn, man war ausdrücklich verdonnert worden. Aber ihr Chef schlief gerade seinen Kater aus und verdonnerte niemanden zu irgendetwas. Das hatte sie gut gemacht. Nur sollte sie es vielleicht beim nächsten Mal so einfädeln, dass sie die Kopfschmerzen nicht selbst auch abbekam.

Wie lange blinkte ihr Phone eigentlich schon? War das die ganze Nacht so gewesen? Meldete Robert sich jetzt doch? Dann fiel ihr die letzte Nachricht von Agnes wieder ein, die sie gestern nicht mehr gelesen hatte.

Was ich dir sagen wollte: Die Sache mit Fr Rabe hat sich erledigt. Ich erzähle dir gern mehr, wenn du mich anrufen magst.

Hmmm. Gab es da wissenswerte Neuigkeiten? Konnte sie Agnes deshalb am Samstagmorgen anrufen? Sollte sie überhaupt?

Noch während sie, ihren leeren Kaffeebecher im Kreis drehend, darüber nachdachte, erschien Agnes' Name auf dem Display. Juna nahm den Anruf an.

»Wie geht's dir?« begann Agnes.
»Harter Tag gestern. Verkatert.«
»Was war los?«

Juna, unsicher wieviel sie erzählen sollte und zu neblig im Kopf, um ganze Sätze zu bilden, versuchte erst so wenig wie möglich zu sagen. Aber ihre Kollegin reagierte so interessiert und mitfühlend, dass sie sich sämtliche Ereignisse vom Freitag abspulen hörte.

»Das war ja wirklich eine Feuerprobe«, sagte Agnes, als sie fertig war. »Aber wenigstens kann ich dir –«

»Ist das normales Verhalten für Robert?« unterbrach Juna sie.

Die Ältere zögerte mit der Antwort.

»Er war in letzter Zeit aufgeregter als sonst«, sagte sie schließlich. »Aber soweit ich weiß, hat das private Gründe. Streit in der Familie. Dass er einen Journalisten anfällt, nur weil der ein paar kritische Worte über ihn geschrieben hat, überrascht mich. Aber«, fügte sie in einem anderen ganz anderen Tonfall hinzu, »das ist nicht dein Problem. Soll dieser Schereumer selbst auf sich aufpassen. Außerdem kann er dich nicht in so eine Scheißlage bringen, aber dann Hilfe erwarten.«

Juna stimmte aus tiefstem Herzen zu. »Trotzdem«, sagte sie.

»Soll ich dir jetzt die guten Nachrichten erzählen?« schlug Agnes vor.

»Über Meileen Rabe? Danke, aber dass ich die nicht mehr suchen muss, wusste ich schon.«

»Tatsächlich? Hat dir so schnell jemand Bescheid gesagt?«

»Ich meinte, ich suche sie nicht mehr, weil ich sie gefunden hab.«

»Was?«

»Ich hab sie vor der Nase gehabt ohne es zu merken. Dann hab ich es rausgekriegt«, sagte Juna. Agnes klang nicht so erfreut, wie sie erwartet hatte, aber davon würde sie sich ihren Stolz nicht nehmen lassen.

»Oh«, sagte Agnes. Sie schien zu überlegen. »Was hast du mit ihr besprochen? Ich meine, wie seid ihr verblieben?«

»Sie weiß nicht, dass ich es weiß.«

»Ach so.«

»Worüber hätte mir denn jemand Bescheid sagen sollen?«

»Frau Rabes Anhörung wurde nachgeholt. Sie hat eine Verwarnung bekommen, aber damit ist der Vorgang abgeschlossen.«

»Wann war denn das?« fragte Juna.

»Ich hab mir das Datum nicht gemerkt. Vor kurzem. Vorgestern wahrscheinlich.«

»Aber da war sie komplett in der Kolonie.«

»Ich hätte Anhörungsbogen und Protokoll zu dir schicken lassen, wenn ich gewusst hätte wie genau dich das interessiert«, sagte Agnes. Sie klang verschnupft. »Ich versichere dir, alles liegt ordnungsgemäß ausgefüllt und abgestempelt vor. Jetzt freu dich und genieß dein Wochenende. Andere Leute schieben noch Dienst.«

»Du bist im Sonderdienst heute?«

»Nicht so schlimm. Nur noch bis Mittag, dann habe ich auch Feierabend. Schlaf du dich aus und dann mach was, was Spaß macht. Keine Arbeit mehr heute!«

»Danke.«

Sie verabschiedeten sich. Juna streckte sich auf der Küchenbank aus und nickte dankbar, als Diana ihren Kaffeebecher auffüllte. Ihre Gedanken krochen wie Schildkröten. Wann in der letzten Woche hätte Lina, beziehungsweise Meileen, zu einer Anhörung gehen können? Und wenn das Verfahren abgeschlossen war, wie Agnes gesagt hatte, warum hatte sie dann nicht auf der Stelle ihre Tochter genommen und war nach Hause zurückgekehrt?

»Lass mal sehen, ob dein Freund ein sicheres Passwort hat«, sagte Diana in ihre Verwirrung hinein. »Wie heißt der noch mal? Bart Schereumer…«

Sie tippte auf ihrem eigenen Phone herum, nahm dann Barts zur Hand, und lachte auf.

»Tatsächlich. 7091. Sein Geburtsdatum rückwärts.«

»Komisch«, sagte Juna. »Ich hätte gedacht, ein Journalist wäre vorsichtiger. Hat er keine Sicherung über den Fingerabdruck?«

»Ich hab sie dreimal ausgelöst. Er hätte sich mehr Mühe mit dem Ersatz-Passwort geben sollen. Anfängerfehler.«

Sie beugten sich kopfschüttelnd über das Phone.

Viel Persönliches hatte Schereumer nicht gespeichert. Eigentlich gar nichts.

»Reines Arbeitsphone?«, fragte Diana. »Dann hat er noch ein privates, das er gar nicht dabei hatte, vermutlich? Also ist er doch nicht ganz so doof.«

Sie stand auf. »Ich würd gerne bleiben, aber leider muss ich erstmal zu Anna.«

»Habt ihr euch nicht gerade erst gesehen?«

Diana verzog das Gesicht. »Das war nicht sie, die gestern hier war.«

»Ach so. Und was hast du jetzt vor dir? Mitteilendes Gespräch, Geständnis, Trennung?«

»Werden wir sehen.«

Juna gestattete sich ein Kopfschütteln. So beliebt wie Diana muss man wirklich erstmal sein, dachte sie und fragte sich gleichzeitig, ob sie neidisch war.

»Halt mich auf dem Laufenden«, rief sie ihrer Schwester nach.

»Dito!«

Nachdem die Wohnungstür zugeklappt war, wandte sie sich wieder Schereumers Phone zu. Seine Unterlagen umfassten einige Ordner, die meisten davon voller Sprachaufnahmen, betitelt mit vokallosen Abkürzungen. Sie goss sich noch mehr Kaffee ein.

Wo anfangen? Unter den Ordnern war eine Reihe von Fotos, die er offenbar keine Zeit gehabt hatte einzusortieren. Das mussten die Bilder sein, für die er sich ins Büro von »Ab in die Mitte« eingeschlichen hatte.

Gespannt öffnete sie das erste. Eine DinA4-Seite war zu sehen. Der Kopf der Seite enthielt einen Fragebogen, handschriftlich ausgefüllt. Der Name darauf war nicht zu entziffern, auch wenn der erste Buchstabe aussah wie ein F. Das zweite Bild zeigte eine Reihe von Paragraphen und Absätzen, vermutlich Erläuterungen zu einer Hausordnung. Das dritte war eine Fortsetzung der zweiten Seite. Sie ließ enttäuscht das Phone sinken. Er hatte irgendwelche Verträge abfotografiert. Musste sie sich jetzt durch noch mehr langweiligen Papierkram arbeiten, als hätte sie davon nicht genug?

Sie sah sich die anderen Ordner genauer an. Sie schienen alle mit der Sozpo zu tun haben. Klar, sie erinnerte sich an mehrere Artikel von ihm, Artikel darüber, wie positiv eine Entwaffnung der Polizei und ihr Training in gewaltfreier Konfliktlösung zu bewerten sei, aber auch Sorgen darum dass die Reform nicht von allen angenommen wurde und die Zusammenarbeit in Tandems keineswegs immer klappte. Kim und Tobias waren das beste Beispiel dafür, dachte Juna, während sie weitersuchte. Sie tippte auf den Ordner Krrptn und griff eine der Sprachaufnahmen heraus.

»… hat es im Rahmen der Zusammenlegung die üblichen Personalkürzungen gegeben«, sagte Schereumer, »und bei der Vergabe der übriggebliebenen Posten wurde nach Parteibuch vorgegangen. Dazu scheinen vor allem die unbeliebten Bereiche als Abstellgleise für problematisches Personal benutzt zu werden, siehe Bernd Meier …«

Juna versenkte die Nase in ihrem Kaffeebecher. No shit. Sie suchte weiter. Moment mal, warum hieß ein Ordner JP? Das war doch nicht –?

In dem Ordner waren die Fotos, die auf der Abschlussfeier ihres Ausbildungsjahrgangs entstanden waren. Sie war eindeutig zu erkennen. Auch hier hatte Schereumer sich ein paar Memos hinterlassen.

Im Lauf des letzten Abends war ihre Wut auf ihn beinahe verraucht. Sicher, er hatte sie in eine verdammt schwierige Situation gebracht, aber er hatte auch einen verdammten Preis dafür gezahlt. Wie konnte sie wütend bleiben, nachdem sie seine Festnahme mitangesehen hatte? Und sie selbst hatte die Bs gerufen! Aber jetzt das! Er führte einen Ordner über sie? Wollte sie überhaupt hören, was …?

Ach was, natürlich.

»Juna Pechstein gehört zum ersten Ausbildungsjahrgang der Sozialpolizei«, sagte Schereumer. »Ihr Auftrag ist unklar, aber von einer so jungen Kraft ist kaum Gefahr zu erwarten. Ohne nähere

Informationen hat es keinen Zweck, Panik zu verbreiten.«

»Und doch wühlt sich die junge Kraft gerade durch deine Unterlagen«, murmelte Juna. Sie rief den nächsten Ordner auf.

Eine der Dateien sah aus wie ein Lageplan. Sie zoomte hinein. Es war ein Lageplan. Ein Lageplan der Kolonie. Sie wischte durch die weiteren Dateien. Es ging um das Eigentumsverfahren des Geländes. Offenbar hatte Schereumer darüber eine Weile recherchiert, es musste eines seiner Themen neben der Sozpo sein.

Unter dem Plan stand eine Liste der Leute, die ihren Eigentumsanspruch an den Häusern bisher nicht aufgegeben hatten, manche mit Telefonnummern. Sie suchte ein wenig und fand Jascha fast am Ende. Jascha Tegen.

Juna gab dem Namen einen Stups. Er verschwand. Die Ansicht auf dem Display scrollte nach oben und hielt bei dem Buchstaben darüber an.

Dort stand noch ein Name, den sie kannte. Juna starrte darauf.

»So ist das«, sagte sie laut. »Wieso wusste ich davon nichts?«

Die leere Küche gab keine Antwort.

Montagmorgen.

Juna blieb vor dem Haupteingang stehen und betrachtete die sozialpolizeiliche Fassade. Die Sonne schien in einem gebündelten Strahl hinter dem letzten Wolkenrand hervor, was aussah als habe jemand ein Spotlight eingeschaltet und auf das Gebäude gerichtet. Die ausgetretenen Treppenstufen, die stumpfen Buchstaben und der Sprung in der Scheibe eines Fensters im ersten Stock glitzerten. An der vordersten Ecke waren die Spuren eines zerplatzten Farbbeutels nicht gründlich genug entfernt worden.

Juna bog in den Hinterhof ein, lauschte dem Schnarren der Klingel, winkte in die Kamera und drückte die Tür auf. Durch den kahlen Flur, einmal links, einmal rechts. Der Aufzug schien eigens auf sie gewartet zu haben.

Die Bürotür stand offen, obwohl niemand da war. Der Standventilator in der Ecke surrte. Jemand hatte die kleine Zimmerpalme entstaubt und gegossen. Juna strich im Vorübergehen über ein besonders hübsch gemustertes Blatt, runzelte die Stirn, streichelte noch einmal. Plastik. Dies war nicht die Pflanze, die bisher hier gestanden hatte, sondern eine Kunstpalme.

Was sonst noch? Juna zog die Umhängetasche über den Kopf und warf sie auf ihren Schreibtisch, während sie einen neuen Wandkalender neben der Tür in den Blick nahm. Das Bild für September zeigte eine Berglandschaft bei Sonnenuntergang. Sie wollte gerade näher gehen, als ein Geräusch hinter ihr sie stocken ließ. Ein erst leises, dann lauter werdendes Rauschen, gefolgt von einem Schlag.

Ihr Schreibtisch war nicht leer. Mit dem Hinwerfen ihrer Tasche hatte sie deshalb mehrere Stapel halb ausgefüllter Berichts- und Dokumentationsformulare auf den Boden gefegt. Während sie hinsah glitt eine Seite, vom Luftzug des Ventilators angehoben, die Tischkante hinunter und segelte, malerische kleine Bögen beschreibend, nach unten.

Sie ging in die Knie und begann die Papiere einzusammeln. Manche davon lagen offenbar schon die ganze Woche hier. Sie hätten längst eingepflegt werden müssen.

Jemand räusperte sich. Sie lugte zwischen den Tischbeinen hindurch zum Eingang und richtete sich dann auf, so schnell und würdevoll es aus ihrer Position eben ging. Robert stand neben dem Ventilator.

»Ich dachte, ich hätte dich hier hereingehen sehen, aber dann warst du plötzlich verschwunden!«

»Mein Schreibtisch ist überflutet worden«, erklärte Juna.

»Darum kannst du dich später kümmern. Jetzt müssen wir erstmal sprechen.«

Er war bereits wieder auf dem Flur, während Juna noch stand und starrte. Worüber genau wollte Robert sprechen?

»Ich habe nicht den ganzen Tag Zeit!« kam seine Stimme vom

Flur.

Sie knallte die Papiere so durcheinander, wie sie waren, neben ihre Umhängetasche und wollte loslaufen –

»Oh, hey!«

Gabriel stand vor ihr. Er hatte lächelnd gegrüßt und wurde gleich wieder ernst, aber Juna fiel auf dass seine Mundwinkel nach oben gerichtet blieben.

»Wie ergeht es dir so?« Gabriel stellte einen abgestoßenen grauen Rucksack auf seinen Tisch, legte die Tageszeitung, die er unter den Arm geklemmt hatte, daneben und sah sich im Büro um. »Wer hat dieses Plastikmonster angeschleppt? Was ist aus meinem Drachenbaum geworden?«

»Guten Morgen! Endlich sehen wir uns mal wieder!«

Agnes kam auf sie zu, ließ ihre Arme aber sinken als Juna sich abwandte.

Kim, wie immer perfekt in Uniformschale, winkte kurz und nahm die von Gabriel angereichte Zeitung.

»Juna!«

Robert stand wieder in der Tür.

»Ich geh Kaffee kochen.« Gabriel schob sich am Chef vorbei auf den Flur hinaus.

»Robert«, sagte Agnes. »Wir haben seltenes Glück! Volles Haus, früh genug, dass alle einen Moment Zeit haben. Teamsitzung?«

»Brauchen wir nicht«, antwortete Robert. Er stand schon wieder mit einem Fuß auf dem Flur.

Juna verschränkte die Arme und sah an Agnes vorbei die gegenüberliegende Wand an. Der überfüllte Schreibtisch, Roberts Kommando in sein Büro zu kommen, das plötzliche Auftauchen der anderen ... In ihrem Kopf rauschte es. Sie wüsste nicht, was sie auf einer möglichen Teamsitzung sagen würde. Agnes konnte froh sein, wenn keine zustande kam.

»Wow!« rief Kim vom Fenster aus und hielt die Zeitung hoch. »Habt ihr schon gehört?«

Gabriel balancierte ein Tablett herein.

»Kaffee läuft!« verkündete er.

Er reichte Juna eine kelchförmige braune Tasse mit rosa Rand. Sie dachte unwillkürlich an Lebkuchen und Marzipanschweinchen.

Robert stellte den Kelch aufs Tablett zurück.

»Wir haben zu tun«, sagte er und stapfte in Richtung seines Büros davon.

»Du kannst ihn kurz warten lassen.« Agnes, die gerade ihr Jackett aufgehängt hatte, legte Juna die Hand auf den Arm.

Juna wandte sich ab und folgte Robert, ohne zu antworten. Als sie für einen Moment zurückblickte, sah sie den Schrecken auf Agnes' Gesicht.

Auf Roberts Sofatisch stand ein Becher Milchkaffee.

»Haben wir eine neue Kaffeemaschine angeschafft, während ich weg war?«, fragte Juna. »Oder konnte die Maschine in der Gemeinschaftsküche immer schon Milch aufschäumen?«

»Konnte sie nicht und kann sie nicht«, antwortete Robert. »Bitte setz dich.« Immerhin schien er ihren Wortwechsel mit Agnes nicht bemerkt zu haben.

Juna sank auf das Sofa und lehnte sich zurück.

Robert nahm den Sessel ihr gegenüber ein.

Er schwieg.

»Kalt hier«, sagte Juna schließlich.

»Klimaanlage.«

»Ich höre gar nichts.«

»Ich hab sie eben abgeschaltet.«

»Ach so.«

Wieder schwiegen sie.

Juna nahm den Löffel von ihrer Untertasse und trennte ein wenig von dem Schaumberg auf ihrem Kaffee ab.

»Wir haben zu tun?« fragte sie schließlich.

Erst hatte Robert sie genötigt, sich eine Führung in dieser Einrichtung anzutun, dann hatte er sie dort hängenlassen, dann hatte er jemanden verprügelt – aber jetzt saß er vor ihr und sagte nichts! Konnte sie die Ereignisse vom Freitag selbst ansprechen?

»Wir sollten vermutlich über die Kolonie reden«, brach sie die Stille. Es schien ihr ein tragbarer Kompromiss zu sein.

Roberts Körpersprache war seltsam. Seine Schultern hingen nach vorn, er sah aus wie ein Hund, der weiß dass er gleich ausgeschimpft wird. Auf Junas Kommentar antwortete er nicht.

»Willst du immer noch, dass ich Anton bei ›Ab in die Mitte‹ einliefere?«

Endlich gab es eine Regung von ihm.

»Ablieferst. Nicht einlieferst.«

»Ich habe einige Zeit in der Kolonie verbracht. Niemand da drin ist eine Gefahr für ihn. Er zeigt keinerlei Anzeichen eines Traumas. Ich glaube nicht, dass wir uns Sorgen um ihn machen müssen.«

»Woher weißt du, was die Anzeichen eines Traumas sind?«

»Ich habe in Psychologie aufgepasst.«

Robert holte eine Dose mit Keksen aus seiner Schreibtischschublade und stellte sie auf den Tisch.

»Das Leben in dieser Kolonie ist spannend für ihn«, versuchte Juna es weiter. »Die haben da drin, wie soll ich sagen, eine gute Gemeinschaft. Er fühlt sich ... zu Hause.«

Sie nahm sich einen Moment, um Milchschaum zu schlürfen. Als sie Roberts Gesicht sah, griff sie schnell nach dem Löffel.

»Benimm dich, wie du willst«, sagte Robert. Offenbar hatte sie seinen Blick falsch gedeutet. »In Japan ist Schlürfen ein Zeichen von guten Manieren. Wusstest du das?«

Juna schüttelte den Kopf.

»Kann ich etwas fragen?« Sie hielt den Becher hoch, bereit, sich dahinter zu verstecken. »Was wäre, wenn es dein Sohn wäre? Würdest du ihn nicht da sein lassen, wo er sein will?«

Schweigen. Sie lugte um den Becher herum.

Robert war blass geworden, nur die entzündete Stelle an seinem Ohr leuchtete. Seine Hand bewegte sich in einer wischenden Bewegung auf seinem Knie hin und her.

Juna hielt sich wieder den Becher vors Gesicht.

»Er soll nicht da sein«, hörte sie schließlich, »wenn die Abteilung III B kommt. Ich habe Gefahr im Verzug gemeldet.«

»Gefahr im Verzug? Wegen ein paar besetzten Gartenhäusern?«

»Bist du überrascht?«

»Ich hab nicht gewusst, was geplant ist, also jedenfalls ...«

Sie winkte ab und stellte den Becher auf den Tisch.

»Nicht wichtig. Gefahr im Verzug? Ich dachte, wenn man das meldet, müsste auch irgendwas ...« Sie zögerte. »... Gefährliches da sein? Waffen oder Sprengstoff zum Beispiel? Oder es müsste Beweise dafür geben, dass schwere Straftaten geplant werden?«

»Es wurden und werden Eigentumsdelikte begangen. Die Subjekte halten sich unbefugt auf fremdem Gelände auf.«

»Sie richten keinen Schaden an.«

»Sie beschädigen die öffentliche Sicherheit und Ordnung.«

So muss es sein, wenn man gegen eine Wand rennt, dachte Juna.

»Wir haben die Aufgabe, die Öffentlichkeit zu schützen«, hörte sie. »Auch wenn es manchmal mit Entscheidungen einhergeht, die unangenehm zu treffen sind.«

»Es sind nicht alle unbefugt da«, nahm sie noch einen Anlauf. Um Robert nicht in die Augen sehen zu müssen, konzentrierte sie sich auf seine Nase. Die allerdings sah wie eine reife Chilischote aus.

»Du meinst den ... diesen ... der den Minderjährigen versteckt?«

»Jascha Tegen«, bestätigte Juna. Robert hatte den Namen bestimmt sowieso längst herausgefunden, und Jascha konnte ja wirklich nichts passieren.

»Der wohnt also legal da«, schnaufte Robert. »Aber hält einen Minderjährigen vor seinen Erziehungsberechtigen versteckt. Wenn das jeder machen würde!«

Juna versuchte sich vorzustellen, wie es wäre wenn alle Jugendlichen frei wären zu entscheiden wo sie leben wollten.

»Worüber grinst du?« fragte Robert. »Findest du nicht, dass das alles Konsequenzen haben muss?«

»Ich grinse nicht.« Juna zwang sich, Augenkontakt aufzunehmen. »Wie lange bis zur Räumung?«

»Der Termin ist noch nicht gekommen. Aber bei Gefahr im Verzug müssen sie ausrücken. Deshalb ist es so wichtig, dass du den Jungen da herausbringst.«

Juna wagte nicht, nach dem Kaffeebecher zu greifen. Robert würde sehen können, dass ihre Hand zitterte.

»Was ist mit den anderen?« fragte sie. »Mit den Kindern?«

»Die können wir ja erstmal in Obhut nehmen.«

»Wir?«

Zu ihrer Verwirrung lächelte Robert.

»Du musst das nicht selber machen. Die Bs werden die Kinder mitnehmen, aber dann an die Abteilung II überstellen, weil die zuständig sind. Wenn die wiederum uns brauchen, sagen sie von alleine Bescheid.«

Juna musste alle Muskeln anspannen und ihren Körper gegen das Sofa pressen, um nicht aufzuspringen.

»Die Abteilung II?« fragte sie. »Die, vor denen Frau Rabe sich versteckt hält?«

»So etwas hattest du gesagt! Richtig. Das trifft sich gut. Können sie endlich ihre Anhörung abhalten.«

»Die Anhörung ist durch.«

»Tatsächlich?«

»Jedenfalls wurde mir gesagt, es sei alles erledigt.«

Robert sah irritiert aus, aber dann zuckte er nur mit den Schultern und sagte: »Umso besser.«

»Aber Robert – wenn sich die Lage gerade beruhigt hat, glaubst du nicht, es würde alles wieder hochkochen wenn sie jetzt mit den III Bs konfrontiert wird? Glaubst du nicht, es würde dazu führen dass sie wieder untertaucht?«

»Das können wir nicht beeinflussen.«

Das Kribbeln in Junas Beinen war unerträglich.

»Wie wäre es mit ein bisschen mehr Zeit«, wollte sie sagen, aber es kam als Quieken heraus.

Robert sah kaffeetrinkend zur Seite.

»Wofür?«

»Um wenigstens Ausweichquartiere zu finden. Das wird ein bisschen dauern, aber wenn wir – wenn ich alle legal unterbringen kann, dann gibt es kein Problem mehr. Oder?«

»Unrealistisch. Bring nur diesen Jungen erst da raus.«

»Aber –«

»Ich hab gleich einen Telefontermin. Wir müssen hier fertig werden. Keine Angst, Juna. Du hast bisher alles gut gemacht.«

Damit nahm Robert noch einen Schluck Kaffee und deutete auf die Tür.

Sie stampfte den Flur entlang, ohne recht zu wissen, wie sie dorthin gekommen war. Robert hatte auf die Tür gezeigt, also musste sie aufgestanden und gegangen sein, aber klar erinnern konnte sie sich nicht.

Die Tür zum Teambüro war abgeschlossen. Juna klopfte ihre Hosentaschen ab und steckte dann die Hände hinein, obwohl sie bereits wusste dass die Taschen leer waren. Etwas so Blödes konnte es eigentlich nicht geben. Nicht heute.

Ihr Schlüssel war in ihrer Umhängetasche. Hinter der verschlossenen Tür!

Hieß das, dass sie zu Robert zurück musste?

In dem Moment kam eine Wolke Männerparfüm über den Flur geweht.

»Hallo, Tobias«, sagte Juna. Sie wusste nicht, ob sie erleichtert sein oder sich noch mehr ärgern sollte.

Tobias, frisch rasiert und gestriegelt, in blitzsauberer Uniform, lachte bei ihrem Anblick.

»Haben sie dich ausgesperrt?«

»Meine Blödheit hat mich ausgesperrt.«

»Kein Grund zur Sorge, Rettung kommt!«

Juna trat zur Seite.

»Ich muss nur meine Tasche holen«, sagte sie, während Tobias mit dem Schlüssel hantierte. »Ich war kurz bei Robert, ich weiß nicht, wo die anderen in der Zeit so schnell hin sind.«

»Ihr versteht euch gut? Du und Robert?«

Die Tür schwang auf. Juna steuerte auf ihren Schreibtisch zu.

»Könnte schlechter laufen«, sagte sie. »Ich meine, ich bin noch nicht lange hier und darf schon alleine Außendienst machen. Wo ich jetzt auch wieder hin muss.«

Sie hängte sich ihre Tasche über die Schulter.

»Das wird ja bald permanent«, sagte Tobias. »Mit dir im Außendienst. Gewöhn dich dran.«

»Wenn alles gut läuft«, antwortete Juna automatisch. Erst als sie den Ausgang beinahe erreicht hatte, registrierte sie Tobias' Worte.

»Was meinst du damit?«

»Wenn du dich weiter so gut bewährst, können wir hier im Team tauschen«, sagte Tobias. Er machte ein Gesicht wie ein Nikolaus, der einen besonders großen Lebkuchen aus dem Sack holt. »Kim ist so zickig. Legt jede Kleinigkeit auf die Goldwaage. Du und ich würden besser passen.«

»War das deine Idee oder Roberts?«

Tobias grinste sie mit schiefgelegtem Kopf an.

»Er hat gesagt, du sollst erstmal die Probezeit fertig machen, aber … wenn du dich gut schlägst, kriegen wir ihn vielleicht auch schon eher weich.«

Juna versuchte, tief durchzuatmen, aber die Luft im Büro schien plötzlich sehr dünn zu sein.

Als sie nach Hause kam, stand Bart Schereumer vor ihrem Wohnblock.

»Wird das zur Gewohnheit?« fragte sie und scheuchte ihn mit einer Handbewegung zur Seite, um die Tür aufzuschließen.

»Ich hoffe nicht. Ich bin raus gekommen. Danke der Nachfrage.«

»Das sehe ich.«

Juna lehnte sich gegen die Tür und hielt sie damit offen, achtete jedoch darauf den Weg zu versperren. Sie sah ihren Besuch genauer an. Sein Gesicht war an mehreren Stellen aufgeschürft, wo Robert ihn gegen den Asphalt gedrückt hatte. Das Auge auf der anderen Seite war blau und geschwollen.

»Freitag hatten Sie nur eine verletzte Gesichtshälfte«, sagte sie. »Was ist mit der anderen passiert?«

»Was wohl.«

Juna trat zur Seite und zeigte mit dem Daumen ins Treppenhaus.

»Ich habe Ihr Phone oben in meiner Wohnung. Wir sollten uns sowieso unterhalten.«

Schereumer folgte ihr protestlos die Treppe hinauf.

»Das sind also die Wohnheime der Sozpo«, sagte er, als sie den Schlüssel ins Schloss ihrer Wohnungstür steckte.

»Als ob Sie die nicht schon lange kennen würden.«

»Ich war noch nie in einem drin.«

Juna, im Begriff die Tür aufschwingen zu lassen, verharrte.

»Woher wussten Sie so genau, wo Sie mich finden können?«

Schereumer machte ein Gesicht, das vielleicht Bedauern ausdrückte. »Das muss vertraulich bleiben. Quellenschutz.«

»Quellenschutz?«

Schereumer nickte. »Sehr wichtig in meiner Position. Deshalb bin ich hauptsächlich hergekommen. Ich wollte mich bedanken. Weil Sie offensichtlich mein Phone versteckt haben.«

Juna trat sehr langsam über die Türschwelle und drehte sich in der offenen Tür zu Schereumer um. Nun standen sie wieder genauso wie an der Haustür.

»Ich dachte, Sie wären böse auf die Sozpo«, sagte Juna.

»Ich dachte, die Sozpo wäre böse auf mich.«

»Ist sie auch!«

Irgendwo auf der anderen Seite des Hausflurs wurde eine Tür geöffnet. Lampen flackerten auf. Jemand kam in Richtung der Treppe. In ihre Richtung.

Juna sprang zurück, griff nach Schereumers Arm, zog ihn in den dunklen Wohnungsflur und schloss die Tür mit dem Fuß. Schereumer befreite sich aus ihrem Griff.

»Vorsichtig, junge Dame. So eine Festnahme hinterlässt Spuren.«

Juna murmelte eine Entschuldigung und öffnete die Tür zur Küche.

Das Licht war angeschaltet. Der Backofen brummte. Es roch nach Kaffee und gebratenen Zwiebeln.

Ihre Schwester saß am frisch abgewischten Tisch und schaute von ihrem Laptop hoch, als sie hereinkam.

»Stören wir dich?« fragte Juna.

Diana klappte den Laptop zu und schob ihn zur Seite.

»Ich hab gehofft, dass du zum Essen kommst. Hast du jemanden mitgebracht?«

»Ich hab jemanden vor der Tür aufgelesen«, sagte Juna. In dem Moment war Schereumers Stimme vom Flur zu hören.

»Au! Was – was ist –? Juna?«

Juna steckte ihren Kopf wieder in den Flur. Hinter ihr kicherte Diana.

Schereumer war unter seinen Blutergüssen weiß geworden. »Hier liegt ein Bein auf dem Boden«, sagte er.

Dianas Kichern wurde lauter.

»Das hat meine Schwester sich ausgerissen«, sagte Juna. Dann bekam sie Mitleid und fügte hinzu: »Sie trägt eine Prothese, neigt aber dazu, sie in der Gegend herumliegen zu lassen.«

»Komm nur rein!« rief Diana. »Du bist wahrscheinlich wegen

deines Phones hier?« Schereumer trat in den Schein der Küchenlampe. Diana hörte auf zu lachen.

»Die eine Gesichtshälfte geht auf Roberts Konto, die andere auf die Bs«, sagte Juna. Sie ließ sich auf die Eckbank fallen und bedeutete Schereumer, sich neben sie zu setzen.

»Das kommt davon«, sagte Diana. Sie versuchte kühl zu klingen, obwohl sie verunsichert war. »Wenn du beim nächsten Mal etwas von meiner Schwester brauchst, solltest du sie wahrscheinlich fragen, statt sie zu zwingen.«

»Duzen wir uns jetzt?« fragte Schereumer zurück.

»Wir haben uns noch nie gesiezt.«

»Ganz ehrlich«, sagte Juna in Dianas Richtung, »vielleicht hätte ich an seiner Stelle dasselbe gemacht. Wir können sagen, dass er und ich quitt sind.«

Schereumer senkte den Kopf und hob ihn wieder.

»Dann nehme ich jetzt mein Phone und gehe?«

»Wir haben noch nicht über den Gefallen geredet, den ich von dir brauche.«

»Ich dachte, wir wären quitt?«

»Und da wir quitt sind«, sagte Juna, blickte aber nicht ihn, sondern Diana an, »quasi dabei, Freunde zu werden, tust du mir doch bestimmt einen kleinen Gefallen?«

Bart sah zwischen ihr und ihrer Schwester hin und her. Er schien sich zu fragen, wohin er geraten war.

»Isst du mit uns?« fragte Diana. Sie deutete auf den Ofen. »Das Essen ist gleich fertig.«

»Gibt's Nudelauflauf?« fragte Juna.

»Kartoffel-Aubergine. Mit Kichererbsen.«

»Ich liebe Kichererbsen!«

»Ich weiß.«

Bart räusperte sich.

»Dieser Gefallen, den du von mir möchtest«, sagte er.

Juna wandte sich ihm wieder zu.

»Ich habe vorhin mit deinem Freund bei der Sozpo gesprochen«, sagte sie. »Auch bekannt als mein Chef. Robert Gärmann?«

Bart zeigte auf sein verkratztes Gesicht. »Ich erinnere mich.«

»Er hat Gefahr im Verzug gemeldet.«

Bart riss die Augen auf.

»Sie meinen – du –«

»Die Bs haben noch keinen Termin angegeben«, sagte Juna. »Aber sie kommen. Bald.«

»Was heißt das genau?«

»Der Plan ist ganz einfach. Mein Chef sagt mir, wann der Räumungstermin ist, und was genau geplant ist, und ich gebe es weiter. Die Sache ist nur…«

Sie stand auf und machte sich am Ofen zu schaffen, hoffend, dass es nicht nötig sein würde den Satz zu beenden. Aber Bart half ihr nicht. Er war damit beschäftigt, auf Dianas zu zwei Dritteln leeres Hosenbein zu starren. Juna schnippte mit den Fingern.

»Du bist der Einzige, der über mich Bescheid weiß«, sagte sie. »Du und Anton.«

Bart zwinkerte und wandte den Blick von Diana ab.

»Anton weiß über dich Bescheid?«

»Ich muss mich irgendwie verraten haben. Ich kann nicht einfach in die Kolonie hineinspazieren, verstehst du? Du kannst sagen, dass du weißt dass bald geräumt wird aber dass du nicht verraten darfst woher wegen – wie hast du das genannt?«

»Quellenschutz.«

»Genau, du könntest sagen, dass du deine Quelle nicht öffentlich machen kannst.«

»Du könntest auch helfen, den Tisch zu decken«, sagte Diana. »Wenn du dich behindertenfreundlich verhalten willst.«

Bart sprang auf wie gestochen. Juna öffnete schnell die Ofenklappe, um ihr Lachen zu verbergen, und bekam einen Schwall heißer Luft ins Gesicht.

»Die Teller sind gleich hier vorne«, hörte sie Diana sagen, während sie die Auflaufform aus dem Ofen hob. Ihre Schwester hatte Bart die Erpressungsnummer noch nicht verziehen, und auch den Ordner auf seinem Phone nicht. Gut. Es war leichter, sich versöhnlich zu verhalten, wenn jemand anders für sie wütend war.

»Der Gast darf sich zuerst nehmen«, sagte Juna also, als sie um den Tisch saßen. »Außerdem war ich fertig mit Reden. Das wäre der Gefallen.«

Bart tauchte die Kelle in den Auflauf und schöpfte die erste Portion auf Dianas Teller.

»Ein bisschen mehr noch, bitte«, sagte Diana. »Auf Krücken zu gehen ist ganz schön anstrengend.«

Wenn Barts Wunden sich vorhin von seiner Schreckensblässe abgehoben hatten, waren sie jetzt kaum noch zu erkennen, so rot war sein Gesicht. Juna nahm ihm die Schöpfkelle ab und verteilte den Rest des Essens selbst.

»Die Idee ist simpel«, sagte sie, während sie Kichererbsen auf ihren Teller schaufelte. »Aber damit eigentlich idiotensicher.«

»Okay«, sagte Bart.

»Okay. Essen fassen.«

Sie wählte mit Sorgfalt die erste Kartoffelscheibe aus, die sie essen wollte, eine mit Kruste und Sauce daran. Sie stach ihre Gabel hinein. Dampf stieg von ihrem Teller auf. Ihr Phone vibrierte.

»Nein«, sagte Juna.

»Geh nicht ran«, riet Diana ihr.

Juna warf einen Blick aufs Display.

»Robert«, sagte sie. »Lass mich mal raus, Bart.«

Sie schob sich auf den Flur hinaus, bevor sie den grünen Knopf drückte.

»Hi, Robert, gibt es schon was Neues?«

»Gibt es«, sagte Robert. »Du bist entlassen.«

Der Flur schien zu schwanken. Juna stützte sich an der Wand ab.

»Was?« fragte sie.

»Ich wollte es dir mitteilen, bevor du den offiziellen Brief erhältst. Ich hatte gerade ein ausführliches Gespräch mit Herrn Meier. Ich habe keine Wahl, als dich zu kündigen.«

»Wenn ich erklären darf, was –«

»Ich habe dir gesagt, dass du den Regeln folgen musst und nicht die Regeln dir.«

»Ich hatte keine Wahl! Außerdem, was ist mit der Kolonie?«

»Dafür brauchen wir dich nicht mehr. Du wirst den Kündigungsbrief in den nächsten Tagen erhalten. Tschüs.«

Juna stand und starrte auf das Display, von dem Roberts Name gerade verschwunden war.

KAPITEL 8 — AUFGEFLOGEN

Der Gehweg bestand aus glatten, sauberen Platten, ganz anders als das schiefe, unkrautüberwucherte Kopfsteinpflaster vor dem Kolonieeingang. Bei jedem Mal, das eine Bahn durch den Tunnel fuhr, rumpelte es nicht nur unter, sondern auch in ihren Füßen. Wenn sie einem schon keine Uniform zur Verfügung stellen, dachte Juna, sollten sie wenigstens vernünftige Stiefel herausgeben. Sodass man im Außendienst herumlaufen kann, ohne jedes Steinchen durch die Sohlen zu spüren. Andererseits konnte eine gute Polizistin mit den Sohlen erkennen, in welcher Straße sie sich befand ... Hatte sie das nicht irgendwo gelesen? Dann fiel ihr ein, dass es ohnehin keine Rolle mehr spielte. Sie würde die Sozpo-Uniform nie tragen.

Sie ging langsam, verborgen in der Menge, obwohl sie am liebsten gerannt wäre. Vor ihr tauchte die große Synagoge auf. Agnes und Gabriel hatten den Platz in ihren Berichten oft beschrieben. Sie konnten nicht weit sein.

Da. Die kleine Gruppe auf der anderen Straßenseite. Nur einer von ihnen steckte in Dienstkleidung, aber nicht im hellen Blau der Sozpos. Die Person mit dem Rücken zu Juna trug eine roséfarbene

Bluse, und darüber schimmerte elfenbeinfarbenes Haar.

Eine Tram ratterte vorbei. Bis sie endlich verschwunden war, hatte die Gruppe sich aufgelöst.

Wo waren sie hin?

Juna stellte sich auf die Zehenspitzen und konnte Gabriels orangefarbenes T-Shirt ausmachen. Er ging Richtung U-Bahn, weg von ihr. Der in der Uniform lief die Straße hinunter, die zum Fluss führte. Auf seinem Rücken prangte das Wort *Ordnungsamt*.

Die Fußgängerampel zeigte Grün. Juna wollte loslaufen, aber es war zu spät für den Effekt, auf den sie gehofft hatte. Agnes hatte sie gesehen. Sie kam geradewegs auf sie zu.

»Juna?«

Juna hatte sich das Gespräch detailliert vorgestellt, bevor sie hergekommen war. Sie hatte genau gewusst, was sie zu Agnes sagen wollte. Jetzt, wo sie vor ihr stand, fand sie die Worte nicht mehr. Nur um etwas zu tun, sah an der Bluse und den sauberen grauen Hosen herunter.

»Machst du deinen Dienst immer in Zivil?«

Was immer Agnes von ihr erwartet hatte, diese Frage war es nicht. Sie öffnete den Mund und schloss ihn wieder. Immerhin habe ich ihr Pokerface durchbrochen, dachte Juna.

»Du kannst überall nachfragen, wo es Schuluniformen gibt«, sagte Agnes schließlich. »Wer eine Uniform tragen muss, hat nichts zu melden. Das ist nicht gerade das Signal, das ich senden will.«

Nichts zu melden. Juna fühlte sich hochfahren, als sei diese Phrase ihr Startschuss gewesen.

»Warum auch!« Es waren nicht nur andere Worte als die, die sie sich zu Hause vorgenommen hatte, es war auch eine andere Lautstärke. »Diejenige, die nichts zu melden hat, bin schließlich ich! Diejenige, die alle rumlaufen lassen wie ihre persönliche Idiotin! Diejenige, die Anweisungen ausführen, aber nichts verstehen soll!«

Falls Agnes abermals überrascht war, zeigte sie es diesmal nicht. Sie sah Juna nur wortlos an. Wortlos und abwartend.

»Gib mir einen Grund, dich nicht auf der Stelle zu melden! Von wegen Lina war plötzlich doch bei ihrer Anhörung, aber es ist alles gut gelaufen! Die Akte ist perfekt ausgefüllt und abgestempelt, was für ein Zufall! Natürlich ist sie perfekt, nachdem du sie gefälscht hast! Die Anhörung hat es nie gegeben!«

Agnes sah für einen Moment erleichtert aus, aber sie sagte immer noch nichts.

Juna stockte. Sie hatte erwartet, dass die Ältere alles abstreiten, sie auslachen oder zurechtweisen würde. Darauf hätte sie mit noch mehr Wut reagieren können. Aber ein schweigendes Gegenüber anzuschreien fühlte sich falsch an.

»Ich hab deinen Namen auf der Liste der Eigentümer_innen gesehen«, erklärte sie wesentlich leiser. »Dir gehört ein Haus in dieser Kolonie. Du versteckst Meileen Rabe. Oder?«

»Ich habe eine Gegenfrage«, sagte Agnes. »Es gibt Dutzende Fälle, um die sich dringend jemand kümmern müsste, aber die still und katastrophal im Sand verlaufen. Du hast den einen gefunden, über den Gras wachsen sollte. Wie kann das sein?«

Hinter ihr fuhr die nächste Tram in die Haltestelle. Ohne zu überlegen, lief Juna über die Straße darauf zu. Agnes folgte ihr.

»Wo willst du hin?«

Juna hob die Hände und drehte sich um. Sie stand mitten im Gedränge einer Schulklasse auf dem Weg zur Synagoge, flankiert von zwei entnervten Rentnern und einem Schaffner, der den Hals nach seiner Ablösung reckte. Sie ignorierte alle außer Agnes.

»Vielleicht klärst du mich jetzt endlich mal auf«, sagte sie. »Du hast die nette, fürsorgliche Kollegin gespielt, du hast getan als würdest du mich mögen, aber in Wirklichkeit –«

»Nichts davon war gespielt«, sagte Agnes. Sie nahm Junas Arm und zog sie zum Geländer am Rand der Verkehrsinsel. Dann beugte sie sich nach vorn und sprach dicht an ihrem Ohr. »Was ich dir jetzt sage, muss tausendprozentig unter uns bleiben.«

Sie wartete Junas Nicken nicht ab, bevor sie fortfuhr.

»Ich habe Meileen vor einer Weile fürs Allergez vorgeschlagen. Alleinerziehendengeld. Sie war in Schwierigkeiten. Schichtdienst, viel zu viel Arbeit, kaum Bezahlung – das muss ich niemandem aus deiner Generation erklären. Sie hätte mehr Kinderbetreuung gebraucht, oder mehr Zeit. Wenn sie die Unterstützung bekommen würde, könnte sie sich leisten weniger zu arbeiten.«

»So weit, so gut«, sagte Juna.

»Ich hab also den Antrag für sie ausgefüllt und alles zur Überprüfung an die Abteilung II gegeben. Als ich Meileen das nächste Mal angerufen habe, nur um mich zu vergewissern dass alles glatt läuft, war sie vollkommen aufgelöst. Die Abteilung II hatte ihr einen Anhörungstermin geschickt, an dem über eine Inobhutnahme ihres Kindes entschieden werden sollte.« Ihre Stimme war nur noch ein Flüstern. Juna musste sich das andere Ohr zuhalten, um alles zu verstehen. »Sie war drauf und dran, das Land zu verlassen, ohne eine Ahnung wo genau sie hin könnte und ob es jemals möglich wäre zurückzukommen. Ich sag es dir, es war schwierig nicht mit ihr in Panik zu geraten. Ich habe dann getan, was mir in dem Moment am vernünftigsten erschienen ist. Ich hab sie überredet, hierzubleiben, aber in der Nähe unterzutauchen. Wie du gemerkt hast, habe ich dieses Gartenhaus. Niemand hatte den geringsten Grund, dort nach ihr und ihrer Tochter zu suchen.«

Auf Junas Zunge brannten gleich mehrere Fragen, aber sie hielt Agnes weiter das Ohr hin.

»Ich dachte, ich könnte ihre Akte ein bisschen zurechtbiegen. Davon abgesehen brauchten wir nur Zeit. Das Ganze wäre früher oder später in Vergessenheit geraten, so ineffizient, wie bei uns alle organisiert sind. Aber dann ...« Sie rückte von Juna ab und sagte die letzten Worte laut und deutlich. »Dann bist du aufgetaucht.«

Juna konnte nicht anders. Sie musste lachen, und nachdem sie einmal angefangen hatte, war es unmöglich wieder aufzuhören. Agnes legte den Arm um sie, erst mit gerunzelter Stirn, dann begann auch sie zu lachen. Juna lehnte sich an sie. Vor einer Stunde hätte sie sich nicht vorstellen können, in absehbarer Zeit auch nur ein freundliches Wort mit Agnes zu wechseln. Jetzt stand sie hier zwischen hupenden Autos, kreischenden Trambremsen und dem glänzenden Dach der Synagoge und sah ihr in die Augen, während sie sich von Lachkrämpfen schütteln ließ.

»Geht's wieder?« fragte Agnes nach einer Weile.

Juna nickte.

»Willst du wissen, was ich denke?« fragte sie. »Ich denke, wenn du damals fünf Minuten länger im Büro geblieben wärst ...«

Agnes schien Mühe zu haben, nicht gleich wieder in Lachen auszubrechen. »Damals«, wiederholte sie. »Damals vor einer Woche, als sich diese verdammte Meldung auf deinen Monitor verirrt hat. Hätte ich etwas sagen können, was dich abgehalten hätte hinzugehen?«

»Der Witz ist«, antwortete Juna, »wenn du mir nicht das mit der, du weißt schon«, sie senkte die Stimme wieder zu einem Flüstern, »wenn du mir am Wochenende nicht das mit der Anhörung aufgetischt hättest, wäre ich vielleicht gar nicht misstrauisch geworden. Als ich diese Meldung bekommen hab, wollte ich nur eine Notsituation ausschließen. Aber dann hab ich von Anton erfahren dass es keine gab, jedenfalls keine – «

»Wer ist Anton?«

Juna zögerte.

»Keine Geheimnisse mehr«, sagte Agnes. »Hast du gerade gesagt, dass jemand in der Kolonie Bescheid weiß?«

»Er weiß jedenfalls mehr, als er sollte«, sagte Juna. »Auch, warum ich da war. Er hat es mir auf den Kopf zugesagt. Aber ich glaube nicht, dass er mich verpfeifen wollte. Nicht dass das jetzt noch wichtig wäre.«

So plötzlich, wie sie eben losgelacht hatte, schienen jetzt Tränen kommen zu wollen. Dieses Gespräch mit Agnes fühlte sich wie an eine letzte Amtshandlung, das Letzte was sie tun konnte bevor sie die Sozpo verließ. Bevor sie hinausgeworfen wurde.

Agnes sah sie mit der Miene einer Person an, die mühsam eine Frage heruntergeschluckt und stattdessen eine andere stellt.

»Was soll das heißen?«

»Robert hat mich rausgeschmissen«, presste Juna hervor.

»Davon hat er mir nichts gesagt!«

»Er hat's gemacht.«

»Warum?«

»Unser Treffen bei ›Ab in die Mitte‹ ist nicht nach Plan verlaufen.«

»Das ist doch kein Grund!«

»So wie es gelaufen ist schon ...«

Agnes starrte die Säule mit den Fahrplänen an, als könnte die ihr Antworten geben. »Und ich dachte, ich wäre diejenige die sich zu weit vorgewagt hat. Robert verhält sich wirklich merkwürdig. Selbst für seine Verhältnisse!« Sie wandte sich Juna wieder zu. »Über diese Kündigung ist das letzte Wort nicht gesprochen. Aber noch weniger gefällt mir, dass Meileens Situation sich in der Kolonie herumspricht. Was sagtest du, wer dieser Anton ist?«

Juna, des Redens und Erklärens plötzlich müde, zog ihr Phone hervor.

»Hier«, sagte sie. »So sieht er aus.«

Sie ließ das Video ablaufen, das sie damals vor einer Woche aufgenommen hatte. Mit Agnes an ihrer Schulter sah sie ein weiteres Mal zu, wie Mason sich mit seiner Fuhre Küchenabfall abmühte, Wanda und Zane die Schubkarre umkippten und schließlich Anton zu Hilfe kam.

Zu ihrer Überraschung zog Agnes ihr das Phone aus der Hand, setzte ihre Lesebrille auf und spielte das Video ein zweites Mal ab. Sie drückte die Lippen aufeinander. Einen Moment dachte Juna, sie würde ebenfalls anfangen zu weinen, dann sah sie, dass Agnes schon wieder einen Lachanfall niederkämpfte.

»Genug«, sagte sie und deutete auf die Tram. »Ich muss dir was zeigen, Juna. Keine Geheimnisse mehr, auch nicht für Robert.«

Juna ließ sich durch die Türen schieben, ohne Widerstand zu leisten. An Bord der Bahn ruckelten sie über den Fluss, zwischen blankgeputzten Hochhausfassaden hindurch, auf die Kreuzung mit dem U-Bahnhof zu.

»Was meinst du denn damit? Keine Geheimnisse mehr für Robert?«

Juna stellte die Frage mehrmals, aber Agnes schüttelte jedes Mal den Kopf.

»Ich zeige es dir«, sagte sie.

Die Bahn rauschte unter der Stadt hindurch, an stillgelegten Haltestellen und kaputten Werbescreens vorbei. Vor dem bewohnten Nebentunnel hatte sich ein Zeltlager gebildet.

Sie stiegen aus, umrundeten zwei Isomatten am Fuß der Bahnsteigtreppe, liefen durch die Unterführung, in der das Schachbrett und die Shisha aufgebaut waren, und erreichten den Park.

»Da hinten wohne ich«, sagte Juna. Sie zeigte in die Richtung der Siedlung, in der die Sozpo-Wohnheime eingerichtet waren.

»Ich weiß«, sagte Agnes. Sie bog die Brennnesseln zwischen den verfallenen Torpfosten beiseite und ließ Juna den Vortritt.

Sie hatten die Sackgasse vor der Kolonie gerade betreten, als das Tor sich öffnete. Anton kam heraus, im Begriff, eine Zigarette anzuzünden. Seine Augen weiteten sich. Die Zigarette halb erhoben, die Hand mit dem Feuerzeug halb in der Hosentasche, stand er und starrte. Agnes erwiderte seinen Blick genauso ruhig wie Junas vorhin.

Anton steckte die Zigarettenpackung in die eine Tasche, das Feuerzeug in die andere, rückte seine Baseball-Kappe zurecht, nahm sie ab, setzte sie wieder auf. Den Oberkörper vorgebeugt, als gehe er gegen starken Wind an, kam er über das Kopfsteinpflaster, bis er vor ihnen stand.

»Frau Süßmilch«, sagte er.

Agnes streckte ihm die Hand hin.

»Hallo, Florian.«

Dämmerung senkte sich über die Kolonie. Hinter dem verschlossenen Tor wehte Laub über den Weg, Hecken und Bäume tuschelten, die Laterne über der Tür von Jaschas Hütte schwang hin und her und verbreitete ein wackliges, trübes Licht. Das Hirschgeweih warf einen bizarren Schatten an die Wand.

Juna fühlte sich beobachtet, aber als sie sich umdrehte, starrten nur die Gartenzwerge auf der anderen Seite des Weges sie an.

Sie betrat Jaschas Rasen. Etwas flackerte im Küchenfenster neben der Eingangstür. Jascha schien Kerzen statt elektrischem Licht angezündet zu haben. Juna sah seine massige Gestalt durchs Fenster. Er schien einen Blick nach draußen zu werfen, aber sie stand im Schatten.

Wie einfach wäre es, zu behaupten: Ich wollte ihn holen, aber er hat nicht aufgemacht.

Noch während sie es dachte, wusste sie, dass Ausreden nicht mehr in Frage kamen. Agnes hatte Recht mit ihrem »Keine Geheimnisse mehr«. Es war Zeit, alle Karten auf den Tisch zu legen.

Sie trat unter das Hirschgeweih und klopfte an.

Ein Lächeln breitete sich auf Jaschas Gesicht aus, als er öffnete. Er trat zurück und hielt die Tür auf, aber Juna rührte sich nicht.

»Wenn du etwas Wichtiges zu erzählen hättest«, sagte sie, »was alle in der Kolonie hören müssen, was würdest du tun?«

Die Zweige über Antons Kopf schaukelten. Erst fiel Licht auf die eine Hälfte seines Gesichts und sein Ohr, während die andere in Schatten getaucht war. Im nächsten Moment lagen seine Augen im Dunkeln, dann sein Mund, dann nur sein Haar.

Sie waren den schattigen, schief gepflasterten Weg entlanggegangen, der auch zur Küche führte, an der großen Tannenhecke links abgebogen, hatten einen Rosengarten mit einem richtigen Springbrunnen durchquert und waren schließlich durch ein Tor auf einen kleinen Platz getreten. Steinerne Bänke standen im Rund. Hier war Juna noch nie gewesen.

Jascha saß neben ihr auf der Bank. Er sah gespannt aus, aber nicht als sei er auf eine Enttäuschung vorbereitet. Seine Hand lag dicht neben ihrem Knie.

Ihr gegenüber hielt Anton – oder sollte sie Florian sagen? – den Kopf gesenkt, während Agnes mit übergeschlagenen Beinen und gerunzelter Stirn neben ihm saß. Sie sahen ein wenig aus wie Mutter und Sohn im Büro der Schulleitung.

In der tiefer werdenden Dunkelheit waren Schritte zu hören. Meileen und Mason kamen durchs Tor, gefolgt von Max Larrk, Dowato Droehnohr und Bart Schereumer. Irgendwo auf der anderen Seite des Platzes quietschte ein Tor. Juna erkannte nicht alle Gesichter, die aus den Schatten auftauchten und sich im Rund verteilten. Die Letzte in der Reihe ging gebeugt und sehr langsam. Meileen sprang auf und griff unter ihre Achsel.

»Du wolltest doch bei den Kindern bleiben«, sagte sie.

»Die Kinder schlafen. Aber hier geht offenbar etwas Wichtiges vor.«

Die Stimme knarrte wie ein alter Baum.

Hatice, dachte Juna. Zanes und Ayşes Großmutter.

»Sind alle da?« fragte Agnes.

»Obwohl es anders abgesprochen war«, antwortete Meileen seufzend.

Agnes grinste, und sie grinste zurück.

»Moment mal«, unterbrach Jascha. »Kennt ihr euch?«

»Einige hier kennen sich«, antwortete Agnes. Sie wandte sich zu Anton. »Wir sollten vorne anfangen. Mit dir. Dann muss Juna deine Identität nicht alleine verdauen, Florian Anton Gärmann. Und du musst nicht alleine verdauen, wer ihr Chef ist.«

Anton zog eine Zigarette hinter seinem Ohr hervor und rollte sie in den Fingern hin und her. Agnes faltete in einer höflich abwartenden Geste die Hände über dem Knie.

»Ich habe nicht unbedingt die ganze Nacht Zeit.« Mason machte zum ersten Mal den Mund auf. »Sonderplenum, besonderer Vorfall, okay. Aber kann mal jemand erklären, worum es geht?«

»Und warum Außenstehende dabei sind?« fragte jemand.

»Unsere Anwesenheit lässt sich nicht vermeiden«, sagte Agnes.

»Ich hab sie eingeladen«, sagte Meileen fast gleichzeitig.

Anton steckte die Zigarette verkehrt herum in den Mund und klopfte seine Taschen nach einem Feuerzeug ab. Er sah nicht so aus, als ob er bald reden würde.

»Wir haben was Wichtiges zu erzählen«, setzte Juna an.

Alle Blicke richteten sich auf sie. Es fiel ihr schwer zu sprechen. Ihr Hals fühlte sich steif an, die Stimmbänder eingequetscht. Genau wie Agnes wandte sie sich direkt zu Anton.

»Soll ich Florian zu dir sagen?«

»Bitte nicht.«

»Also Anton.« Juna nahm einen tiefen Atemzug. Jascha sah sie an und zog eine Augenbraue hoch. Sie stand auf.

»Anton wird von seinem Vater gesucht. Seit ungefähr zwei Wochen.«

Sie glaubte, ein paar unruhige Reaktionen zu hören, aber bei all dem Wind und dem raschelnden Laub konnte sie nicht sicher sein.

»Das ist nicht alles«, fuhr sie schnell fort. »Sein Vater ist bei der Sozpo. Er hat also etwas mehr als die gewöhnlichen Ressourcen zur Verfügung, wenn er etwas erreichen will. Oder jemanden sucht.«

Meileen beugte sich zu Hatice und flüsterte etwas in ihr Ohr. Juna konnte förmlich sehen, wie die Glühbirne über ihrem Kopf aufleuchtete. Sie atmete noch einmal tief ein.

»Ich – wir«, sie deutete auf Agnes, »kennen Antons Vater. Weil wir für ihn arbeiten. Gearbeitet haben. Sie ist von der Sozpo. Ich nicht mehr.«

Agnes zog eine Schachtel Streichhölzer aus ihrer Tasche und klatschte sie neben Anton auf die Bank.

»Ich bin hergekommen, weil ich M – Lina gesucht habe. Das mit Anton war nur Zufall.« Obwohl das größte Geständnis heraus war, fühlte sie keine Erleichterung. Entschieden an Jascha vorbeisehend, berichtete sie von dem Vorteil mit der Dienstwohnung, von ihren ersten Wochen im Job, von der Schreibarbeit und der Langeweile im Büro und wie froh sie über eine Ausrede gewesen war, etwas anderes zu tun. Wie Meileens Nachbar sie an die Kolonie verwiesen und sie das Video von Mason, Anton und den Kindern angefertigt hatte.

»Ich lösche die Datei jetzt sofort, wenn ihr möchtet«, sagte sie. »Aber das macht natürlich nichts rückgängig.«

»Er weiß sicher, dass ich hier bin?« fragte Anton. »Mein Vater?«

»Es tut mir so Leid«, antwortete Juna. »Ich hätte dieses Video gar nicht anfertigen sollen, geschweige denn es meinem Chef zeigen. Ich hätte das niemals gemacht wenn ich gewusst hätte ... ich meine, ich hatte keine Ahnung, dass ich Robert ein Video von seinem eigenen Sohn zeige!«

»Dass du keine Ahnung hast, glauben wir dir«, murmelte jemand.

»Anton«, setzte Juna wieder an. »Dein Vater wollte, dass ich dich zu ›Ab in die Mitte‹ bringe.« Sie schluckte. »Was jetzt sein Plan ist, ohne mich ... keine Ahnung.«

Sie wollte einen Blick mit Bart wechseln, sah aber nur Rosenzweige, die sich in der Dunkelheit bewegten.

»Er wird den Laden hier räumen lassen«, sagte Agnes. »Die Frage ist nur, wann. Rauch endlich, Mann, dieses Gefummel ist nicht zum Aushalten.«

Sie entzündete ein Streichholz, aber der Wind blies die Flamme sofort wieder aus. Juna glaubte, in dem aufflackernden Licht eine Träne auf Antons Wange zu sehen. Agnes riss ein zweites Streichholz an, und diesmal streckte Mason seine Hände vor, um die Flamme zu schützen.

»Robert Gärmann ist ein Karrieretyp«, sagte Agnes, als die Zigarette endlich brannte. »Er kann keinen Sohn gebrauchen, der Häuser besetzt.«

»Ich sollte das hier diskret beenden«, stimmte Juna zu. »»Ab in die Mitte‹ haben strengen Datenschutz. Ich sollte Anton überreden, da einzuziehen, ohne dass jemand anders davon erfährt.«

»Er wollte nicht mal, dass wir telefonisch in Verbindung stehen, du und ich. Er muss wirklich Angst gehabt haben.«

Jemand im Schatten räusperte sich. Juna hatte für eine Sekunde beinahe vergessen, dass die anderen da waren. Jetzt leuchtete auf der Bank, die dem quietschenden Tor am nächsten war, ein Display auf und in seinem Licht konnte Juna mehrere Gesichter erkennen, die Agnes' und ihren Wortwechsel mit aufgerissenen Augen verfolgt hatten.

»Habt ihr etwas dagegen, wenn ich dieses Gespräch aufnehme?« fragte Bart.

»Ich glaub es hackt, Bart Schereumer! Hast du noch nicht die Schnauze voll?«

Bart schob das Phone schnell in seine Tasche zurück, aber Juna wollte sich nicht bremsen lassen. Sie marschierte zu ihm hinüber.

»Erst spionierst du mir nach und nennst mich jung und dumm, dann erpresst du mich und dann lässt du dich erwischen! Ich bin gefeuert wegen dir! Und jetzt hast du was vor?«

Dowato Droehnohr bedeutete ihr schweigend, sich wieder hinzusetzen. Juna ignorierte ihn.

»Um deine Frage zu beantworten, Bart«, sagte sie. »Ja! Ich hab was dagegen, wenn du dieses Gespräch aufnimmst!«

»Ich finde interessant zu erfahren, warum dieser – Antons Vater so ausgeflippt ist«, sagte Bart. »Als er mich bei ›AidM‹ gesehen hat? Er muss gedacht haben, jetzt erfahren alle dass sein Sohn ein Hausbesetzer ist! Dabei ist das gar nicht die Story, hinter der ich her war!«

»Natürlich hättest du das berichtet«, sagte Droehnohr. »Nachdem du es nun einmal wusstest.«

»Moment mal«, sagte jemand in Junas Rücken. »Du hast gewusst, dass wir einen Spitzel hier haben?«

Nun erhoben sich überall im Rund Stimmen. Juna konnte die

Anspannung um sie herum körperlich fühlen.

Bart zeigte in Antons Richtung an und setzte zu einer Antwort an.

»Genug!«

Juna drehte sich um. Es war Meileen, die gerufen hatte.

»Niemand kann was dafür«, sagte sie. »Jedenfalls niemand hier.« Sie stieß hörbar und genervt Luft aus. »Agnes« – sie deutete auf Agnes – »wusste die ganze Zeit, dass ich hier bin. Wenn sie und Juna gewollt hätten, dass wir Ärger bekommen, hätten wir längst welchen. Also regt euch ab.«

Die Stimmen im Schatten wurden leiser, verstummten aber nicht.

»Ich bin nicht zur Arbeit gegangen, seit ich hier eingezogen bin«, sagte Meileen. »Die Bullen könnten mich da suchen. Pardon, die Sozialpolizei.« Sie gab ein bitteres Lachen von sich. Alle sahen sie an. Sie seufzte. »Also, ich erzähl's euch.«

Sie sah Agnes an, die zustimmend nickte.

»Aber«, fügte Meileen, zu Bart gewandt hinzu, »wenn auch nur ein Wort davon dieses Rund verlässt, werde ich dir wehtun.«

Agnes nickte abermals.

»Also«, fing Meileen an. »Meine Freundin hier arbeitet für die Sozpo. Sie hat Alleinerziehendengeld für mich beantragt, damit meine Tochter und ich uns mal wieder sehen.«

Sie traktierte den Boden mit der Fußspitze, bevor sie weitersprach. Anton blies Zigarettenrauch an ihr vorbei. Juna setzte sich wieder neben Jascha.

»Ich hab eine Nachricht von ihr bekommen, sie hätte alles in die Wege geleitet und es würde nur noch die formale Überprüfung fehlen. Das soll eine Formsache sein.«

»Soll es auch!« schaltete Agnes sich ein. »Das ist so gedacht, dass da jemand einmal schnell an der Haustür klingelt und danach bestätigt, dass du da wohnst wo du gesagt hast.«

»So war das beim ersten Mal auch.« Meileen sah zwischen Juna und Agnes hin und her. »Aber dann ist diese Olle in Uniform noch mal aufgetaucht – und kann ich das einmal sagen, diese Uniformen sind total lächerlich, wer hat dieses Babyblau ausgesucht?«

Alle lachten.

»Die stand unangemeldet vor meiner Tür und wollte reinkommen. Sie hat gesagt, sie wär schon zum dritten Mal da, aber ich hätte offensichtlich einen sehr ungeregelten Tagesablauf. Anscheinend fand sie das komisch, dass ich nicht zu Hause bin und sie erwarte, wenn ich nicht weiß dass sie vorbeikommen will!«

Sie sah in die Runde.

»Aber sie hat mir versichert, das sei jetzt der allerletzte Schritt bevor es Geld gibt. Also hab ich sie reingelassen und ihr Kaffee gemacht. Aber es hat nichts genützt, die war richtig sauer. Die hatte sich so in ihren Ärger reingesteigert, dass sie zweimal umsonst vorbeigekommen ist, als ob ich da was für könnte – es war einfach nichts zu machen!«

»Solche Kolleginnen hatte ich auch einige«, sagte Jascha. Es war das erste Mal, das er sich rührte. Meileen nickte ihm zu.

»Dann hat sie gefragt, ob sie mal zur Toilette gehen kann«, fuhr sie fort. »Ich hab ihr den Weg zum Bad gezeigt, aber als sie nach ner Weile nicht wiedergekommen ist, bin ich gucken gegangen, und dann stellt sich raus, die ist gar nicht in meinem Badezimmer, die durchwühlt meine Schlafzimmerkommode!«

»Das stand nicht in der Akte«, sagte Juna.

»Hat sie wohl vergessen«, sagte Agnes, aber als sich alle Köpfe zu ihr drehten, zeigte sie auf Meileen, die den Wink verstand und weitersprach.

»Ich hab ihr gesagt, dass sie wohl besser meine Wohnung verlässt und zwar schnell, aber sie hat gesagt dass sie schon weiß warum ich sie loswerden will...« Meileen breitete augenrollend die Hände aus. »Sie hat meinen Bausatz gefunden.«

»Deinen Bausatz?« fragte Juna.

Anton hob die Hände und mimte das Rollen eines Joints.

»Ach so!« Juna musste lachen. »Sie hat was erzählt von Drogenmissbrauch. Wieviel hattest du denn gebunkert?«

»Ich bin ewig nicht zum Kiffen gekommen, ich wusste kaum noch dass ich was da habe«, sagte Meileen. »In meiner Kommode, weil ich da auch die Geburtstagsgeschenke verstecke und Wanda deshalb nie da reingucken darf. Was weiß ich, wieviel das war, vielleicht ein Zehner? Bei weitem keine verbotene Menge.«

»Trotzdem hat deine Freundin von der Abteilung II daraus Drogenmissbrauch gemacht«, sagte Agnes. Sie seufzte. »Hätte ich mir denken können. Denken sollen.«

»Du hast dir doch so was auch gedacht«, sagte Meileen. Sie wandte sich wieder in die Runde. »Die ist abgerauscht. Das Gras hat sie mitgenommen. Ich dachte, was soll's, wahrscheinlich raucht sie das selber, deshalb hab ich lieber keine Fragen gestellt. Aber dann –« Ihre energische Art war plötzlich wie weggeblasen, ihre Stimme viel höher. »Dann geh ich an den Briefkasten und finde eine Vorladung – und da drin – da stand drin –«

»Sie ist aufgefordert worden, zu einer Anhörung zu erscheinen, bei der auch der künftige Verbleib ihrer Tochter Thema sein könnte«, erklärte Agnes, als sie nicht weitersprach. »In dem Vordruck für diese Aufforderungen steht, dass das Kind mit der nötigsten Ausstattung zur Anhörung mitzubringen ist, damit die sofortige Inobhutnahme gewährleistet werden kann.«

Ein Raunen ging durch die Runde. Meileen weinte.

»Die Idee war, dass sie in meinem Haus bleibt und nicht zu Hause oder bei der Arbeit angetroffen werden kann, während ich den Papierkram bereinige«, sagte Agnes. »Aber das hat nicht geklappt.«

Sie lächelte Juna an. Juna schaffte es nicht zurückzulächeln.

Eine Weile war es still. Dann reckte Mason beide Arme in die Höhe. Juna schielte zu ihm hin.

»Wie ihr wisst, stelle ich morgens immer das Frühstück für alle raus«, sagte er und nahm, da niemand Anstalten machte ihn zu unterbrechen, die Arme herunter. »Ich würde vorher gerne wenigstens kurz schlafen, vor allem wenn wir zeitnah Besuch erwarten. Wir müssen entscheiden, was wir machen, vorausgesetzt, dass dieser Typ, dieser Sozialpolizist, wirklich seinen Sohn räumen lässt?«

»Dieser Sozialpolizist hat Juna gekündigt. Im Affekt, denke ich«, sagte Agnes.

Juna fühlte sich, als würde sie in einem Spotlight sitzen, während die Gesichter aller anderen in der Dunkelheit verborgen waren.

»Ich möchte nur wissen, wie ihr die Besuchssituation einschätzt«, sagte Mason. »Junas Gehaltsscheck ist mir egal.«

Aus den Schatten kam zustimmendes Gemurmel.

»Das sollte niemandem egal sein«, antwortete Agnes. »Juna ist eure beste Chance. Es sei denn, Anton möchte sich einbringen?«

Mit dem Fokus der Runde endlich auf jemand anderem nahm Juna einen tiefen Atemzug und wandte sich zu Jascha. Eine Sekunde sahen sie sich an, dann stand er auf und ging durch die Dunkelheit davon.

KAPITEL 9

ALLES UND NICHTS

Hin. Und her. Und hin. Und wieder her.

War ihr Zimmer immer schon so klein? Wie oft war sie jetzt vom Fenster zur Tür, vom Bett zum Schreibtisch und wieder zum Fenster getigert? Als sie damit angefangen hatte, war der Himmel dunkelgrau gewesen. Jetzt war nur noch ein Streifen grau, ein weiterer blau und der Rest leuchtend orange.

Ihr Phone piepste.

Hier ist was du brauchst, stand auf ihrem Display. Also konnte Agnes auch nicht schlafen.

Juna tippte auf Drucken, ohne sich das Dokument näher anzusehen. Sie warf das Phone auf den Schreibtisch zurück, direkt vor ihren Spiegel, beugte sich vor und sah noch einmal hin. Wahrscheinlich, dachte sie, während sie sich selbst ansah, sollte ich mir Zeit für ein bisschen Körperpflege nehmen. Und für eine ordentliche Kriegsbemalung. Dabei ging es gar nicht um Zeit. Sie war ohnehin zu früh aufgewacht. Was sie brauchte, war Geduld.

Sie duschte abwechselnd warm und kalt und rieb sich anschließend von der Stirn bis zu den Zehen mit Dianas Rosenlotion ein.

Das nasse Haar zusammengebunden, breitete sie aus, was sie an Makeup besaß. Sie umrandete ihre Augen schwarz statt braun und versuchte Zeit zu schinden, indem sie die Mascarabürste Millimeter für Millimeter an ihren Wimpern entlangführte. Ich werde wahnsinnig, dachte sie dabei. Es muss doch bald Zeit sein, das Haus zu verlassen!

Dianas Tür klappte, als sie mit Fönen fertig war. Wie morgens üblich hielt ihre Schwester sich nicht mit Floskeln auf.

»Was zur Hölle?«

Juna, die vorgebeugt gestanden hatte, warf ihr Haar zurück und begann, es in einen Zopf zu sortieren.

»Ich hatte eine lange Nacht«, sagte sie dabei. »Oder eher eine kurze.«

»Hast du überhaupt geschlafen?«

»Ich muss was Dringendes erledigen. Danach hab ich dir viel zu erzählen, aber erst – wie spät ist es?«

»Halb sechs.«

Ihr Zopf war fertig. Ein Haargummi hielt ihn am Hinterkopf zusammen, eins saß an der Zopfspitze, zwei weitere hatten dazwischen gepasst. Diana sah sie verwirrt an: »Was soll der Amazonen-Look?«

»Wirklich, ich erklär's dir später. Soll ich Kaffee aufsetzen, bevor ich gehe?«

»Bitte für zwei. Aber mach die Tür hinter dir zu. Du bist viel zu aktiv.«

Juna sah immer wieder auf die Uhr, während sie den alten Filter wegwarf und Kaffee in einen neuen löffelte. Sie war froh, dass Diana so früh am Morgen nicht aufnahmefähig und obendrein abgelenkt war. Sie wollte ihr nicht sagen, dass sie sich, wenn jetzt alles glattlief, ihren Job zurückholen konnte. Denn was, wenn nicht alles glattlief?

Graue Hose, blaue Bluse. Ein helles Blau, beinahe so hell wie das der Sozpo-Uniform. Sie legte den Gurt ihrer Umhängetasche über die Schulter und machte sich auf den Weg.

Die Bahnfahrt lang balancierte sie mal auf den Zehenspitzen, mal auf den Fußballen, belastete die ganze Sohle, während die Bahn unter ihr vibrierte.

Die Fassade der Sozpo hatte seit dem letzten Mal mehr Farbbeutel abbekommen. Auch auf dem Boden waren Spritzer und eine gelbe Pfütze. Juna sprang darüber hinweg, rannte zum Hoftor – und gratulierte sich. Sie hatte genau die richtige Zeit erwischt.

Eine leicht gebeugte Person stand mit dem Rücken zu ihr und hantierte mit einem riesigen Schlüsselbund. Junas Neugier war zu stark. Statt mit höflichem Abstand zu warten, stellte sie sich direkt neben die Pförtnerin und versuchte nicht einmal, nicht zu starren.

Sie war älter, als Juna ihre energische Stimme geschätzt hatte. Zumindest ließen faltige Wangen und ein Doppelkinn sie alt wirken. Ihre Ohren und ihre Nase waren ziemlich groß. Den Schlüssel immer noch im Schloss, wandte die Pförtnerin sich ihr zu. Ihre Augen waren von etwas hellerem Grau als ihr Haar.

»Hallo«, sagte Juna, unsicher wie sie grüßen sollte.

»Hallo? Ich mache Ihnen jeden Tag die Tür auf, aber alles was Ihnen einfällt ist ›Hallo‹? Wie wär's mit ›Danke‹?«

»Ich bin sehr dankbar!« Auch dafür, dass ich an meinem ersten Tag hier klatschnass geworden bin? Juna scheuchte den Gedanken beiseite. »Sie waren bisher immer hinter der Scheibe«, erklärte sie.

»Was spielt das für eine Rolle?«

»Das Licht hinter der Scheibe. Sie haben es nie an.«

»Sitzen Sie doch mal den ganzen Tag in diesem Licht! Davon kann man Migräne bekommen!«

Juna folgte der Pförtnerin zu ihrem gläsernen Kasten. Sie redeten aneinander vorbei, aber darauf kam es jetzt nicht an. Wie sie gehofft hatte, war die Nachricht von ihrer Kündigung noch nicht hier unten angekommen, aber das konnte sich jeden Moment ändern. Robert würde bald hier sein.

»Ich habe heute einen dringenden Termin«, sagte sie. »Wenn ich das nächste Mal so früh hier bin, bringe ich Ihnen einen Kaffee vorbei.«

Die Falten der Pförtnerin richteten sich zu einem Lächeln auf: »Ich hoffe, Ihre Probezeit ist bald vorbei! Ich höre nur Gutes über Sie.«

Von wem? Juna versuchte, keine Verwirrung zu zeigen.

»Genau darüber spreche ich gleich mit Herrn Gärmann«, sagte sie.

»Sie gehen zu Herrn Gärmann?«

Die Pförtnerin hantierte wieder mit ihrem Schlüsselbund und zog einen Stapel Briefe aus einem Fach unter der Scheibe.

»Können Sie das mitnehmen? Herr Gärmann hat seit über einer Woche keine Post abgeholt.«

Juna streckte die Hände aus. Der unterste Umschlag war groß und braun, darauf häuften sich kleinere in Grau, Weiß und – in einem Fall – Grün. Sie zog kurzerhand das Haargummi von ihrer Zopfspitze und bündelte das Ganze damit, bevor sie es in ihrer Umhängetasche unterbrachte.

»Ist nur für kurz«, sagte sie auf den entgeisterten Blick der Pförtnerin. »Vielen Dank, dass Sie mir immer die Tür aufmachen.«

Damit rannte sie den Flur hinunter.

»Juna!«

Ihr ehemaliger Chef kam so schnell um die Ecke gebogen, dass sie instinktiv zur Seite sprang.

»Hi, Robert.«

»Hast du noch Sachen hier, die du abholen willst?«

»Ich bin hier, um etwas vorbeizubringen. Für dich.«

Roberts Augenbrauen rutschten so nah aneinander, dass sie wie eine aussahen.

»Was auch immer das ist«, sagte er. »Du kannst es an der Pforte abgeben.«

Damit ging er weiter.

»Soll ich dann ohne dich mit den Eltern dieses fehlgeleiteten Jungen reden?«

Robert hielt inne, als hätte jemand abrupt seine Bremse angezogen.

»Wir hatten ein sehr gutes Gespräch«, sagte Juna laut genug, dass es in jedem Büro zu hören sein würde. Es war kaum noch jemand da, aber das tat der Wirkung ihres Tricks auf Robert keinen Abbruch. »Sehr ausführlich«, fuhr sie fort. »Über seine Eltern. Wer sie sind, wo sie wohnen – «

Robert war wieder bei ihr, als sei er auf einem Blitz über den Flur geritten.

»In mein Büro!«

Er griff nach ihrer Schulter, besann sich aber in letzter Sekunde anders. Die Hand Zentimeter von ihrem Rücken entfernt, machte er eine schiebende Geste und knurrte Unverständliches.

Jetzt kam es darauf an.

In Roberts Büro sah alles so aus wie in ihrer Erinnerung. Sie nahm denselben Sessel wie beim letzten Mal und zuckte nur leicht zusammen, als Robert die Keksdose auf den Tisch knallte. Er war auf eine merkwürdige Art rot angelaufen – die Nasenspitze dunkler als der Rest, mit einem weißen Ring um die entzündete Hautstelle an seinem Ohr.

Eine Weile starrten sie schweigend auf die Kekse.

»Dein Sohn lässt dir schöne Grüße bestellen«, sagte Juna schließlich.

Sie wartete. Sie verlor die Geduld.

»Wie gesagt, ich hab dir was mitgebracht. Soll ich vorlesen?«

Juna zog den vorbereiteten Bogen aus ihrer Tasche und hielt ihn so, dass Robert den Briefkopf neben dem Logo der Sozialpolizei erkennen konnte.

»Ich, Robert Gärmann, Teamleitung Abteilung I 407, Personalnummer 622 RG 55, äußere hiermit mein Bedauern darüber, dass aufgrund fehlerhaft geführter Unterlagen ein Kündigungsschreiben für mein Teammitglied Juna Pechstein, Abteilung I 412, Personalnummer 462 JP 57610, an die Personalabteilung übersandt wurde. Die Kündigung gilt hiermit ausdrücklich als widerrufen. Frau Pechstein bietet mir als Dienstvorgesetztem keinerlei Anlass zur Unzufriedenheit und ich möchte bereits jetzt empfehlen, sie über die Probezeit hinaus zu beschäftigen. Möchtest du es erst lesen oder unterschreibst du sofort?«

Roberts Mund war ein schmaler, schmaler Strich. Er übersah den Stift, den Juna ihm hinhielt, und holte stattdessen eine dicke, silberne Füllfeder von seinem Schreibtisch. Ohne sie anzusehen, warf er das Papier in ihre Richtung.

»Danke«, sagte Juna.

Sie wollte von Robert weg, bevor er merkte dass ihre Selbstsicherheit nur vorgetäuscht war, aber eine Frage musste sie einfach loswerden. Sie beugte sich vor, pickte Hagelzucker vom Rand der Keksdose, hielt ein Zuckerkorn auf ihrer Fingerspitze hoch.

Robert hatte sich wieder hingesetzt. Er fixierte einen Punkt auf seinem Knie und schwieg.

»Als ich dir das Video von dieser Kolonie gezeigt habe ...« Juna hielt einen Moment inne, aber es kam keinerlei Reaktion. »Als ich dir das Video gezeigt habe«, fing sie noch einmal an, »hast du dir direkt vorgenommen, mich zu benutzen? Oder hast du nur an Anton gedacht?«

Keine Antwort.

Das Zuckerkorn fiel von ihrem Finger. Robert riss sein Taschentuch hervor und stürzte sich auf die Tischplatte. Er sammelte das Korn ein und entfernte den winzigen Fleck darunter mit absurder Konzentration.

Juna stand auf.

»Danke für den Widerruf. Ich kümmere mich selbst darum, dass er ins richtige Postfach kommt. Hier ist deine Post von der Pforte.«

Sie ließ sich Zeit, aber Robert sagte schon wieder nichts. Nicht, als sie die Briefe auf seinen Schreibtisch legte, und nicht, als sie auf den Flur hinaustrat.

»Ich hätte dir geholfen«, sagte sie, mit einem Fuß auf der Schwelle stehend. »Ich könnte dir immer noch helfen. Aber mit Gewalt geht es nicht. Die Leute, die du verprügeln und festnehmen lassen willst, sind Antons Freunde.«

»Mein Sohn heißt Florian.«

Kalt und entschieden, und unmissverständlich das Ende eines Gesprächs, das ohnehin nicht stattgefunden hatte. Während Juna die Tür hinter sich zuzog, hörte sie wieder das Reiben des Taschentuchs auf der Tischplatte.

Ihr Rechner fuhr surrend hoch, während sie den tragbaren Scanner aus dem Eckschrank ausgrub. Sie strich über die Papiere auf ihrem Schreibtisch, eingeteilt in drei ziemlich wüste, halb ineinandergeschobene Stapel. Der äußerste davon drohte jeden Moment über die Kante zu rutschen. Der Plastikbaum stand an seinem Platz. Der Standventilator drehte sich nicht. Es war unheimlich still. Nicht einmal die Staubkörner in der Luft schienen sich zu bewegen. Juna bückte sich nach der kaputten Rolle an ihrem Schreibtischstuhl. Sie war unverändert.

Sie baute die Papierstapel so um, dass sie nicht mehr einsturzgefährdet waren, während der Scanner lief. Dann packte sie ihre Sachen und machte, dass sie hinauskam.

Unglaublich, wie wenig Zeit vergangen war. Vor ein paar Tagen hatten sie und Robert betrunken Dart gespielt. Jetzt tastete sie sich in der Finsternis des Treppenhauses die Stufen hinunter, um nicht in Sicht zu sein, wenn er seine Fassung wiedergewann. Also, gut, auch das Dartspielen hatte unter Vorspiegelung falscher Tatsachen stattgefunden. Hatten sie jemals ein ehrlich Gespräch geführt? Vielleicht, bevor sie ihm das Video gezeigt hatte? Ganz am Anfang? Sie dachte daran, wie sie als Auftakt zu ihrer allerersten Schicht immer nasser geworden war, weil Robert erst ihre Anmeldung bei der

Pforte vergessen und dann die Schuld dafür auf sie geschoben hatte.

Sie tastete sich weiter. Die meisten Notbeleuchtungen waren kaputt, es roch ein wenig nach Schimmel, und der Lichtstrahl an der Tür zum Dach war weit entfernt. Auch ihr Ausflug mit Agnes nach dort oben war nicht lange her.

Sie erreichte die Pforte. Die Tür zur Loge stand einen Spalt offen. Juna klopfte gegen den Rahmen.

»Entschuldigung!«

»Ja?«

Die Pförtnerin fuhr herum. Sie saß in der hintersten Ecke der Loge, mit dem Rücken zur Tür. Das Magazin, in dem sie gelesen hatte, fiel klatschend zu Boden.

»Sie brauchen sich da gar nicht drum zu kümmern! Das ist nichts Interessantes!«

Juna beeilte sich, den Umschlag mit Roberts Widerruf hervorzuziehen. Sie würde ihr Grinsen nicht lange unterdrücken können.

»Ich habe eine Nachricht für die Personalabteilung. Von Herrn Gärmann.«

»Sind Sie schon befördert worden?«

»Das auch. Können Sie mir sagen, wie ich am schnellsten dahinkomme? Ich kenne das Haus noch nicht so gut.«

Die Pförtnerin zog ihr den Umschlag aus der Hand und warf ihn in eins ihrer Ablagefächer.

»Lassen Sie das die Hauspost machen. Heute Nachmittag ist die Nachricht da. Keine Sorge«, fügte sie hinzu, als sie Junas Gesicht sah. »Die Personalabteilung ist sowieso im Gebäude C. Wo die Koordination sitzt. Da haben Sie ohne Einladung gar keinen Zutritt. Herzlichen Glückwunsch!«

»Herzlichen Glückwunsch?«

»Sie sind doch befördert worden. Eigentlich bringt man dann Kuchen mit!«

»Wenn Roberts Nachricht bei der Personalstelle angekommen und alles durch ist«, sagte Juna. »Mögen Sie Schokomuffins?«

»Robert. Ach ja. Sie jungen Leute duzen sich ja alle immer gleich. Das war zu unserer Zeit anders.«

»Ich verspreche Ihnen Schokomuffins, wenn mit meiner Stelle alles offiziell bestätigt ist!«

Was für eine seltsame Gestalt, dachte Juna, als sie den Hof durchquerte. Wird man so, wenn man dreißig Jahre lang hier arbeitet? Oder muss man so sein, um hier arbeiten zu können?

Sie trat auf die Straße hinaus. Agnes rief an, gerade als sie ihr Phone hervorgezogen hatte um dasselbe zu tun.

»Unterschrieben hat er«, sagte sie statt einer Begrüßung. »Das Schreiben ist jetzt in der Hauspost. Bitte sag mir, dass das nicht falsch war. Es in die Hauspost zu tun, meine ich.«

»Du hast gar keine andere Wahl«, antwortete Agnes. »Die Personalstelle ist in Gebäude C, da kannst du gar nicht –«

»Hat mir die Pforte auch erklärt. Aber ich meinte das Gespräch mit Robert. Agnes, er hat nichts gesagt. Ich wollte das Ganze nicht so – so erpresserisch machen, ich wollte mit ihm reden, aber da war nichts zu machen!«

»Überrascht dich das?«

Juna wünschte plötzlich, sie hätte eine Zigarette. Kein Wunder, dass Anton ständig raucht, dachte sie. Wenn ich mit Robert unter einem Dach wohnen müsste, täte ich das auch.

»Die Liste ist lang«, sagte sie zu Agnes. »Robert kann es sich immer noch anders überlegen. Was mache ich, wenn er mich doch rausschmeißt? Außerdem sehe ich überhaupt keine Chance, in den nächsten Tagen, oder in der nächsten Woche, oder irgendwann in der nächsten Zeit, Informationen von ihm zu kriegen. Er wird nicht mit mir reden.«

»Rausschmeißen kann er dich nicht noch mal«, sagte Agnes.

»Aber wenn er die Kolonie räumen lässt und Anton wieder nach Hause holt, wen würde dann noch interessieren –«

»Bis dahin ist der Widerruf deiner Kündigung längst amtlich. Er kann nicht erst kündigen und dann den Widerruf der Kündigung widerrufen. Wie sähe das denn aus?«

Juna atmete tief ein und aus.

»Bleibt die Frage, wieviel Zeit die Kolonie noch hat«, sagte sie, als sie sich wieder stabil fühlte. »Meine Schwester versteht was von IT, ich könnte sie –«

»Das wäre viel zu kompliziert!«

Juna zuckte zusammen. Dann begriff sie, dass Agnes ihr mit solcher Vehemenz das Wort abgeschnitten hatte, um sie daran zu erinnern dass man manche Dinge nicht am Telefon besprach.

»Es ist nämlich ganz einfach«, fuhr ihre Kollegin in milderem Ton fort. »Die Bs verschicken ihre Mitteilungen per Hauspost wie alle anderen. Wir werden schon mitkriegen, wenn das passiert.«

»Und dann?«

»Erfahren wir auf die Art, wann der Räumungstermin ist.«

Juna drückte sich gegen den Torpfosten und sah die Straße hinauf und hinunter, bevor sie antwortete.

»Glaubst du denn, wir werden einfach so darüber informiert?«

»Vielleicht nicht einfach so.« Auch Agnes klang vorsichtig. »Wir müssen mitbekommen wenn die Nachricht unsere Etage erreicht. Das könnte jeden Tag der Fall sein. Halt die Augen offen nach grüner Post!«

»Grüner Post?«

»Ich meine, in einem grünen Umschlag. Leicht zu erkennen. Die Bs haben ihre eigenen Umschläge.«

Juna sah an der Fassade der Sozpo hinauf. Sie ging in Gedanken noch einmal den Weg, den sie am Morgen genommen hatte, mit Roberts Post in ihrem Haargummi.

»Nein«, sagte sie.

Als sie die Wohnungstür aufschloss, kam Anna ihr entgegen gestürmt.

Juna sprang zur Seite und lauschte der Freundin – der Ex? – ihrer Schwester nach, während diese durchs Treppenhaus rannte. Stockwerke tiefer verstummten ihre Schritte, und das Hochziehen einer

Nase war zu hören.

Juna schloss die Wohnungstür hinter sich.

»Ähm«, sagte sie in den Flur hinein.

»Ist Anna noch da?«

Sie fand Diana in ihrem Zimmer. Wie meistens zu Hause war sie in Schlabbershorts und lose fallendem Hemd. Ihre Prothese lehnte am Kleiderschrank.

»Wunde Stelle«, sagte sie und deutete auf ihren Beinstumpf.

»Die hat Anna anscheinend auch.«

Diana hob die Schultern und ließ sie wieder sinken.

»Eigentlich war's nur – sie wollte sich von mir verabschieden wie – sie hat gesagt, wir würden uns doch ohnehin heute Abend wiedersehen. Plötzlich hat sich alles sehr nach fester Beziehung angefühlt. Dabei hatten wir immer gesagt, dass das nicht ist was wir hier machen.«

»Menschen fühlen was sie fühlen«, sagte Juna. »Wieso hattet ihr diese Diskussion morgens um –?« Sie unterbrach sich. »Anna war hier. Über Nacht? Zum ersten Mal?«

»So fängt es an«, murmelte Diana.

»Willst du mehr Kaffee?«

»Bitte. Wieder für zwei.«

Sie grinsten sich an.

»Was macht dein Verehrer?« rief Diana ihr nach, als sie in die Küche ging.

»Er könnte mit Anna einen Club aufmachen!«

»Klingt fantastisch.«

Sie sagte noch etwas, was über dem Rauschen des Wasserkochers nicht zu verstehen war. Juna stellte die Hasen- und die Fuchs-Tasse nebeneinander und goss den Kaffee auf. Wollte sie immer noch Judy sein? Sie trug die Tassen über den Flur.

»Du hast mir viel zu erzählen, hast du gesagt?« fragte Diana, als sie in ihrem Zimmer auf den Schreibtischstuhl sank. Juna verstand die Frage nur mit Mühe. Eine Welle aus Erschöpfung schien über ihrem Kopf zu brechen, kaum dass sie sich gesetzt hatte. Aber sie konnte sich jetzt nicht schlafen legen.

»Es gibt ein Problem«, sagte sie also. »Der Räumungstermin. Ich hab Robert den Räumungstermin gegeben. Ich bin kaum zurück und hab schon wieder – das heißt, ich meine, ich war zurück – also – ich hab Robert sozusagen – er hat die Kündigung zurückgezogen, aber jetzt –«

»Ich dachte, dein Job wäre weg!«

»Darum hab ich mich heute morgen gekümmert. Ist erledigt, aber dann – ich hab gleich wieder was falsch gemacht.«

Sie versuchte, mit ihrem Bericht noch einmal von vorn anzufangen, aber je angestrengter sie erklärte, desto verwirrter wurde Dianas Gesichtsausdruck. Sie nippte an ihrem Hasenbecher und bemerkte, dass vorsichtiges Trinken überflüssig war. Der Kaffee war kalt.

»Wir hätten die Wohnung verlieren können!«

Wie lange weinte sie eigentlich schon?

»Wo wir gerade erst zusammen wohnen! Wir hätten alles verlieren können!«

»Aber wir haben nicht verloren«, sagte Diana.

Juna Lippen schmeckten nach Tränen. Jetzt wird der Kaffee auch noch salzig, dachte sie. Diana versuchte ihr den Becher abzunehmen.

»Ich hab nicht alles verstanden«, sagte sie. »Aber unterm Strich kommt raus, dass du wissen musst wann dieser Räumungstermin ist, damit du den Leuten in der Kolonie sagen kannst wieviel Zeit sie noch haben, weil du sonst das Gefühl hättest dass sie deine Fehler ausbaden?«

Juna klammerte sich an ihre Tasse und nickte.

»Die Sozpo basiert auf Papier und mechanischen Türschlössern, richtig? Wie im vorletzten Jahrhundert? Hast du das nicht gesagt, als du da angefangen hast?«

Juna nickte wieder.

»Dann habe ich einen Vorschlag.«

Sie öffnete die größte Schublade an ihrem Schreibtisch, zog etwas heraus und warf es neben Juna aufs Bett. Juna beugte sich vor. Sie war so verblüfft, dass sie zu weinen vergaß. »Was soll das werden?«

»Mein Vorschlag ist ein Risiko«, räumte Diana ein. »Wenn du das machst und es rauskommt, wirst du bestimmt gefeuert. Aber ehrlich gesagt frage ich mich inzwischen, ob das so schlimm wäre.«

Juna wollte antworten, aber ihr Kopf war mit zu viel Nebel gefüllt. Statt zu reden, betrachtete sie Dianas »Vorschlag«. Auf den ersten Blick hatte sie ihren Augen nicht geglaubt, aber jetzt blieb ihr nichts anderes übrig. Auf Dianas Polyesterbettwäsche lag eine elektrische Zahnbürste.

»Was soll ich damit?« fragte sie noch einmal. Ihr Kiefer knackte, so sehr musste sie gähnen. Sie leistete keinen Widerstand mehr, als Diana ihren Fingern den Kaffeebecher entwand und ihre leuchtend orangene Tagesdecke über sie zog. Ihre Augen fielen zu, bevor sie sich ganz auf dem Bett ausgestreckt hatte.

KAPITEL 10
DER BACKUP-PLAN

»... sei die Besetzung erst durch eine aufmerksame Mitarbeiterin der Sozialpolizei entdeckt worden. Diese konnte den Ernst der Lage jedoch bestätigen. Aufgrund des maroden Zustandes vieler Gartenlauben, sowie der schlecht gepflegten Treppen und Wege, könne die Sicherheit der Bewohner_innen nicht gewährleistet werden. Auch das diesjährige Ausbleiben einer Brandschutzbegehung gebe Anlass zur Sorge ... Und so weiter.« Agnes warf die Zeitung, aus der sie vorgelesen hatte, auf den Tisch. »Das war der erste Artikel zum Thema. Morgen wird die Pressestelle den nächsten Text herausgeben, in dem steht, man mache sich außerdem Gedanken um Anzeichen für eine Radikalisierung in der Kolonie, im dritten Text ist von einer möglichen Bewaffnung die Rede, aber ob dann bei der Räumung tatsächlich Waffen gefunden werden, danach fragt niemand! Genauso wie niemand fragt, ob sich wirklich ein Bogen schlagen lässt von einer nicht instand gehaltenen Treppe zu einer Gefährdung der Demokratie an sich! Die Antworten darauf will nämlich niemand hören!«

Juna legte ihrer Kollegin die Hand auf den Arm.

»Agnes? Ich hab noch nie gehört, wie du dich aufregst.«
Agnes beugte den Kopf und ließ ihr Elfenbeinhaar nach vorne fallen, als versuche sie sich hinter einem Vorhang zu verstecken. Juna lehnte sich zurück. Sie dachte an Dianas Vorschlag. Dass die erfahrene, stets souveräne Agnes in hilflose Wut verfiel, sprach für die Notwendigkeit eines Backup-Plans. Bis sie hierhergekommen war, hatte sie sich eingeredet, dass Agnes eine Lösung aus dem Hut ziehen würde.

»Kann ich den Ladies vielleicht einen Tee anbieten? Oder eine Limonade?«

Juna zuckte zusammen. Sie hatte die Tür des Imbisswagens nicht gehört. Leon J. Koch stand neben ihnen.

»Orange ist aus«, nahm er ihr das nächste Wort aus dem Mund. »Grapefruit gibt's.«

Juna machte eine Geste, die sagen sollte dass es im Großen und Ganzen des Universums nicht auf Orange oder Grapefruit ankam.

»Für mich einen frischen Ingwertee mit Minze«, sagte Agnes. Sie schien für einen Moment Kochs Gesichtsausdruck zu genießen. »Oder was immer du da hast. Earl Grey? Im Beutel?«

Juna wartete, bis Koch verschwunden war.

»Ich könnte was versuchen«, sagte sie. »Das wird –«

Sie verstummte, als Koch wieder an den Tisch kam.

»Störe ich?« fragte er. Tee schwappte aus dem Pappbecher, den er vor Agnes hinstellte. Er warf eine Serviette daneben.

»Ich hätte nie erwartet, dass du Tee servierst«, antwortete Juna.

»Tee ist ein unverzichtbarer Teil europäischer Kultur! Jedenfalls da, wo ich herkomme.«

Agnes hielt ihren Becher über das Gras, um den Teebeutel zu entfernen. Koch sah einen Moment empört aus, aber dann passierte etwas, was Juna noch nie gesehen hatte. Vor dem Imbisswagen bildete sich eine Schlange.

Einige Leute schienen sich zu kennen, andere standen einzeln.

Stimmengewirr füllte die Luft. Stühle wurden über das Gras gezogen, wackelnde Tischbeine in den Boden gerammt. Mit einem »Ich muss mich sputen« sprang Koch die Stufen zu seinem Wagen hinauf. Gleich darauf hörten sie es zischen, als ein neuer Korb Pommes in die Fritteuse gesenkt wurde.

»Das ist eine neue Seite an Leon«, sagte Juna.

»Mittags ist es hier immer voll«, antwortete eine bekannte Stimme in ihrem Rücken. »Kommt man nur ein paar Minuten zu spät, sind keine Stühle mehr frei.«

Anton schob sich an der Schlange vorbei.

»Leon! Kann ich eine Colakiste haben?«

»Squatter und Schnorrer!«

»Besetzen wir deine Tische zu oft?«

Leon schnaubte nur, öffnete aber einen Moment später die Tür seines Wagens und warf eine leere Getränkekiste hinaus.

»Danke!«

Agnes sah ein wenig unbehaglich aus, als Anton die Kiste zwischen ihr und Juna auf den Boden stellte und sich zurechtsetzte. Anton ließ sie nicht zu Wort kommen.

»Wenn ihr nicht wollt, dass jemand von uns eure Besprechung mitkriegt, hättet ihr euch woanders getroffen.«

»Es geht nicht um irgendjemanden von euch«, sagte Agnes noch unbehaglicher. »Robert ist dein Vater!«

»Danke für das Update.«

»Wir wollen dich nur nicht mit reinziehen.«

»Reinziehen?« fragte Anton, gleichzeitig fragte Juna: »Wir?«

Sie grinsten sich an. Juna ergriff als Erste das Wort.

»Ich hab das verdammte Video gemacht, aber wenn er nicht hier gewesen wäre, hätten alle da drin jetzt ihrer Ruhe«, sagte sie zu Agnes. »Deshalb sind Anton und ich diejenigen, die das hier ins Reine bringen müssen.«

Agnes richtete ihren Blick auf Anton, der wiederum auf Juna zeigte: »Was sie gesagt hat.«

Juna grinste. Sie hatte Anton nicht direkt eingeladen, aber sie hatte darauf bestanden, sich hier mit Agnes zu treffen, in unmittelbarer Nähe der Kolonie.

Agnes zog ein Klemmbrett aus ihrer Tasche. »Wie ihr meint. Robert will das hier ausgefüllt haben.«

»Formular zur Gefahreneinschätzung«, las Juna. »Das hat Robert dir gegeben? Für mich?«

»Vor dir hat er immer noch Angst. Es ist auf jeden Fall besser, wenn du ein paar Tage wartest, bevor du dich im Büro blicken lässt. Du kannst ja auch von zu Hause arbeiten, oder?«

»Wenn man davon absieht, dass meine Schwester mein HomeOffice bewohnt, absolut.«

Juna reichte das Klemmbrett an Anton weiter. Seine Augen wurden runder und runder, während er die Fragen auf dem Papier las.

»Denkt mein Vater, wir sind bewaffnet? Wir haben hier, was, Verteidigungswälle mit Schießscharten gebaut?«

Agnes schlug sehr langsam die Beine übereinander und faltete ihre Hände über dem Knie. »Das ist Routine«, sagte sie. »Dieses Formular liegt immer bei, wenn der Termin mitgeteilt wird.«

»Hier gibt es Felder zum Ankreuzen«, sagte Juna. Sie hatte das Formular kaum angesehen, beugte sich aber jetzt zu Anton hinüber, um es lesen zu können. »Hinweise auf Bewaffnung? Fallen? Besondere Heimtücke?«

»Wir könnten einen Wassereimer über dem Tor anbringen«, schlug Anton vor. Er versuchte zu grinsen.

»Oder von Jaschas Haus aus mit Torten werfen«, ging Juna darauf ein. Aber dann schüttelte sie den Kopf. »Das ist nicht witzig, fürchte ich. Agnes? Was ... worauf läuft das hier hinaus? Erst dieser komische Artikel und jetzt ...«

»Weder Robert noch die Einsatzleitung gehen davon aus, dass sie bei der Räumung ihr Personal gefährden«, sagte Agnes. Sie saß in ihrer gesammelten Haltung, ohne eine Fingerspitze zu bewegen.

»Sonst würden sie die Räumung nicht anordnen. Aber was sie intern besprechen, und was sie ihrem Personal als Vorbereitung erzählen, und wie sie das Ganze in der Öffentlichkeit darstellen, das sind alles verschiedene Dinge.«

Sie deutete mit dem Kinn auf die Tischplatte. »Je höher die gemeldete Gefahr, desto mehr Personal und Ressourcen gibt es. Dieses Formular wird archiviert und fließt in die Erstellung der nächsten Statistik ein. Darauf wiederum gründet sich das Budget fürs kommende Jahr.«

Anton wurde grün. Wieder sprachen er und Juna gleichzeitig.

»Mein Vater will mit der vollen Maschinerie hier anrücken?«

»Die bereiten ihre nächste Verhandlung über unseren Schlüssel vor?«

Agnes' Hände lagen immer noch wie festgeklebt auf ihrem Knie. »Ja.«

Juna drehte sich zu Anton. Wie er da hockte, auf einem so tiefen Sitz dass seine Schultern gerade an die Tischkante reichten, mit zitternder Unterlippe und geballten Fäusten ... Vielleicht hatte Agnes Recht. Vielleicht hätten sie alles ohne ihn besprechen sollen. Er griff nach dem Taschentuch, das sie ihm hinhielt, und zerknüllte es in seiner Faust.

»Es geht um Geld«, sagte er.

»Es geht immer um Geld.«

Wieder neigte Agnes ihren Kopf. Anton fuhr sich mit dem Ärmel über die Augen. »Ich muss mit ihm reden«, sagte er. »Mit meinem Vater. Vielleicht, wenn ich – wenn ich – denkt ihr, wenn –«

»Ob wir denken, dass die Räumung sich noch verhindern lässt?« fragte Agnes. Sie strich über die Zeitung. »Die Vorbereitungen haben offensichtlich angefangen, aber ...«

»Er hat Gefahr im Verzug gemeldet«, sagte Juna. »Daraus gibt es kein Zurück mehr, oder?«

»Sag du ihm, ob die Lageerkenntnisse sich geändert haben, aufmerksame Mitarbeiterin.« Agnes grinste, wurde aber wieder ernst, als sie Junas Gesicht sah. Sie wandte sich zu Anton: »Ich fände es gut, wenn du es versuchst.«

»Ich auch«, sagte Juna. »Gleich morgen früh gehen wir zum Büro deines Vaters und versuchen es. Agnes und ich helfen dir. Das heißt ... Agnes hilft dir bestimmt. Ich sollte wahrscheinlich außer Sicht bleiben.«

»Warum im Büro?« fragte Agnes.

»Weil das nicht privat ist. Anton verspricht damit nicht, wieder nach Hause zu kommen. Es ist nur ein Gespräch.«

Agnes nickte. Anton nickte. Juna klopfte sich innerlich auf die Schulter. Da haben wir den Backup-Plan, dachte sie.

Zu ihrer Überraschung sah Agnes sie kein einziges Mal misstrauisch an, während sie Anton darlegte, wann und wo sie sich am nächsten Tag treffen würden. Gelassen und freundlich stimmte sie Junas Vorschlag zu, bedankte sich bei Leon J. Koch für den Tee und ging davon. Offenbar wollte sie ihre Tirade zu Beginn des Treffens ausgleichen.

»Würdest du wieder zu Hause einziehen?« fragte Juna.

»Woher wüsste ich, dass mein Vater nicht trotzdem am nächsten Tag räumen lässt?«

Abrupt stand Anton auf und machte sich ebenfalls auf den Weg. Juna, plötzlich unsicher ob er ihre Vereinbarung für den nächsten Morgen einhalten würde, lief hinterher. Am Tor der Kolonie zögerte sie. Niemand hatte sie offiziell hinausgeworfen, Meileen hatte sie sogar verteidigt. Aber die Vorstellung, Mason zu begegnen – oder Jascha ...

»Jetzt komm schon rein! Wenn ich morgen ins Bullenbüro gehen kann, kannst du auch das hier!«

Anton war stehengeblieben und hielt sogar das Tor offen. Juna wedelte mit dem unteren Saum ihres Hemdes herum und versuchte, Luft an ihren Bauch zu fächern. »Aber was ist, wenn mich jemand von den anderen sieht?«

»Was soll dann sein?«

Als sie weiter zögerte, packte Anton ihr Handgelenk und zog sie mit sich. Vor Jaschas Gartentor blieb er stehen. Das Haus sah abweisend aus, die Tür verschlossen, die Fensterläden zugeklappt.
»Niemand hier«, sagte Anton.
»Ich fühle mich trotzdem, als würde die Torklinke mich gleich beißen.«
Sie betraten den Garten. Anton verschwand im Haus und klappte einen Moment später die Fensterläden auf.
Er setzte sich auf der Fensterbank zurecht, lehnte den Rücken an den Rahmen und ließ ein Bein an Jaschas Geranien vorbei nach unten baumeln. Juna betrachtete die holzgetäfelten Wände hinter ihm. Auf dem Tisch stand ein Krug mit roten Tupfen, auf einem Wandbord standen riesige Biergläser. Ein Wagenrad, bestückt mit elektrischen Kerzen, hing wie ein Kronleuchter von der Decke.
Anton folgte ihrem Blick.
»Warst du noch nie hier drin?«
»Nur kurz.«
»Soll ich dir was zeigen?«
Er schwang sich ins Innere der Küche zurück. Juna hörte das Klicken eines Lichtschalters. Die elektrischen Kerzen strahlten nicht in gleichmäßigem Licht. Sie flackerten. Es war dasselbe Licht wie an dem Abend, an dem sie und Jascha das letzte Mal miteinander gesprochen hatten.
»Jascha tut so, als wär alles zum Andenken an seine Urgroßeltern so. Aber ich glaub, er steht eigentlich selber drauf.«
Anton nahm seinen Platz auf der Fensterbank wieder ein und zündete sich eine Zigarette an. Juna hatte auf dem Terrassentisch eine Tonschale entdeckt, die offenbar als Aschenbecher benutzt wurde. Ein paar Kippen fielen über den Rand, als sie sie herüberreichte.
»Müsste mal ausgeleert werden«, murmelte Anton.
»Viel Spaß dabei«, antwortete Juna.
»Hab nicht gemeint, dass du das machen sollst.«
Juna ließ sich auf einen der Plastikstühle fallen. Anton rauchte an

ihr vorbei.

»Frag, was du fragen willst«, sagte er schließlich.

»Wie geht's dir jetzt?«

Anton zuckte mit den Schultern und klopfte gleichzeitig Asche von seiner Zigarette. Juna zog sich einen Terrassenstuhl heran.

»Wenn du es nicht erzählen willst, warum hast du dann gesagt, ich soll fragen?«

»Ich dachte, wir würden über Jascha reden.«

Eine Weile schwiegen sie beide.

»Ich konnte ihm nicht sagen, warum ich wirklich hier bin«, sagte Juna schließlich.

»Trotzdem hart für ihn.«

»Von dir hat er doch auch nichts gewusst! Von dir und deinem Vater!«

»Ich hatte keinen Bock über meine Eltern zu reden. Glaub nicht, dass er mir das jetzt vorwirft.«

»Hast du deshalb niemandem von – von unserem Gespräch erzählt? Von mir? Weil du dann auch über deine Eltern hättest reden müssen?«

Eine Fliege krabbelte über ihren Arm. Ohne hinzusehen, schnipste sie dagegen und zuckte im nächsten Moment zusammen. Die Fliege war eine Wespe. Der Stich schwoll rasch an.

»Ich hatte ein übelst schlechtes Gewissen«, sagte Anton.

»Gegenüber?«

»Allen. Irgendwie konnte ich es nur falsch machen.«

Anton drückte seine Zigarette in der Tonschale aus und setzte dabei drei alte Kippen in Brand.

»Aber ich gehe morgen hin und versuche es gutzumachen«, sagte er, während er Eistee aus dem getupften Krug auf den Kippenhaufen goss. Juna sah stirnrunzelnd zu, wie eine Zitronenscheibe in die Asche fiel.

»Ich bring dich hin, wie versprochen«, sagte sie.

Anton hielt den getupften Krug hoch. »Willst du nen Drink, bevor du gehst?«

Als sie nach Hause kam, saß Diana mit ihrem Laptop am Küchentisch. Ihr Haar leuchtete in den letzten Lichtstrahlen, die durchs Fenster hereinschienen.

»Kommst du, um dir den Sonnenuntergang mit mir anzusehen, während du mir von deinem Tag erzählst? Danke für die Nachricht von unterwegs übrigens.«

Juna schenkte sich Kaffee ein und warf einen Blick auf das Laptop-Display.

»Auf wievielen Dating-Seiten bist du eigentlich?« fragte sie.

»Zwei. Du?«

Juna lehnte sich gegen die Arbeitsplatte und trank schweigend ihren Kaffee. Antons Worte hallten in ihrem Kopf nach. Irgendwie konnte ich es nur falsch machen. Genau so war es.

Diana klappte ihren Laptop zu. Juna gab sich einen Ruck.

»Dating«, sagte sie. »Kann ich dich was zu dem Thema fragen? Kann ich zu einem Typen sagen: ›Es tut mir Leid, wie alles gekommen ist. Ich hoffe, ich habe dich nicht verletzt. Ich habe dich wirklich gern, und vielleicht können wir –‹«

Diana wedelte mit beiden Händen.

»Mach Jascha bloß nicht noch mehr Hoffnungen!«

Juna setzte sich ihrer Schwester gegenüber.

»Aber was soll ich denn sonst sagen?«

»Erstmal sagst du nicht ›Ich hoffe, ich habe dich nicht verletzt‹. Du sagst ›Tut mir Leid, dass ich dich verletzt habe‹. Soviel Anerkennung der Realität muss sein.«

Juna griff nach dem Stift, der neben Dianas Laptop auf der Tischplatte lag. Diana kam ihr zuvor.

»Das ist alles«, sagte sie. Die Kulimine formte einen Kreis auf ihrem Unterarm. »Er ist verletzt. Das erkennst du an, und du sagst dass es dir Leid tut, und danach geht ihr eure getrennten Wege.«

Diana hatte einen kleinen Kreis rechts oben auf den großen gesetzt und begann mit derselben Prozedur links oben.

Juna holte sich den Stift.

»So einfach kann das nicht sein! Ich sollte doch zumindest sagen: ›Lieber Jascha, es tut mir Leid dass ich dich verletzt habe. Ich glaube, wir sollten bald –‹«

»Gar nichts solltet ihr bald! Gib mir den Stift wieder!«

Juna gab auf. Sie sah zu, während der Kopf mit riesigen Ohren auf Dianas Arm nun auch riesige Augen bekam.

»Ich bin schließlich verantwortlich«, sagte sie. »Haben wir einen Notizblock irgendwo?«

Diana sah von ihrer Malerei auf.

»Wie sehr magst du den Typ?«

Juna hatte Dianas Skizzenblock gefunden. »Warum hast du eigentlich einen Block, wenn du – egal. Ich brauche den Stift.«

Sie hielt ihre Hand auf.

»Du hast meine Frage nicht beantwortet«, sagte Diana.

»Ich muss erst aufschreiben, was ich sagen könnte.«

Diana grinste und seufzte gleichzeitig, als sie ihr den Stift hinhielt.

»Du musst kein schlechtes Gewissen haben«, sagte sie. »Ihr habt euch unter unmöglichen Bedingungen kennengelernt, bloß konnte er das nicht wissen. Deshalb ist es jetzt kompliziert.«

Sie stand auf, ging übertrieben humpelnd zur Besteckschublade, fischte einen Kugelschreiber zwischen den Gabeln heraus und kam damit an den Tisch zurück.

»Jedenfalls wird es morgen spannend«, sagte Juna. Danach sah sie schweigend zu, wie Dianas Maus Schwanz und Pfoten verpasst bekam.

Mit einem Lächeln und einem Winken schlenderte Juna an der Pfortenloge vorbei. Ich verhalte mich wie immer. Ich bin nicht verdächtig. Sie bog in den Korridor ein, der zum Aufzug führte. Kein bisschen verdächtig. Ich gehe den gewohnten Weg. Bis ich von der

Pforte aus nicht mehr zu sehen bin. Bis jetzt.

Sie rannte los, an der Abzweigung zum Aufzug vorbei, auf den vorderen Teil des Gebäudes zu. Auch an einer Zahnbürste in der Tasche ist nichts verdächtig. Den Korridor hinauf, vorbei an Neonleuchten und Wasserschäden. Jede_r weiß, dass man sich dreimal am Tag die Zähne putzen soll. Also kann ich auch eine Zahnbürste dabeihaben. So lange niemand genau hinsieht. Außerdem ist das sowieso nur der Backup-Plan.

Der Korridor war zu Ende. Sie stand an einer Rauchglasscheibe, neben der jemand mit Edding *LOBBY* auf die Tapete geschrieben hatte. Juna war im Lauf der Ausbildung einmal hiergewesen. Die Rauchglasscheibe war ein Notausgang fürs Personal. Sie führte ins Besuchsfoyer mit seinen großen Außentüren, durfte aber nur von innen genutzt werden. Deshalb war der Türöffner in der Wand ein großer, roter Knopf. Drückte man ihn, gab es Alarm.

Agnes hatte über die Geschichte gelacht. Trotzdem... Die Tür zu benutzen war verboten. Es war auffällig. Wenn Robert merkte, was sie diesmal getan hatte, würde er böse und unkooperativ werden.

Sie drückte den roten Knopf.

Die Scheibe glitt nicht gerade zur Seite, aber sie bewegte sich und gab den Blick frei. Juna starrte in die Welt aus weißem Marmor und strahlend blauem Teppichboden, die der Straße zugekehrt war. Von wegen Haupteingang, dachte sie. Das ist der Eingang für Outsider. Aber genau hier, wo ich stehe, endet die Fassade.

Ein junger Mann in schwarzer Jacke, schwarzer Hose und schwarzer Baseballmütze marschierte auf sie zu. Sie winkte ihm, sich zu beeilen, während sie bereits rückwärts ging.

Als die Scheibe wieder an ihrem Platz war, nahm Anton die Kappe ab.

»Dieser Security-Typ hat nicht aufgehört, mich anzustarren«, sagte er. »Ich hab ne Nummer gezogen, damit er denkt ich würde nen Termin machen.«

»Hat er gesehen, wo du hingegangen bist?«

»Er hat sich wieder zum Eingang gedreht, als ich zum Automaten gegangen bin. Hier. Nummer 1312.«

»Gib mir das. Agnes wartet oben. Bist du sicher, dass du ....« Sie wusste nicht, wie sie den Satz beenden sollte. »Bist du bereit?« fragte sie schließlich.

Antons Lippe zitterte, aber gleichzeitig versuchte er zu grinsen: »Bahn frei für den Arbeitskreis Informationsbeschaffung!«

Informationsbeschaffung? Er weiß, was ich vorhabe, dachte Juna. Oder ahnt es zumindest. Weiß Agnes es auch?

Anton hielt sich dicht hinter ihr, während sie den Weg zurückging, den sie gekommen war. Juna hörte ihn ab und zu husten.

»Geht's noch lauter?« fauchte sie über ihre Schulter.

»Ich kann nichts – achöm – dafür – riechst du das nicht? Hier ist Schimmel in – achöm ...«

Als sie das Treppenhaus erreichten, atmete Juna aus. Erst jetzt merkte sie, dass sie das viel zu lange nicht getan hatte. Sie lehnte sich ans Geländer. Eine dicke Nadel schien unter ihrer Rippe zu stecken.

»Warum bist du so nervös?« fragte Anton. »Du hast meinen Vater doch voll im Griff. Wenn hier jemand Grund hat, sich in die Hose zu machen, dann bin ich es.«

Juna deutete den dunklen Treppenschacht hinauf: »Agnes wartet in unserem Büro. Vierte Etage. Sollte jemand ins Treppenhaus kommen, geh einfach weiter.«

Sie machten sich an den Aufstieg. Zügig und ohne zu sprechen ließen sie Stockwerk, um Stockwerk, um Stockwerk hinter sich. Bis zum Podest zwischen der dritten und der vierten Etage. Juna lief Anton voraus und packte die Klinke der Brandschutztür. Im grünen Licht der Notbeleuchtung sah ihre Hand aus wie die eines Gespenstes.

»Hier rein«, sagte sie. »Wir treffen uns mit Agnes, und dann geht ihr weiter zu Roberts – zum Büro von deinem Vater.«

»Ich weiß, was der Plan ist.« Antons Stimme war schärfer geworden. »Das hier war mein Vorschlag, weißt du noch? Warum schüttelst du den Kopf?«

»Tut mir Leid. Glaubst du, es hat Sinn, was wir hier machen?«

»Du meinst, ob es klappt?« Anton gab etwas von sich, was mit etwas Phantasie für ein Lachen durchgehen konnte. »Bisschen spät für die Frage. Oder?«

Juna nickte und wollte an der Tür ziehen, aber die kam ihr entgegen, begleitet von Schnaufen und einer Wolke Männerparfüm. Sie sprang zurück und drückte sich gegen die Wand, das Kinn zur Seite gedreht, als könne sie sich durch Wegsehen unsichtbar machen. Nicht entdeckt werden! Eine Einmischung von der Teamtratsche war das letzte, was sie gebrauchen konnten.

Offenbar in Eile, rauschte Tobias an ihr vorbei, ohne nach rechts oder links zu sehen. Er war auf der Treppe nach unten, als sie den Parfümgeruch nicht mehr ertragen konnte und nieste.

Seine Schritte hielten inne. Dann kamen sie zurück.

Juna öffnete die Augen erst wieder, als Tobias direkt vor ihr stand. An ihm vorbei versuchte sie Anton auszumachen und sah gerade noch einen Schemen hinter dem Treppengeländer in Deckung gehen. Sie presste den Mund zusammen, um nicht zu grinsen. Anton wusste ganz sicher, was sie vorhatte. Zumindest wusste er, dass sie nicht mit ihm zusammen gesehen werden wollte. Niemand sollte sagen können, sie hätte ihn als Lockvogel eingespannt.

»Hast du keinen Außendienst?« fragte sie zu Tobias gewandt. Wenn er herausbekam, was sie machten, würde er es ihnen irgendwie vermasseln. Sie konnte ebensogut die Flucht nach vorn antreten.

Tobias' Stimme klang wie Essig, als er ihr antwortete. »Kim hat offiziell um einen anderen Partner gebeten.«

»Ihr könnt das bestimmt klären«, sagte Juna. »Ich muss dann –«

In Tobias kam Leben. »Klären! Ich bin doch froh darüber! Dieses Divengetue – jedes Nichts eine Pistole – natürlich ist es kein guter

Stil, einfach so zu kündigen. Ohne Warnung! Aber jetzt können du und ich ins Tandem! Robert ist bestimmt einverstanden!«

Junas Magen bat darum, das Frühstück wieder loswerden zu dürfen. Sie schluckte und zwang sich, nicht loszurennen. Ausnahmsweise einnmal war sie mit Tobias einer Meinung. Robert würde ohne Frage einverstanden sein.

Die Tür schnappte ins Schloss.

»Mach wieder auf«, sagte Tobias. »Für ein bisschen Licht hier drin. Ich kann deine Schönheit gar nicht sehen.«

Ihre Sicherung brannte durch.

»Gleich kotz ich dir auf die Schuhe«, sagte sie laut. »Du kannst meine Schönheit nicht sehen? Willst du mich verarschen, Tobias?«

Soweit sie es erkennen konnte, sah Tobias ehrlich erstaunt aus.

»Sag jetzt bloß nicht, du wolltest mir ein Kompliment machen und du verstehst meine Reaktion nicht! Wenn du irgendeine Meinung über mein Aussehen hast, dann behalt sie gefälligst für dich!«

»Es wird ja wohl –«

»– erlaubt sein, mir zu sagen was du von meinem Hintern hältst? Weißt du, wie eklig das ist, Tobias? Ich kann Kim gut verstehen! Und den Typen, der dich mit Hundescheiße beworfen hat!«

Sie war nicht sicher, ob Tobias gekränkt oder empört aussah, als er an ihr vorbeiging. Er verschwand ohne ein weiteres Wort. Juna atmete durch und öffnete endlich die Tür zur vierten Etage.

Als sie gleich darauf die Bürotür hinter sich und Anton schloss, saß Agnes an ihrem Schreibtisch.

»Wollen wir loslegen?«

»Tobias ist hier. Weil –«

»– Kim sich weigert, weiter mit ihm zu arbeiten. Ich hab davon gehört. Und?«

»Juna wäre lieber allein hier«, sagte Anton.

Man musste genau hinsehen, um zu erkennen, wenn Agnes besorgt war. Die Falte zwischen ihren Augenbrauen wurde dann ein wenig tiefer. So wie jetzt.

»Bist du bereit?« fragte sie Anton.
»Nein. Aber wir ziehen das trotzdem durch.«
Agnes nickte und folgte ihm auf den Flur. Juna zog die Bürotür hinter ihnen bis auf einen Spalt wieder zu.

Ihre Füße fühlten sich an, als hätte sie sie geradewegs in einen Ameisenhaufen gesteckt. Stillzustehen war qualvoll.

Sie hielt ihr Ohr an den Spalt und versuchte, alles vor sich zu sehen. Agnes klopfte an Roberts Tür. Robert steckte den Kopf hinaus, sah Anton –

Vollkommenes Schweigen auf dem Flur. Absolut vollkommen.

Das kann er doch nicht machen, dachte Juna auf ihrem Lauscherposten. Dass er nicht mit mir redet, was soll's, aber jetzt steht sein Sohn vor der Tür! Wollte er nicht die ganze Zeit seinen Sohn wiederhaben?

Selbst Agnes schien um Worte verlegen zu sein.

»Können wir irgendwo reden?«, fragte Anton schließlich. »An einem gemütlicheren Ort als in deinem Büro?«

Robert zischte eine Antwort, die Juna nicht verstehen konnte. Anton dagegen sprach klar und deutlich.

»Dann gehe ich wieder zurück«, sagte er. »Und du kannst mich räumen lassen.«

»Wir besprechen das nicht hier!«

»Meine Rede. Lass uns rausgehen.«

Juna tauchte hinter den Garderobenständer. Sie durfte keinesfalls vom Flur aus zu sehen sein. Es klang, als stapfte Robert Richtung Treppenhaus, gefolgt von Anton, der versuchte sich aufrecht zu halten, und Agnes, die am liebsten unsichtbar wäre. So sah es jedenfalls vor Junas geistigem Auge aus.

Jetzt oder nie.

Juna wartete, bis sie die Aufzugtüren hörte, dann zog sie die Zahnbürste heraus, die keine mehr war, und machte, dass sie zu Roberts Tür hinüberkam.

Mit Gefühl ... den Spanner ansetzen ... irgendwo in der Nähe war Tobias. Die Metallfeder in den Schließkanal schieben ... wieder ein paar Millimeter herausziehen ... sie durfte auf nichts anderem aufliegen als auf den Schließelementen ... was, wenn Tobias Robert, Anton und Agnes zusammen sah? Dann waren sie umso dringender darauf angewiesen, dass diese verrückte Aktion hier funktionierte ... hier durfte jetzt einfach niemand auftauchen ...

Der Griff vibrierte in ihrer Hand. Der Spanner wehrte sich. Mehr Gefühl! Waren das Schritte auf dem Gang? Sie hielt den Lockpick an und stand ganz still. Wäre sie ein Hase, hätte sie ihre Ohren aufgestellt. Einfach alles fallenlassen, dachte sie, als wäre ein Missgeschick passiert. Ups, mir ist meine Zahnbürste heruntergefallen, die hatte ich in der Hand auf dem Weg zum Waschbecken, aber jetzt ist sie mir gerade vor Roberts Bürotür aus der Hand gerutscht. Der Bürstenkopf muss ganz schön weit weg gerollt sein ... Wem sollte das komisch vorkommen! Aber sie hatte nichts anderes. Außerdem, rief Dianas Stimme in ihrem Hinterkopf ihr in Erinnerung, versuchte sie, mit einer zurechtgeschliffenen elektrischen Zahnbürste ein Türschloss zu knacken. Wer würde das erraten, wenn sie es nicht zugab?

Sie brachte den Lockpick erneut in Position. Waren sie eigentlich sicher, dass man das Brummen nicht weiter unten auf der Etage hören konnte? Oder sogar bis in den Aufzugsschacht?

Keine Zeit! Gerade halten –

Die Tür sprang auf.

Einen Moment stand sie auf der Schwelle wie eine Salzsäule. Roberts Büro lag vor ihr, vertraut und bedrohlich. Sie trat ein und schloss die Tür.

Was jetzt? Kein Postkorb auf dem Schreibtisch. Der Couchtisch leer, die Platte makellos poliert. Ihr Chef musste viel über seinen Sohn nachgedacht haben. Nirgends war ein Kaffeespritzer, ein Krümel oder nur ein Staubkorn zu finden. Neben dem Monitor stand eine Plastikschale von der Lunch-to-Go-Theke neben der U-Bahn. Salat mit Thunfisch, Zwiebeln und Oliven. Links von der Tastatur lag eine zugeklappte Tablet-Hülle.

Juna trat auf Zehenspitzen hinter den Tisch. Rechts vom Stuhl waren drei Schubladen. Die unterste war am größten, die darüber ein wenig kleiner, die oberste sehr schmal. Sie zog den Ärmel ihres Pullovers über die Hand und streckte ihrem Arm an dem Drehstuhl vorbei, darauf bedacht die Lehne nicht zu berühren. Sie war sicher, dass Robert die kleinste Veränderung in seinem Raum auffallen würde.

Die unterste Schublade ließ sich ohne Widerstand öffnen. Ein Stapel Aktenmappen sah Juna entgegen. Vier Mappen waren weinrot, die vier darunter tannengrün, die vier darunter schwarz. Sie nahm die oberste heraus. Auf dem Deckel stand *Rundbriefe Koordination*. Offenbar war der Stapel in jeweils vier Ordner pro Jahr unterteilt. Im obersten war erst ein Rundbrief abgeheftet.

Sie schlug die Mappe wieder zu. Diese Schublade war zu ordentlich, selbst für Roberts Verhältnisse. Sie leuchtete hinein. Hinter dem Stapel schimmerte eine Verpackung aus Plastikfolie im Blitzlicht ihres Phones. Die Reste einer Familienpackung Snickers! Aus dem Etui daneben ragte ein Päckchen Long Papers heraus.

Sie zog die Hand wieder in den Ärmel zurück und öffnete das mittlere Fach.

Es enthielt einen Kasten mit Sortierfächern wie in einer Besteckschublade. Darin waren mehrere Kämme, Make-up-Tuben, eine Dose Talkumpuder, Haarspray … Haarspray? Wozu brauchte Robert das denn? Sie sah genauer hin. Es war die Art, die man benutzen konnte um kahl werdende Stellen zu überdecken.

Sie zog die oberste Schublade auf. Hier blickte sie auf Roberts silbernen Füller, Büroklammern in unterschiedlichen Farben und Größen, eine Schere und einen Tacker.

Als sie die Schubladen schloss, meldete sich die Angst wieder.

Sie war noch nicht lange hier drin, versuchte sie sich zu beruhigen.

Außerdem – hier richtete sie sich auf und schob sich am Drehstuhl vorbei – gab es sowieso kein Zurück! Wenn sie jetzt erwischt wurde, musste sie behaupten die Tür sei offen gewesen und sie habe Robert nur schnell eine Nachricht auf den Schreibtisch legen wollen. Niemand würde ihr glauben, sie würde erneut gekündigt werden, alles wäre umsonst gewesen …

Sie sah sich weiter um. Auf das Tablet zu setzen, hatte keinen Sinn. Sie konnte es nicht mal eben hacken, und stehlen konnte sie es erst recht nicht. Sie musste den grünen Brief finden.

Das Regal hinter dem Couchtisch! Auf mehreren Brettern standen Aktenordner, aufgereiht wie Soldaten, alle sorgfältig beschriftet. Keiner hatte etwas mit Zugriffskommandos und Räumungsdaten zu tun.

Andere Orte gab es nicht. Wenn er in den Brief in der Tasche trug, oder in seinem Auto hatte …

Vielleicht war das Tablet doch einen Versuch wert? Das Passwort könnte sein Geburtsdatum sein, wie bei Bart? Oder es stand auf einem Zettel irgendwo? War Robert dumm genug dafür?

Sie huschte zum Schreibtisch zurück, klappte, nur einen Finger benutzend, den Hüllendeckel auf, beugte sich darüber – und hätte beinahe geschrien. Hinter der Rückseite des Tablets schaute die Ecke eines Briefumschlags hervor. Eines Briefumschlags aus grünem Papier.

KAPITEL 11

FRIENDLY FIRE

Sie stand vor dem Kolonietor wie am ersten Tag, verschwitzt und schnell atmend und ohne die geringste Ahnung, was sie tun sollte. Am liebsten hätte sie sich wieder unter den Weidenzweigen versteckt.

»Na? Genießt du deinen Urlaub?«

Juna drehte sich nicht um. Sie wartete, bis Anton in ihr Sichtfeld kam.

»Ich mache keinen Urlaub«, sagte sie. »Ich gehe deinem Vater aus dem Weg.«

»Kleiner Witz. Um die Stimmung zu lockern.«

Anton sah zwischen ihr und dem Tor hin und her, dann suchte er den Boden nach einer möglichst wenig zugewachsenen Stelle ab und setzte sich im Schneidersitz aufs Kopsteinpflaster. Juna zögerte einen Moment, bevor sie sich neben ihn fallen ließ.

»Ich hab keine Zigaretten mehr«, sagte er.

»Da kann ich nicht helfen.«

»Macht nichts. Vielleicht hat Jascha welche für mich.«

»Findest du es nicht ein bisschen –«

Juna unterbrach sich. Sie hatte sagen wollen, dass es einen Erzieher in eine blöde Lage brachte, wenn ein Minderjähriger ihn nach Zigaretten fragte. Aber sie war wohl kaum in der Position, anderen zu sagen, wie man sich, speziell gegenüber diesem Erzieher, zu verhalten hatte.

»Glaubst du, ihr werdet mal drüber reden?« fragte Anton. Offenbar hatte er dasselbe gedacht.

»Was macht ihr?« fragte Juna zurück. »Alle wissen Bescheid?«

»Alle wissen Bescheid.«

Anton klopfte erfolglos seine Taschen ab.

Juna wartete. Anton sagte nichts weiter.

»Ich kann nicht rein, oder?« fragte sie schließlich. »Wenn Jascha mich nicht rausschmeißen würde, würde Mason es tun.«

Anton hob die Schultern.

»Mason ist pragmatisch«, sagte er. »Das ist nicht persönlich.«

Juna stöhnte auf.

»Kann ich nichts helfen?« fragte sie. »Selbst wenn ich jetzt zu Jascha gehe und irgendwas sage, wonach er sich besser fühlt, ändert das doch nichts an der – an der Besuchssituation. Der Räumung. Wie auch immer wir das nennen.«

»Der B-Situation«, witzelte Anton. »Verstehst du? Abteilung III B und –«

Juna winkte ab.

»Was macht ihr jetzt?« fragte sie noch einmal.

Anton bohrte mit dem Finger in der Lücke zwischen zwei Pflastersteinen herum und antwortete nicht.

»Kannst du mir nichts sagen?«

Anton zog seinen Finger aus der Lücke und betrachtete den Dreck unter seinem Nagel.

»Plenumsbeschluss«, murmelte er. Dann sah er auf. »Aber –«

»Ich weiß schon. Das ist nicht persönlich.«

Juna stand auf. Sie zupfte ein paar Zweige von ihrer Hose, rückte ihren Gürtel zurecht, bückte sich um ihren Schuh neu zu binden.

Anton sagte immer noch nichts. Sie richtete sich auf und sah ein letztes Mal auf das verschlossene Tor. Das Plenum hatte Recht. Es war besser, wenn sie über den Plan für den kommenden Montag nichts wusste. Wollte sie helfen, musste sie taten- und informationslos abwarten.

Sie drehte sich um, entschlossen, würdevoll davonzugehen. Aber ihre Füße rannten einfach los.

Sie tigerte in ihrem Zimmer auf und ab, weitete ihre Gänge auf den Flur aus, lief schließlich die Treppen hinauf und hinunter. Sie versuchte, Dianas Lieblingsessen zu kochen, aber nachdem sie zum dritten Mal verbrannten Knoblauch aus ihrem einzigen Topf gekratzt hatte, gab sie auf. Sie telefonierte wieder und wieder mit Agnes, obwohl jedes ihrer Gespräche gleich verlief.

»Tu so, als sei dir alles egal«, sagte Agnes. Jedes Mal. »Offiziell kennst du den Räumungstermin doch nicht mal. Wie willst du irgendwem erklären, warum du am Montagmorgen um sechs vor einer Kolonie stehst, in der du schon lange keinen Auftrag mehr hast? Lass mich das machen!«

Juna hörte jedes Mal zu, bis Agnes geendet hatte. Dann sagte sie: »Nein.«

Schließlich stand sie wieder auf dem unkrautumwucherten Kopfsteinpflaster und versuchte, über die Mauern hinweg den Horizont zu erkennen. Vielleicht hatten sie die Räumung abgesagt? Vielleicht waren alle Vorsichtsmaßnahmen überflüssig gewesen?

Die Antwort kam als Gebrumm schwerer Fahrzeuge. Sie konnte nicht weghören, aber sie weigerte sich hinzusehen. Bis das Motorengeräusch direkt hinter ihr erstarb.

»Sind Sie von der Abteilung I?«

Eine Tür schlug.

Juna sah geradeaus.

Ein Klappen, leiser als der Motor, und dann noch einmal die Stimme, sehr gedämpft: »Abteilung I?«

Sie drehte den Kopf ein wenig. Dann fuhr ihr ganzer Körper herum.

Was da vor ihr stand, sah nicht aus wie ein Mensch. Es war ein zweibeiniger Panzer. Ganz in Schwarz, den Oberkörper in einer gepolsterten Jacke und einer kugelsicheren Weste versteckt, Kabelbinder in einer Schlaufe am Ärmel, Schlagstock, Taser, Reizgas und Schusswaffe um die Hüften, verstärkte Hosenbeine über Springerstiefeln. Eine behandschuhte Hand war erhoben. Juna versuchte, der Kreatur ins Gesicht zu sehen, konnte in dem heruntergeklappten Helmvisier aber nur ihr eigenes, erschrockenes Spiegelbild erkennen. Dahinter zogen weitere Panzer die Straße herauf.

»Sind Sie –« Sie piepste wie eine Maus. Sie räusperte sich und setzte noch einmal an. »Sind Sie der Einsatzleiter?«

Die behandschuhte Hand fuhr weiter nach oben. Juna, die sich zwang nicht zurückzuweichen, verfolgte ihre Bahn und sah erleichtert, wie das Visier hochgeklappt wurde. Dahinter kam ein Augenpaar zum Vorschein, das Ähnlichkeit mit dem eines Menschen hatte.

Fast menschliche Augen, überlegte Juna. Dann konnte sie vielleicht auch fast menschliches Verhalten erwarten?

Sie streckte probehalber die Hand aus. Der Einsatzleiter spiegelte ihre Geste nicht. Er klopfte auf den Schaft seines Schlagstocks.

»Wir haben das Gelände umstellt«, sagte er. »Wir wollten mit dem Räumpanzer ans Tor, aber die Gasse ist zu klein dafür. Sie gehen nach vorn und warten bei unseren Fahrzeugen.«

Juna ging rückwärts, bis sie gegen die Mauer stieß. Dann schob sie sich seitlich daran entlang auf den Eingang der Sackgasse zu. Alles in ihr sträubte sich dagegen, diesem Kampfroboter den Rücken zuzukehren.

Zwei blauweiße Sechssitzer blockierten den Eingang zur Straße. Im rechten davon saß eine Frau hinter dem Lenkrad. Sie hatte die

Beine seitlich aus dem Wagen gehängt und rauchte. Ein blonder Zopf hing über ihre Schulter. Juna blieb stehen, unsicher ob sie ein Gespräch anfangen sollte. Die Fahrerin war in ihrem Alter. Vielleicht hatten sie am Anfang der Ausbildung den Seminarraum geteilt, bevor sie sich für verschiedene Richtungen entschieden hatten.

Ihr Phone vibrierte. Sie sah Agnes' Nummer auf dem Display und atmete auf.

»Hi«, sagte sie.

»Gibt's schon Neuigkeiten?«

»Bisher läuft alles wie geplant«, sagte Juna. Die Fahrerin der Wanne sah zu ihr hinüber. Sie versuchte nicht einmal so zu tun, als hörte sie nicht zu. »Daumen gedrückt, dass es so weitergeht.«

»Halt mich auf dem Laufenden?« Agnes wartete ihre Bestätigung nicht ab, sondern fuhr gleich fort: »Ich habe gerade mit Tobias gesprochen. Er hat es sich überlegt.«

»Er hat sich was überlegt? Willst du sagen, er hat angefangen zu denken?«

Während sie sprach, lehnte sie sich gegen die Mauer und sah die Gasse abwechselnd hinauf und hinunter. Hinter den Wannen reihten sich Hamburger Gitter aneinander. Dahinter standen, mehr oder weniger aufgereiht, die Mitglieder des B-Kommandos.

»Er hat sich das mit dem Tandem überlegt«, holte Agnes sie ins Gespräch zurück. »Er wollte nicht sagen, warum, aber er ist nicht mehr scharf aufs Kleinteam mit dir.«

»Dann bin ich froh, dass ich ihn angeschrien habe. Was sagt Robert dazu?«

Am Hamburger Gitter kam Bewegung in die Reihen. Gürtel wurden enger gezogen, Helme aufgesetzt, Handschuhe übergestreift. Niemand beachtete Juna. Diese Typen sind bis an die Zähne bewaffnet, dachte sie, zahlenmäßig und taktisch weit überlegen. Aber ihre Gesichter sehen aus, als würden sie sich gleich in die Hosen machen.

»Robert war die ganze Woche für niemanden zu sprechen«, sagte Agnes in ihrem Ohr. »Heute habe ich ihn noch gar nicht gesehen.«

»Hier spricht die Polizei!« Einer der vielen Uniformierten hatte vor dem Tor Position bezogen und sah mit zusammengekniffenen Augen zwischen den Gitterstäben hindurch. Das Megaphon verzerrte seine Stimme. »Räumen Sie das Gelände und lassen Sie Ihre Personalien feststellen! Erste Aufforderung!«

»Ich ruf dich zurück«, sagte Juna. Sie steckte ihr Phone weg.

Die Uniform stand abwartend am Tor. Die Reihen am Hamburger Gitter ebenfalls. Von drinnen kam keine Antwort.

Juna atmete tief durch. Das Megaphon schnarrte wieder.

»Dies ist die zweite Aufforderung!«

Juna stand an die Mauer gedrückt und wünschte, sie könnte ihre Ohren aufstellen.

»Wozu warten, die kommen doch eh nicht raus«, murrte jemand am Gitter. Andere nickten, währen sie die Visiere ihrer Helme herunterklappten.

Von jenseits der Mauer war nur der Lärm zu hören, den eine Gruppe Spatzen in einem der Bäume machte. Wieder hob der am Tor das Megaphon, aber irgendwo in Junas Rücken musste ihm jemand anderslautende Zeichen gemacht haben, denn er ließ es wieder sinken.

»Zugriff!« hörte Juna.

Stiefel trommelten auf das Pflaster. Das Tor schepperte. Schwarze Uniformen verschwanden zwischen den Hecken.

Unglaublich, dass sie noch vor Minuten nichts hatte sehen wollen. Blind herumzustehen war schlimmer als alles andere! Durch Junas Kopf liefen drei Filme gleichzeitig. Sie sah vor sich wie Meileen aus Agnes' Haus gezerrt wurde, sah die Gesichter der Kinder, ihrer Großmutter... Sie musste hinein, musste –

»Hey! Hallo! Bleiben Sie stehen!«

Juna tat, als hätte sie nichts gehört.

»Hallo! Hallo! Polizei! Sie müssen warten!«

Jetzt kamen Schritte hinter ihr her. Sie lief weiter, bis sie das Ausfahren eines Teleskopstocks hörte. Sie wich genau im richtigen Moment zur Seite. Der Stock prallte gegen die Mauer. Der Zopf der Fahrerin streifte Junas Gesicht, als sie fluchend zurücksprang.

»Au! Das war bestimmt ne Stauchung!«

»Verletzte Handgelenke gibt es häufig bei Einsätzen wie diesem hier«, sagte Juna aus sicherer Entfernung.

Die Fahrerin sah aus, als könnte sie Gift spucken.

»Wenn du nicht auch ne Verletzung willst, dann –«

»Ist okay.«

Juna breitete ein wenig die Arme aus, um ihre Friedfertigkeit zu zeigen, und kehrte zu der Mini-Wagenburg zurück.

»Ich gehöre zu euch«, sagte sie dabei. »Was denkst du, warum ich sonst hier herumhänge?«

»Wir tragen Uniformen.«

»Ach, das. Du kannst in jeder Schule nachfragen, wer eine Uniform trägt –«

Sie brach ab. Im Inneren des Fahrzeugs rauschte und knackte ein Funkgerät, aber Worte waren nicht zu verstehen.

»Hey!«

Juna verdrehte die Augen.

»Du hast mir praktisch befohlen, hierherzukommen!«

»Aber du hast nicht den Funk zu belauschen!«

Die Fahrerin rutschte auf ihren Platz zurück und knallte die Tür hinter sich zu. Sie begann mit dem Funkgerät zu hantieren, ließ Juna dabei jedoch nicht aus den Augen. Eine ganze Weile standen sie so.

Juna wandte erst den Kopf, als sie am Hamburger Gitter eine bekannte Stimme hörte.

»Mein Presseausweis wurde erst von der Sozpo überprüft! Wie können jetzt schon wieder Zweifel –«

»Wir können das von hier aus gerade nicht überprüfen, wer da was überprüft hat«, antwortete einer der Uniformierten, die beim

Gitter geblieben waren. Er hatte den Helm abgenommen und präsentierte einen fast komplett rasierten Schädel. Vom höchsten Punkt seines Kopfes hing eine Art Pferdeschwanz herunter. Sein Haar war dunkel von Schweiß.

Juna ging näher. Der Hüne mit dem Undercut bemerkte sie nicht.

»Unsere Pressestelle wird berichten, sobald wir hier fertig sind«, fuhr er fort. »Bis dahin warten Sie wie alle anderen, Herr ... Schereumer.«

Bart steckte seinen Ausweis wieder ein.

»Genau das ist nicht der Sinn von Pressearbeit. Sie sind verpflichtet, Ihre Vorgehensweise gegenüber der Öffentlichkeit transparent zu machen. Das nennt man Demokratie.«

»Da muss ich Sie an den Einsatzleiter verweisen.«

»Rufen Sie ihn an.«

Alle Umstehenden lachten.

»Während er eine taktische Operation leitet, steht er nicht für Pressegespräche zur Verfügung. Wenn Sie das nicht für rechtmäßig halten, können Sie ja Klage einreichen.«

»Herr Schereumer, da sind Sie!«, meldete Juna sich zu Wort. »Ich kenne den«, fuhr sie fort, während sie sich am Gitter zu schaffen machte. »Alles abgesprochen.«

»Das hör ich zum ersten Mal«, widersprach der Hüne.

»Dafür kann er nichts.«

Bart schob sich durch die Lücke im Gitter. Für den Moment hinderte ihn niemand daran, auch nicht, als er und Juna sich entfernten.

»Willkommen in der Höhle des Löwen«, murmelte Juna.

»Berufsrisiko«, gab Bart zurück. Er lehnte sich gegen die hintere Tür der Wanne, nickte der Fahrerin freundlich zu und zog sein Phone hervor.

»Wie sieht es denn aus?« fragte er leise.

»Ich hab bisher nichts gehört. Sie sind eine Weile drin.«

»Keine Gefangenen?«

»Scheint nicht so.«

»Seltsam.«

»Sehr. Oder auch nicht? Vielleicht ...»

»Vielleicht rücken die hier mit dem großen Räumkommando an, veranstalten einen Sachschaden in sechsstelliger Höhe, aber dann stellt sich heraus dass die zu räumenden Personen am Vorabend abgehauen sind?«

»Das wäre peinlich. Für meinen Arbeitgeber, meine ich.«

Juna kicherte erst nur verhalten, aber dann platzte das große Lachen aus ihr heraus. Niemand war hier! Alle hatten sich rechtzeitig in Sicherheit gebracht! Wahrscheinlich saßen sie in einem Versteck ganz in der Nähe und lachten von dort aus über –

In der Nähe splitterte Glas. Stimmen brüllten durcheinander. Eine Tür krachte. Dann waren Worte zu verstehen.

»Ich hab einen!«

Der Krach war ganz in der Nähe.

»Das erste Haus hinter dem Tor ist vom Eigentümer bewohnt! Das darf nicht gestürmt werden!« Juna kreischte die Worte heraus, während sie auf das Tor zurannte. Warum war Jascha hier, wenn alle anderen das Weite gesucht hatten? Ausgerechnet er!

»Los jetzt!«

Juna passierte das Tor. Der Einsatzleiter kam ihr entgegen gejoggt. Aber er war es nicht, der gesprochen hatte. Der Befehl, sich zu bewegen, war aus dem Garten links von ihr gekommen.

Juna sprang auf den Torpfosten. An den weinbewachsenen Bogen über dem Tor geklammert, versuchte sie sich Überblick zu verschaffen.

Sie hatten Jaschas Küchenfenster eingeschlagen. Die Gardinen seiner Urgroßeltern lagen auf dem Rasen. Die Tonschale, die Anton immer als Aschenbecher benutzte, war umgekippt und hatte ihren Inhalt unter dem Tisch verteilt. Die Tür zum Haus stand offen.

Der Einsatzleiter hatte den Garten schon halb durchquert. Juna sprang vom Pfosten und folgte. Der Hauseingang lag dunkel vor ihr. Drinnen zerrten zwei Gestalten eine dritte nach vorn. Eine schlanke Gestalt. Nicht viel größer als sie selbst. Mehr konnte sie in der Düsternis nicht erkennen.

»Lassen Sie mich sehen«, sagte sie. »Der Kerl hat garantiert Kleber auf den Fingern. Aber ich kann ihn identifizieren. Ich kenne alle hier drin!«

Der Gefangene bekam einen Stoß, der ihn mit dem Gesicht nach unten ins Gras beförderte. Seine Hände waren mit Kabelbindern auf den Rücken gefesselt. Rote Sprenkel flogen durch die Luft, während er fiel.

Juna kämpfte gegen den Impuls, neben dem Verletzten auf die Knie zu fallen. Sie sah sich nach den beiden Uniformierten um. Einer von ihnen sah sehr jung aus. Jünger als sie.

»Was stehst du da rum?« fuhr sie ihn an. »Für eine Identifizierung muss ich sein Gesicht sehen können, oder nicht?«

Der Junge beugte sich nach vorn. »Dreh dich um!« schrie er den Gefangenen an. »Dreh dich um! Bitte, Mann, dreh dich um!«

Juna kniff die Augen zusammen. Sie wollte kein Mitleid mit diesem fiependen Welpen haben. Keiner der beiden älteren Männer rührte einen Finger, während er auf die Knie fiel, den gefesselten Arm des Gefangenen packte und daran zu zerren begann. Sehr, sehr langsam hob sich die Schulter, an der er zog. Mit einem Stöhnen landete der Mann auf dem Rücken. Blut lief aus seiner Nase und einer Platzwunde an der Schläfe. Es mischte sich mit dem Blut an der entzündeten Stelle vor seinem Ohr.

Juna starrte darauf.

Der Gefangene war Robert.

»Das ist ein Problem«, sagte sie.

»Was für ein Problem?« fragte der Einsatzleiter. »Kennst du ihn oder nicht?«

»Macht ihn los«, antwortete Juna. »Es sei denn, ihr wollt ihn kennenlernen.«

Drei Paar Handschuhe fuhren an die Waffengürtel.

Juna hob ganz langsam ihre Hände.

»Keine Drohung«, sagte sie. »Das hier ist Robert Gärmann. Sozpo. Abteilung I.«

Sie blickte in ratlose Gesichter.

»Er ist derjenige, der diese Räumung veranlasst hat.« Sie runzelte die Stirn, als sei ihr der Gedanke gerade erst gekommen, und fügte hinzu: »Hat er euch gesagt, er sei Besetzer?«

Der Einsatzleiter trat einen Schritt auf seine Leute zu. Der Welpe kauerte immer noch neben Robert, der Ältere schien völlig fasziniert von der umgekippten Tonschale zu sein.

»Beantwortet die Frage!« brüllte der Leiter. »Warum ist er immer noch gefesselt?«

Der Welpe beeilte sich, Roberts Fesseln durchzuschneiden.

»Hilf ihm auf«, sagte Juna. Er gehorchte. Robert stand auf seinen Beinen, nicht wirklich stabil, aber er stand.

»Begleite ihn zu den Wagen«, sagte Juna. »Er braucht Erste Hilfe.«

Der Welpe sah sie aus runden Augen an und brachte kein Wort hervor.

»Zu den Wagen«, wiederholte Juna.

»Moment!« Der Einsatzleiter griff nach Roberts Arm. »Warum sind die Ziele nicht hier?«

»Woher sollen wir das wissen?« fragte Juna. Robert sah sie nicht an. Er tastete mit der Zunge in seinem Mund herum. Offenbar saß ein Zahn locker.

»Es gibt hier andere Probleme als die fehlenden Ziele«, sagte sie. »Zum Wagen!«

Sie ging voraus und hielt mit einer entschiedenen Geste das Tor auf.

»Kein Gefangener!« rief sie, als sie in die Sackgasse hinaustraten. »Missverständnis. Das hier ist die verantwortliche Teamleitung!«

Der Welpe schien ebenso froh wie sie, aus dem Garten heraus zu sein. Er dirigierte Robert zur Hintertür des offenen Wagens und begann mit der Versorgung. Juna blieb am Tor stehen und verdeckte die Sicht auf Bart, der natürlich filmte. Sie war sich sicher, dass Robert nicht ausgerechnet sie jetzt bei sich haben wollte. Das beruhte auf Gegenseitigkeit.

Aber er winkte sie heran. Seine Lippen bewegten sich.

Sie wartete, bis Bart sein Phone weggesteckt hatte, bevor sie sich näherte. Sie wollte in gebührendem Abstand stehenbleiben, aber Robert bedeutete ihr, dicht heranzukommen. Sie beugte ihr Ohr zu ihm.

»Florian«, hörte sie. »Wo ist Florian?«

Sie wartete, bis der letzte Mannschaftswagen um die Ecke gebogen war und sich auch die beiden Wasserwerfer in Bewegung gesetzt hatten, dann machte sie sich an dem Gitter vor dem Eingang zu schaffen. Es war zu schwer, um es beiseite zu schieben.

»Ich geh drüber«, sagte sie zu Bart, der mit bedächtigen Schritten näherkam.

»Ich will das Ganze auch von innen sehen. Aber ich bin nicht so gelenkig wie du«, wandte er ein. »Nimm du die andere Seite – eine Lücke – mehr nicht –«

Juna schlängelte sich zwischen den Gittern hindurch, sobald sie genug Platz geschaffen hatten.

Jaschas Garten sah schlimm aus. Sie ertrug den Anblick nur einen Moment lang, dann lief sie weiter. Hinter ihr rief Bart etwas, aber sie rannte. Sie rannte an der Treppe zur Küche vorbei, warf einen kurzen Blick auf umgekippte Töpfe und plattgetretene Petersiliensträucher, bog um eine Ecke, raste den Zaun entlang und machte eine Vollbremsung vor Agnes' Tor.

Die Tür war offen. Juna ging näher. Auf den ersten Blick konnte sie keine Schäden erkennen. Sie sah sich in dem kleinen Flur um. Ein Schuhschrank starrte sie mit offenen Türen an, die Schuhe darin – Sandalen in verschiedenen Größen und ein Paar Gummistiefel

– waren über den Boden verstreut. Juna stieg darüber hinweg. Im Wohnzimmer waren Sofakissen und -decken herumgeworfen worden, die Vorhänge heruntergerissen und mehrere gerahmte Bilder lagen am Boden.

Sie stieg ins obere Stockwerk. Der Dachgeschossraum nahm die Breite des Hauses ein. Zwei Matratzen am Boden zeigten an, in welcher Ecke Meileen, Wanda und Zane geschlafen hatten. Das Einbauregal war leer, eine Truhe stand mit aufgeklapptem Deckel daneben, ein zusammengerollter Teppich lehnte an der Wand.

Sie zog ihr Phone hervor und wählte. Agnes hob sofort ab.

»Alles war gut vorbereitet«, sagte Juna, diesmal ohne sich mit Floskeln aufzuhalten. »Dein Haus auch.«

»Ich hatte nichts anderes erwartet. Trotzdem. Gut zu hören.«

»Ich weiß jetzt, warum du Robert nicht im Büro gesehen hast.«

»Erzähl es mir gleich.«

Damit legte Agnes auf.

Natürlich hatte sie Recht, dachte Juna, während sie die herumliegenden Decken im Wohnzimmer zusammenfaltete und die Kissen wieder aufreihte. Wir sollten das alles nicht am Telefon besprechen. Aber wie hält sie das aus? Wie kann sie so ruhig sein?

»Hier ist ja nicht viel passiert.«

Bart stand in der Tür.

Juna schüttelte den Kopf.

»Zu spät für Fotos, fürchte ich.«

»Ich habe die Sozpo-Abteilung Nummer III B bei der Arbeit dokumentiert. Das ist, was erscheinen wird. Ich halte nichts davon, Bilder eines von der Räumung verwüsteten Hauses zu drucken, und drunterzuschreiben: ›So haben die Besetzer_innen gelebt‹.«

»Apropos. Ich hab noch zu tun.«

Zwischen umgetretenen Gartenzwergen und geknickten Rosen fand sie Besen, Rechen und Schaufeln. Offenbar hatte jemand den Geräteschuppen neben dem Häuschen ausgeräumt.

Juna packte den Besen und begann, die Scherben auf Jaschas Terrasse zusammenzufegen. Ihre Gedanken kreisten um den Tag, als sie mit Bart bei »Ab in die Mitte« gewesen war und Robert ihn angegriffen hatte. Mit jedem Besenstrich wurde ihre Stimmung düsterer. Das Aneinanderklirren der Glasscherben klang wie aneinanderklirrende Handschellen. Dann kehrte sie zurück zu dem Moment, in dem Robert, blutend und geschlagen, vor ihre Füße gefallen war.

Ich arbeite mit Leuten, die nach Gefühl Gewalt anwenden, dachte sie. Die nicht unterscheiden können, ob Gewalt das einzige Mittel ist, das etwas bringt, oder nur das einzige, das sie beherrschen.

Sie stützte sich auf den Besenstiel. Sie hatte einen Kloß im Hals, als ob sie weinen müsste. Im nächsten Moment begann sie zu lachen.

»Deinen Sinn für Humor hast du also noch. Oder bedeutet dein Lachen, dass du an der Schwelle zum Wahnsinn stehst?«

Juna wischte sich eine Träne ab und antwortete nicht.

»Es war ganz schön anstrengend, herzukommen. Der Straßenbelag ist nicht gerade behindertengerecht.«

»Diana?«

Sie war tatsächlich da. Gleich hinter ihr kam Anton durchs Tor. Weiter entfernt, zwischen den Hecken, blitzte es hin und wieder auf. Bart fotografierte immer noch.

»Ich hab dich dreimal angerufen und wie blöde getextet«, sagte Diana. »Bei dem Aufgebot hier muss ein Mensch sich ja Sorgen machen!«

Juna wollte weiterkehren und etwas Beruhigendes sagen, aber ihr Körper gehorchte nicht. Sie konnte nur stehen und ihre Schwester hilflos ansehen.

»Es ist gelaufen wie im Lehrbuch«, sagte Anton. »Genau nach Plan!«

»Ist es nicht«, sagte Juna.

Anton stellte die Tonschale wieder auf ihren Platz und zündete sich eine Zigarette an.

Juna deutete auf den Haufen von Kippen und Scherben vor dem

Küchenfenster.

»Du machst dir jetzt Gedanken um den Aschenbecher?«

Diana fegte Scherben vom Tisch und lehnte sich dagegen.

»Dein Vater war hier.« Juna suchte Antons Blick, aber er stand nur da und rauchte.

»Hier drin. In Zivil.«

Anton starrte ins Leere.

»Sie haben ihn nicht gleich erkannt.«

Anton reagierte immer noch nicht.

»Hast du mich gehört?«

Anton blies Rauch durch die Nase aus. »Ich habe gehört«, sagte er.

»Er hat nach dir gefragt.«

»Du denkst, er wollte mich holen? Aber ich war nicht hier? Und die Bs haben gedacht, er wäre einer von uns?«

Juna nickte.

Anton drückte seine Zigarette mit der Miene von jemandem aus, dem der Appetit vergangen ist.

Irgendwo im Hinterkopf registrierte Juna, dass weitere Menschen sich näherten. Sie hielt Antons Blick und suchte nach Worten.

Diana schob sich auf den Tisch und ließ ihr Bein baumeln.

»Hallo«, sagte sie zu den Neuankömmlingen. Juna drehte sich um. Unter den Weinranken an Jaschas Torbogen standen Meileen und – sie musste ein zweites Mal hinsehen – Agnes. Sie trug das helle Blau der Sozialpolizei. Ihr Haar steckte unter der Uniformmütze.

»Du hast es versucht, Juna«, sagte sie. »Robert wollte nun mal keine Hilfe.«

»Wie bist du so schnell hierhergekommen?« fragte Juna.

»Denkst du, ich hätte im Büro gesessen bis mir jemand grünes Licht gibt, herzukommen? Ich war längst unterwegs, als du mich angerufen hast.«

Meileen rollte die Restmülltonne heran. Agnes griff zur Schaufel.

Juna machte sich wieder ans Aufkehren. Die erste Ladung Glasscherben rauschte in die Tonne. Das Geräusch war schwer zu ertragen.

»Ich weiß nicht, ob ich weiter für Robert arbeiten kann«, sagte Juna nach einer Weile.

»Er hat nichts gesagt, oder?«

Anton sah sie beinahe flehend an. Juna griff nach einer Haarsträhne.

»Er hat nichts gesagt«, stimmte sie zu. »Aber ihm muss mindestens klar sein, dass ihr gewarnt worden seid. Soweit er weiß, kann das nur ich gewesen sein … Aber gesagt hat er nichts dazu.«

»Niemand kann etwas beweisen«, sagte Agnes.

Juna grinste, wurde aber gleich wieder ernst: »Darum geht es doch gar nicht mehr.«

Agnes schwang die Schaufel. Mehr Scherben klirrten in die Tonne. »Vergiss das hier, Juna. Konzentrier dich auf den Erfolg.«

»So machst du das?«

Agnes zog die Schaufel aus dem Scherbenhaufen in der Tonne, stützte sich auf den Griff und sah Juna an. »Bis du aufgetaucht bist, hat es gut geklappt.«

»Warte, bis du den neuen Ort siehst«, sagte Meileen. Sie zog Juna das Kehrblech aus der Hand und begann, verstreute Zigarettenreste darauf zu sammeln.

Juna starrte sie an. »Hast du mich gerade an euren neuen Ort eingeladen?«

»Mason braucht Gesellschaft. Er hat mich praktisch angefleht, ihn nicht mit dem Lesekreis alleine zu lassen!«

Alle lachten.

»Jascha wird bestimmt ein bisschen bei ihm bleiben«, sagte Anton. »Bis das hier repariert ist.«

»Du gehst also nicht mit?« fragte Juna an Meileen gewandt.

»Ihre Akte ist definitiv sauber«, sagte Agnes. »Ich habe das noch mal … geprüft.«

Wieder lachten sie.

Über ihnen knatterte ein Hubschrauber.

»Abflug!« rief Barts Stimme von irgendwo.

»Wir sind noch nicht mit Aufräumen fertig!«

»Die Arbeit hier wird dir bis morgen keiner wegnehmen!«

Agnes lehnte Rechen und Besen an die Wand unter Jaschas Vordach, bevor sie zum Tor ging. Juna knallte die Mülltonne zu und folgte ihr. Bart hatte, ätzenderweise, Recht.

Sie gingen am Nordrand der Stadt entlang. Juna folgte den anderen, ohne etwas zu sagen oder zu fragen.

Vorbei, sagte eine Stimme in ihrem Kopf. Du brauchst nicht mehr aufzupassen. Sie ging wie aufgezogen. Ein paar Schritte vor ihr unterhielten sich Meileen und Diana.

»Sie und die Kinder sind erstmal bei mir. Aber für Hatice ist das keine Lösung. Sie schafft die Treppen nicht.«

»Das kenne ich.«

Zwischen Hochhäusern hindurch, über die Brücke, die Treppe hinunter. Sie hatten den Hintereingang der leerstehenden Mall erreicht, für die hier draußen vor Jahren ganze Häuser abgerissen worden waren. Das Geld, das die Mall erwirtschaften sollte, wäre laut Stadtplanung in den Bau neuer und besserer Wohnungen geflossen. Sie hatte aber kein Geld erwirtschaftet. Jedenfalls keines, das im Stadtteil angekommen wäre.

Jascha öffnete die Tür, als sie sich näherten. Für eine Sekunde erwiderte er Junas Blick. Sein Haar hing in wirren Strähnen um seinen Kopf, sein Kinn und seine Wangen waren von schwarzen Stoppeln bedeckt.

»Sie waren an deinem Haus«, sagte Anton. »Wir haben schon mal angefangen mit Aufräumen, aber ein bisschen ist noch zu tun.«

»Danke«, sagte Jascha. »Wir haben Strom.«

»War der nicht abgestellt?«

»War. Ihr könnt den Aufzug nehmen.«

Der Aufzug war offenbar dazu gedacht, Waren zu transportieren. Sie passten problemlos alle in eine Kabine und surrten aufwärts.

Die Mall stand seit einer Weile leer, aber noch hing Pommesaroma über dem FoodCourt. Darunter lag ein anderer, schwerer zu ertragender Geruch.

»Die Gefrierschränke waren nicht ganz ausgeräumt«, sagte Jascha. »So was gilt als Insolvenzmasse und darf erst entfernt werden, wenn alles katalogisiert ist.«

»Hat aber niemand alles katalogisiert«, vermutete Juna.

»Und als dann der Strom ausgestellt wurde ...«

»Fantastisch.«

»Wir sind das meiste gestern Nacht losgeworden«, sagte Jascha. »Man kann hier bloß nicht gut lüften.«

Er hob den Arm in einer Geste, die den fensterlosen Raum umfassen sollte.

Juna erkannte an seinem Handgelenk das Haargummi, das sie ihm bei ihrer ersten Begegnung geschenkt hatte.

»Habt ihr in der Insolvenzmasse vielleicht ein paar Drinks gefunden?« fragte Diana. »Ich finde, wir hätten einen verdient.«

»Fässer und eine Zapfanlage!« rief Dowato Droehnohr von irgendwo.

»Die ist zu lange nicht gereinigt worden«, hielt Mason dagegen. »Trinkt bitte nur aus Flaschen, die noch verschlossen sind.«

»Ich hab noch ne halbe Flasche Gin zu Hause«, sagte Juna.

»Wir haben einiges zu erzählen«, rief Meileen. Sie stand hinter dem Tresen eines stillgelegten Grills und durchsuchte den halbvollen Kühlschrank. »Will jemand Bier, bis der Gin kommt? Hier ist einiges!«

Juna nahm eine Flasche, setzte sich damit aber abseits der Runde auf eine der Barrieren, die früher einmal dazu gedient hatten die Schlange vor dem Tresen vor den Esstischen zu trennen. Sie betrachtete die anderen, während sie ihr Bier trank, aber im Grunde sah sie sie nicht.

Vor ihren Augen stand wieder Robert, blutend, wankend, kaum fähig zu sprechen. Was würde er tun, wenn der Schock vorbei war? Würde er ihr verzeihen? Verzeihen, wie sie ihn gesehen hatte und dass sie seine Geheimnisse kannte? Oder würde er der Koordination ganz genau erklären, wie es zu der leeren Kolonie gekommen war?

Das würde er nicht. Sie trank wieder von ihrem Bier.

Und zuckte zusammen. Jascha war neben sie getreten.

»So schlimm sehe ich doch wirklich nicht aus.« Er versuchte zu grinsen. Juna sah rasch wieder zu den Feiernden hinüber. Jascha lehnte sich gegen die Barriere. Sie schwiegen. Und schwiegen.

»Unser erstes ehrliches Gespräch«, sagte Jascha schließlich.

»Tut mir Leid«, sagte Juna.

Jascha hob sein Kinn ein wenig und ließ es wieder sinken.

»Auch, dass sie an deinem Haus waren.«

»Was hatten die an meinem Haus zu suchen?«

»Sie haben meinen Chef gesehen und für einen Besetzer gehalten.«

»Aber was hatte dein Chef –? Ach so.« Jascha unterbrach sich selbst. »Was hat er sich gedacht? Dass Anton sich im Angesicht der Bs mit ihm nach draußen schleichen würde? Hätten sie überhaupt ungesehen rauskommen können?«

»Wenn sie Anton festgenommen hätten …« Juna hob die Schultern. »Aus Roberts Sicht wäre dann alles umsonst gewesen, nehme ich an. Er wollte so unbedingt geheimhalten, dass sein Sohn bei dieser Besetzung dabei ist, obwohl Anton nicht mal in einem besetzten Haus war.«

»Oder er wollte Anton beschützen?«

Juna merkte erst jetzt, dass sie immer noch die Schultern hochzog.

»Ich hab keinen Schimmer, ob Robert das für sich oder für Anton getan hat«, sagte sie. »Aber … als ich gesehen hab, dass sie an deinem Haus sind …«

»Ja?«

Jaschas Miene war ein bisschen zu triumphierend. Sie wich seinem Blick aus und murmelte den letzten Satz in den Hals ihrer Flasche.

Dann sprang sie auf und lief davon, hinein ins Partygemenge. Es klang, als würde Jascha ihr etwas nachrufen, aber sie drehte sich nicht um, sondern steuerte die Bar an, wo Meileen, Agnes und Diana sich zusammengefunden hatten. Sie zog einen Barhocker zu ihnen heran.

Während Meileen und Diana ihr und einander zuprosteten, schob Agnes sich neben Juna.

»Sieht aus, als hättest du dich mit Jascha vertragen«, sagte sie. »Aber wir? Bist du mir noch böse? Jetzt, wo du Zeit dazu hättest?«

»Ich bin auf niemanden böse.«

»Dann machen wir es beim nächsten Mal von Anfang an besser?«

»Außer, du willst dem Laden kündigen«, mischte Diana sich ein.

Kleine Schwestern haben ihre Ohren überall, dachte Juna. Laut sagte sie: »Aufgeben ist nicht mein Ding. Besser, wir besprechen was sich aus dem Saustall machen lässt.«

Sie trank noch einen Schluck Bier, rutschte auf dem Hocker zur Seite sodass Diana sich neben sie quetschen konnte, und sah zwischen Agnes und Meileen hin und her.

»Was kommt als nächstes?«

ÜBER DIE AUTORIN

Quinn Alexis ist Sozialarbeiterin, Staatsphilosophin und Schlagzeugerin. Sie arbeitete bereits neben der Schule als Journalistin, bevor sie in Bochum Literaturwissenschaften und Philosophie und in Berlin Demokratiepädagogik studierte. Zehn Jahre war sie vom Klettergarten bis zur Schulsozialarbeit überall tätig, wo junge Menschen anzutreffen sind, ohne dass ihre Liebe zum Schreiben jemals nachgelassen hätte. Nichts für Alle ist ihr erster, aber hoffentlich nicht ihr letzter Roman.

Milton Keynes UK
Ingram Content Group UK Ltd.
UKHW041220021124
450589UK00005B/497